レベッカ・クレーン
Rebekah Crane

訳 代田亜香子
Akako Daita

翼はなくても

Postcards for a Songbird

静山社

読者のあなたに
この本があなたをおうちに帰してくれますように

Contents

POSTCARDS FOR A SONGBIRD

by Rebekah Crane

この世界は、我々の想像力にとってのキャンバスにすぎない。

——ヘンリー・デイヴィッド・ソロー

1 電線にとまった鳥

人生、なんかいまいち。そんなときは、見方をかえてみるといい。リジーがいつもやってるのは、逆立ちだ。床《ゆか》に手をついて足を蹴《け》りあげ、つり針にかかった魚みたいに逆さまのままぴちっ、ぴちっと体勢を整える。壁《かべ》に足をかけた状態をキープすると、たいていこんなことをいう。「ね、逆さまで歩けたらどんなだと思う？　空で遊べるよ。いいと思わない、ソングバード？　空が遊び場って」

で、あたしはたいていいう。「ふわふわーって飛んでっちゃわない？」

「なるほど」リジーは、あたしがすごくステキな質問をしたみたいにうなずく。ほんとは、つまんないと思ってるくせに。きいた本人が、想像力欠如《けつじょ》の自覚ありなんだから。リジーの茶色くて長い髪《かみ》がゆれて床《ゆか》をこする。血が頭にのぼって顔は真っ赤なのに、なんてことなさそうにいう。「でも、のぼる朝日を踏《ふ》んづけてダンスしたり、月まで浮《う》かんでったりできるよ」

ねえリジー、顔が風船みたいにぱんぱんではちきれそうだよ。そう教えてあげると、リジーはやっと逆立ちをやめる。

「うわ、地上ってラクチン」

「朝日を踏《ふ》んづけてダンスするんじゃなかったの」

「開眼した。逆立ちで」

「ん？」

「重力って、親みたい。こっちが望んでなくてもつかまえてはなさない」

親っていっても、みんながみんなじゃないよね。思ったけど、口には出さない。

あたしの場合、見方をかえたくなったらガレージの屋根にのぼる。リジーのマネしてひょいっと逆さまになってみたこともあるけど、頭から落ちるんじゃないかって心配になる。あたしの知ってるなかで、雲のあいだを浮《う》かんだり朝日を踏《ふ》んづけてダンスしたりできるのはリジーだけ。リジーって、魔法《まほう》みたいなものでできてる。空気中にあってふだんはわからないけど、キラキラかがやきだして流れ星になると見えてくるようなもの。

屋根の上に、あたしはひざを抱《かか》えて鳥みたいにちょこんとすわる。ここからだと、近所の屋根がぜんぶ見わたせる。前にリジーに、そんな高いところからなにが見えるの、ときかれた。あたしは、ご近所さんはみんな雨どいがつまってる、って答えた。

「やっぱね」リジーがいう。

「わかるの？」

「みんな、どんづまりって顔してこのあたりを歩いてるでしょ？　内面って外にあらわれるものだから。どんなに気づかないフリしててもね」

そういう意味だと、サイアクなのはチーフだ。チーフのからだの〝とい〟はつまりきってて、どうやったらラクに呼吸できるかもわかんなくなってる。いろんなものが引っかかってるから、いおうとした言葉が喉《のど》につまっちゃって、またぐいっとのみこまなくちゃいけない。

あたしがガレージの屋根にいるのをはじめて見たとき、チーフは「骨を折ったり、ひとの頭に落ちる危険性のある行動はつつしんでくれないか」といった。リジーのアイコンが自由なら、チーフのは手錠《てじょう》と鍵《かぎ》。

「足をすべらせたらおしまいだ」チーフはいった。

「チーフ、そんな心配してたらなんにもできないよ。すべっても立てなおせるって自信をもったほうがいいんじゃないかな」

「いや、レン、それはちがう。危険に近づかないようにするほうが賢明《けんめい》だ。姉さんみたいなことをいうな」

チーフにリジーとくらべられると、あたしはうれしい。めったにくらべられないから。

「それから、おれをチーフと呼ぶのはやめろ。おまえの父親だ」

「了解《りょうかい》、チーフ」

チーフは、おいって感じで腰《こし》に手をあてる。ザ・警察官。きっとアイダホ州ボイシにあるセイクリッド・ハート病院産科の記録を調べたら、口ひげと警察バッジつきで生まれてきた人類史上初の赤《あか》ん坊《ぼう》がいて、それがチーフなんじゃないかな。チーフは警察官以外の仕事をしたことがない。いまはワシントン州のスポケーン警察署でもっぱら夜勤をしている。深夜のシフトの雰囲気《ふんいき》が好きなんだって本人はいってるけど、あたしが思うに、ほかのみんなが起きてる明るい時間は寝《ね》てたいだけじゃないかな。そうすれば、ふつうの生活ってどんなかを思い出さなくてすむ。朝はシリアルで夜寝《ね》る前はおやすみのキス、みたいなこと。

だけど、チーフの気持ちもわからなくはない。年から年じゅうなぐりあいやらドラッグやら殺人やらの気がめいる場面を見せられてたら、人類みな敵、みたいになっちゃう。説得したりスタンガンでおどしたりしなきゃいけない存在。愛すべき存在じゃなくて。

チーフをチーフって呼びはじめたのは、リジーだ。

「ただの警官でいいだろうが。プラムリー警官」チーフが反論すると、リジーはいった。

「そんなのつまんない。長すぎるし、リズムがわるい。歌をうたってるみたいに呼べる名前のがよくない？」

「だが、そのほうが正確だ」

「正確さって過大評価されてる。わたしが重視してるのは、独創性。警官なんて呼ぶのはちっとも独創的じゃないよ」

チーフがイラッとした感じを全面に出すときって、愛情の裏返し。愛ってそういうところがある。愛ってたまに、暗くていびつな形をしたもののなかにちんまりかくれちゃう。涙《なみだ》とか嘆《なげ》きとかごちゃごちゃしたもののなかに。だって、愛って少しこわいものだから。愛をつかまえようと思ったら、しっかりおさえつけて、まるはだかにして、こびりついてる泥《どろ》みたいなのを洗い流して、じっと待たなくちゃいけない。だけど、ほっとくと浮《う》かびあがってきて呼吸をはじめる。たいていは。

チーフが内側にある愛情をかくすのもムリはない。十四年前、心の一部が勝手にドアから出てってどこかに行っちゃったきり、もどってこないから。ちぎれた心のすきまをなにかで埋《う》めなくちゃいけない。みんな、そうやって生きてる。

リジーは、心のすきまを物語で埋《う》めてる。

チーフの場合は、仕事。

あたしは、自分を責めること。

ひとが去っていくと、残された者たちはヘンな感じになる。最初は、ひとりいなくなっただけのこと。ひとり、ドアから出ていっただけ。すると、ピースがひとつ欠ける。だけど、あいたスペースがずっと残された者の心につきまとって、さらに穴が大きくなる。

一年生のとき、誕生日に学校にカップケーキをもってきてくれるママがいなくて、だれにもお祝いしてもらえなかった。誕生日がかわりばえしない一日になった。

そうやって、どんどんピースが欠けていく。学校の記録からうちのママのメールアドレスが消えると、集まりのリストからも消される。そしてまたピースがひとつ欠ける。学芸会。サイエンスフェア。ママがすわって声援《せいえん》を送ってくれるはずのいすは空っぽ。そしてある日、中学校に行くと、あたし自身の存在が忘れられてる。水蒸気みたいに、存在感が消えてほとんど見えなくなる。

だけど、リジーがずっといて、さみしくないようにしてくれていた。

リジーは愛。だけど、気づいたら、愛が家から消えていた。残ったのは、亡霊《ぼうれい》と、かつてあったもののかすかなこだまだけ。あたしは、捨てられた愛のかけらのよせ集め。雨ざらしになっていたピース。ずっと庭に出しっぱなしでさびついてて、ふと思いついてひと晩だけ家のなかに運びこまれたデッキチェアみたいなもの。

だけど、みんないつかはいなくなる。愛の小さなかけらは、しっかり植えつけないとあっさり風にふきとばされてしまう。そして、へこんでさびついたデッキチェアだけが残る。

生まれつきひととちがう人間っている。おもしろい感じにちがうんじゃなくて、さみしい感じ。目に見えない感じ。忘れ去られる感じ。

ママだって、そんなことわかっていた。チーフは認めようとしないけど、あたしは知ってる。ママが去った理由はあたしだ。すべてをぶちこわしたピースはあたし。

なんかいまいち。そんなときは、見方をかえてみるといい。地上の生活は最近いまいちだ。チーフはあたしが屋根にのぼるのをいやがるけど、鳥はいつも屋根の上にいる。あたしたちは、細い電線の上でバランスをとってる。風がふいたら、バランスをくずさないように注意する。いいかげん学んでもっと安定した場所を見つけて下の世界をながめればいいのに、鳥はどこよりも電線にとまりたがる。そういう習性だから。ギリギリの場所にひきつけられる。

それに、鳥は地面に落っこちそうに見えても、どういうわけか激突《げきとつ》する前に立てなおす。ぜんぶダメになっちゃう前に、また空へと舞《ま》いあがる力を出す。

2 両極端《りょうきょくたん》

ひとつはっきりさせておくと、みんな、フリをしている。生きていくのって、頭のなかの世界なら楽勝。たとえばいまもチーフとあたしは、ほんとは朝の八時なのに、ただいま夜の六時半でございます、みたいな顔でクイズ番組を観《み》てる。フリは、それだけじゃない。

「なにをしているんでしょうか、のコーナーだ。うーん、なにをしてるんだ？」

『ホイール・オブ・フォーチュン：運命の輪』の動作当てクイズがはじまると、チーフは挑戦《ちょうせん》者《しゃ》といっしょになって頭をひねる。思いつくと、テレビにむかって答えをさけぶ。わざとらしいくらいハキハキと。ビールを片手にもったままだから、結露《けつろ》がソファにポタポタ落ちてる。

「ターキーポットパイをベイクする！」

「ターキーポットパイをメイクする、じゃないの」あたしはちがう答えをいう。

挑戦者《ちょうせんしゃ》は、やる気満々だ。「パット、正解してみせるわよ」

するとパット・セイジャックがいう。この司会者は日焼けしてるフリをしてニンジンみたいな顔色してるけど、スプレーでそれっぽくしてるだけ。「よーし、リタ、答えをどうぞ」

パットのオーラは、ピクルスみたいな緑色。テレビの画面越《ご》しでもわかる。そこにニンジン色が入るからやかましい。

さっきのチーフみたいに威勢《いせい》よく、挑戦者《ちょうせんしゃ》のリタがいう。「ターキーポットパイをメイクする！」

やれやれ。人間も、このクイズくらい単純だったらいいのに。

あたしが正解したもんだから、チーフはこっちをむいてニタッとした。どういうニタッかは不明。こういうときは笑顔《えがお》が正解だから？　それとも、朝の八時にライトビールをのみながらきのうのゴールデンタイムに録画したクイズ番組を観《み》るのってなんかしょうもない気がするから？　きっと、毎晩六時半のハッピーホームズ介護《かいご》センターもこんな感じだと思う。名前がアイダとヴァージニアとドロレスあたりのおばあちゃん三人組が談話室に集まって、アシスタントのヴァンナ・ホワイトのワンピースがヘンとかパット・セイジャックの日焼けがヘンとかあれこれいいあいながら、「ビッグマネー！　ビッグマネー！」ってさけんだりシェリーをのんだりしてる。そっちでもこっちでもみんな、なんとかギリギリ生きてますって感じだけど、だれも認めようとはしない。

「フレーズクイズ！」つぎのコーナーがはじまると、あたしはパット・セイジャックのマネをした。目はテレビにむけたまま。

「なあ、レン」チーフがあたしを呼んで、ビールをソファの前のテーブルにおく。

「このコーナーの賞品って旅行だから、たぶんビーチ関連のフレーズだね。こういうのの行き先ってたいてい、あったかい場所じゃん」

「話がある」

あ、チーフがフリをやめた。

ビールは三本目に突入《とつにゅう》している。夜勤明けで帰ってきたところだ。チーフは、サイレンの光じゃなくてあったかい日ざしにつつまれた世界ってどんなか、ほとんどおぼえていない。だから想像力が欠如《けつじょ》してるのもしょうがないと思う。チーフのオーラはくすんだ灰色。真っ暗になる直前の夕闇《ゆうやみ》みたいなどんよりした色。

ああ、はじまろうとしてる。夏がそーっと近づいてくるときみたいな、あの感じ。チーフも、季節みたいにかわろうとしている。あたしはじっと待つほうが好き。変化するには前に進まなきゃいけない。あたしにはまだその準備ができてない。チーフもあたしも、もうちょっとだけじっとしてなきゃいけない。

あたしは四本目のビールを冷蔵庫からとってきて空《あ》き缶《かん》を片づけた。チーフは毎日六本ビールをのむ。決まって六本。何年か前、六本目で前の晩の勤務中に目にしたシーンにつきまとわれなくなるとわかったらしい。まあ、起きてるあいだは。夢のなかまでは知らない。

十四年前、目を覚ましたらシングルファーザーになってたとき、チーフは正気を保つには夜勤をするしかないと決めた。そうすれば、なんとか生きていける。リジーはそれをいやがった。リジーはそれから十四年かけて、いろんなものをあっちこっちに散らかした。

だけどいまは、家のなかが整然としすぎてる。

「ありがとう」チーフは、あたしがテーブルにビールをおくといった。

「あたしのジェスチャーってなに?」あたしはたずねた。

「へっ?」今日のチーフはとくに疲《つか》れて見える。きっときのうの夜、いやな事件が起きたんだろう。人が死ぬことはめったにないけど、やけになってる人を見るほうがキツいんじゃないかって思う。あたしたちはみんな、必死で人生にしがみついてるけど、夜になるとチーフは糸一本でギリギリつながってるみたいな人たちを目にする。爪《つめ》に血がにじんで、指は切り傷だらけで、心臓がやっと動いてるような暗闇《くらやみ》のなかにいる人たち。

「あたしをジェスチャーで類別すると、なんになる? トレードマークってこと」あたしはたずねた。「ほほ笑《え》み? しかめっ面《つら》? 眉間《みけん》にしわをよせてる、とかいわないでよ」

「眉間《みけん》にしわ?」

「そう。眉間《みけん》にしわ」あたしはやってみせる。「チーフはまちがいなく、『腰《こし》に手』だね」

「なにをいってるのかさっぱりわからん」

あたしはチーフを指さした。「あ、チーフってば眉間《みけん》にしわよせてる。いまの、取り消しかも」

チーフは立ちあがって、両手を腰《こし》においた。「話をそらそうとするな」

「ううん。ただ、眉間《みけん》にしわよせてる自覚があったから、意見がききたかっただけ」あたしはいった。チーフがあたしをじっと見つめる。目の下がたるんでるし、顔色がわるいし、白髪《しらが》だらけ。また茶色にもどってくれないかな。あと、あたしのジェスチャーがハグならいいな。〝シャネルの五番みたいな香りがしてメロンみたいなオッパイしてる大おばさん〟的な超強力《ちょうきょうりょく》ハグ。人がひとりすっぽりかくれてもう出たくなくなるようなハグ。人々をつつみこんでとかしちゃうような愛。みんな、そんな愛を必要としてる。

「レンはここひと月、ほとんど家から出てないだろう」チーフがいう。

「ずっと雨だったし」

「だれにも会ってない」

「人に会ってどうなるの。チーフだってしょっちゅういってるじゃん」

「また屋根にのぼっただろう」チーフがきびしい口調になる。

「あたしにレンって名前つけたの、チーフでしょ。レンって、ミソサザイのことだよ。鳥だよ。鳥っぽいことして当然でしょ」

「おれはほんとうはジョーンって名前にしたかったんだ」

「さすが。ジョーンなんて名前つけたがるのって、〝腰《こし》に手〟がトレードマークの人だけだよ」

「おい、レン」

「呼びたかったらジョーンって呼んでもいいよ。そのほうが気分いいならね」

「いいや、レンのほうがいい。そもそもおれの話をしてるんじゃない」チーフはビールをひと口すすった。ズズッがゴクゴクになってグェッとむせる。胸をとんとんたたいて、つまってるものを流そうとするけど、そうかんたんにいかないのは本人もあたしもわかってる。

『ホイール・オブ・フォーチュン』では挑戦者《ちょうせんしゃ》のリタがフレーズクイズの答えをいってる。

「プールサイドで待ち合わせ！」チーフもあたしもそっちに気をとられる。パットがリタに、ドミニカ共和国へのオールインクルーシブのクルーズ船の旅を獲得《かくとく》したと告げる。

「やっぱね。あったかい場所への旅行だった」あたしはテレビ画面を指さした。「クルーズ船、乗ってみたい？」

「いいや」チーフはいつもの現実的な口調で答えた。「海の上で何百人もの他人といっしょに船に閉じこめられるなんてまっぴらだ。食中毒か感染症《かんせんしょう》になるのがオチだ」

「世界のどこでも好きな場所に行っていいってなったらどこ行く？」

「レン、話をそらすのはやめろ」

「そらしてないよ」そらしてるけど。崖《がけ》っぷちまで追いつめられてるってわかったときみたいな胃のざわざわがおそってくる。崖《がけ》からあたしを落とそうとしてるのはチーフ。

「ひとりでいる時間が長すぎる」チーフがいう。

「ティーンエイジャーの特権。それにオルガだっているし」

「あのなー。オルガなら犬のほうがまだコミュニケーション能力がある」

「だったら犬を飼おう。うん、そうしよう」オルガっていうのは、チーフが夜勤のときに子どもだけにならないようにするために泊《と》まりにくるおばさんだ。なんか、ラクな仕事。うちに来てひと晩寝《ね》てればいいんだから。なのにそのオルガまで、あれこれ散らかしてまわる。

「ユタのベッツィおばさんのところにしばらく行ったらどうだ」

えーっと、わかってるのかな。ベッツィおばさんには子どもが五人いる。三年前にユタでクリスマスを過ごしたけど、いまでも五人のあの鼓膜《こまく》破れそうなわめき声がきこえた気がしてとび起きることがある。あの破壊力《はかいりょく》といったら。

「ベッツィおばさんならよくしてくれる。まわりに人もいっぱいいる。ここよりいい暮らしができるかもしれない」

「いい暮らしって？」

「まともな暮らしだ」

「まともに暮らしてますけど」

「そうか？」

なんでいきなり今日？　なにを思ってこんなことをいいだしたわけ？　きのうの夜に見た、メッタメタになぐられてる人の残像が焼きついてるのかも。そういうものって、とおりぬけていってくれるのを待つしかない。酸素みたいに血管を循環《じゅんかん》して、からだのすみずみまでいきわたるとやっと、あーそういうものかって認識する。それでやっと、記憶《きおく》がふーっと外に出ていく。

「もう帰ってこないと思ってるんでしょ」あたしはズバリいった。

「そんなことはいってない」

いってなくてもわかるし。あたしはまたテレビに意識をもっていった。リタがまた早押《はやお》し問題に正解してはしゃいでいる。

チーフはビールをぐびぐびのんで、ずっとためこんでたらしい大きなため息をついた。「もう、ひと月になる」

わかってるってば。一日、また一日と日がたつにつれて、あたしの肩《かた》の上にずしんずしんってのっかってきてるの、気づかない？

「なあ、レン」

「いいよ、いわなくて」

もう帰ってこないかもしれない。チーフはそういおうとしてる。

あたしはまたクイズを出した。「ね、チーフ、あたしはなにしてるでしょーか？」

チーフもあたしも、目を合わせようとしない。テレビの画面をじっと見つめたまま。

「このクイズはきらいだ。解ける問題を考えようじゃないか」

チーフが四本目のビールをのみおえて、空《あ》き缶《かん》をテーブルの上におく。リタがボーナスラウンドに進出したので、チーフとあたしはテレビにむかってやいのやいのいいはじめた。ユタ行きの話はぶじに流れた。他人の勝ち負けをながめてるほうがずっとラク。

リタは十秒以内に最終問題に答えなきゃいけない。あたしたちはかじりつくように見ていた。

ラスト一秒で、リタが声をあげる。「両極端《りょうきょくたん》！」

みごと、賞品の車をゲット。

チーフにビールをもう一本もってきてあげて、ふたりして、外の世界と切りはなされた朝のすきま時間にぬるりともぐりこむ。すきまっていうか、谷間かも。ふたりしてはまりこんだまま動けなくなってる。だけど、出口がないとわかってるのって逆に安心感がある。どうせ出られないから、家じゅうを暗くしてじっとすわって、『ホイール・オブ・フォーチュン』を観《み》る。

前からこうだったわけじゃない。家のなかにだれも住んでない部屋ができてからだ。リジーがカーペットにつけた足跡《あしあと》はもう見えなくなった。ここにはもういない、もういない、もういない……うつろで冷たいこだまだけがきこえる。チーフとあたしはそのがらんとした空間で暮らしながら、光がもどってくるのを待っている。

だいじょうぶ、なんともない、ってフリをするのがうまい人っている。

「となりの家に動きがあるみたいだ。用心しなさい」チーフがいう。

「了解《りょうかい》、チーフ」

そんな注意、どうせあたしはスルーするって、チーフだってわかってる。警察官の家の子って、たいていこんな感じじゃないかな。チーフってぜったい、世の中に安全なんて存在しないって信じてる。

「注意するよ」つけたすと、チーフは少しほっとしたらしい。

「レンならどこがいいんだ？　世界じゅうのどこにでも行けるとしたら、どこに行く？」

「どこにも。ずっとここにいる」

3　森のなかの希望

リジーの部屋の壁《かべ》に、たのまれて森の絵を描《か》いた。このままじゃ眠《ねむ》れないっていわれて。リジーはいつもそわそわしてた。

「ねえソングバード、わたしの足、勝手にどこかに行きたがる。夜中でも。真っ暗でも。神さまが足をつけてくれたのは、勝手にぶらついてかまわないってことでしょ」

リジーは一か所にとどまるタイプじゃなかった。ママとおなじで、転がる石みたい。みんな、ずっと前からそんなことわかってた。リジーも、そうじゃないフリをしようともしなかった。だからチーフも、リジーが出ていったとき、驚《おどろ》かなかった。

だけどあたしは……あたしは、リジーが出ていくのを阻止《そし》する努力をするべきだった。利己的かもしれないし、ムダな抵抗《ていこう》かもしれない。でも何度とりのこされてもやっぱりあたしは、行かないでって手をのばす。つかもうとしてるのがただの風みたいなものでも。

最初に描《か》いたのはたった一本の木。エメラルド色の葉っぱにウォールナット色の枝。だけど、一本じゃさみしい。あたしはリジーをさみしくさせたくないし、リジーももっとたくさんほしがった。

「ソングバード、森を描《か》いて。ふたりでかくれられる場所。そういうの、よくない？」

チーフも絵を描《か》いていいっていった。リジーの寝《ね》つきがサイアクなのをめちゃくちゃ気にしてたから。チーフはよくリジーの子どものころの話もしてた。昼寝《ひるね》なんかしやしないし夜も四時間くらいしか寝《ね》ないって。夜になるとおびえるし、ママのお腹《なか》から出てくるなり目をカッとひらいて、医者や看護師やママまでまっすぐに見すえたそうだ。赤《あか》ん坊《ぼう》って、きょろきょろするものなのに。だけど、リジーはちがう。リジーは注意深い。この世にやってきたのに気づいてすぐ、人生をはじめる準備をしてたんだ。

「最初からリジーは、もっともっとほしがる子だった」チーフはいった。

あたしが生まれたときはどんなだったかたずねると、安心できる子だったといわれた。たいくつなのがよかった、って。

「よく眠《ねむ》った。よく食べた。おれが部屋を出てもどってくると、前とおなじ場所にいた。たまに、いるのを忘れるくらいだった」それからチーフはリジーを指さした。「だが、この子ときたら。こっちが背中をむけたすきに、どこかに行ってしまう」

そんなふうだから、リジーは小さいときに骨折した。チーフがリジーとあたしに『セサミストリート』を見せてるすきにシャワーを浴びて出てきたら、リジーが地下室につづく階段の下に転がっていた。脚《あし》がへんなふうにねじくれてた。あたしは、チーフにおいていかれたソファにじっとすわったまま。

だけど、あたしにはわかる。チーフは心のどこかで、リジーにヤキモキさせられるのがうれしいんだ。

チーフがいうには、リジーははじめて呼吸をした瞬間《しゅんかん》から愛を追い求めはじめたそうだ。ママが家を出て愛が消えた瞬間《しゅんかん》、リジーはもう一度愛を見つけようと心に決めた。世界のどこかに手に入れられそうなものがチラッとでも見えると、リジーはそれをほしがった。

だからあたしは、森を描《か》いた。森のあとは、花を描《か》いた。花のあとは、チョウチョと草と月と雲を描《か》きたして、宇宙ぜんぶがリジーの部屋の壁《かべ》にあるようにした。そうすれば、夜になっても自由に出歩けて、愛をさがせる。星の下で眠《ねむ》れる。

だけど、どんなにたくさん木を描《か》いてもまだ、リジーがあたしをおいてどこかに行っちゃうんじゃないかってこわかった。

チーフにはわかっていた。リジーはあたしが描《か》いた森のなかじゃ、さがしてるものを見つけられないって。ママまで描《か》いたのに。どんな顔かも知らないけど。

「レン、ママは今日どこにいると思う?」リジーが部屋で逆立ちしながらきいたことがあった。あたしが描《か》いた木からぶらさがってるみたいに見えた。ひざを曲げて枝に引っかけて、茶色い髪《かみ》が滝《たき》みたいに床《ゆか》にむかって流れおちていた。

「さあ」あたしはひざを抱《かか》えてすわっていた。

「レンの黒い髪《かみ》って夜空みたい。それにグリーンの瞳《ひとみ》はわたしの森。ソングバード、あんたってわたしをとりかこんでるんだね」

リジーがあたしの機嫌《きげん》をとってるのがわかる。リジーは、あたしが色の話が好きなのを知ってるから。オーラが見えるって話をしたのはリジーにだけ。オーラを見る力があるなんてヘンだけど、リジーはぜったいそういう態度をとらない。

「ちょっとー。いいから答えて。そういうの、得意でしょ」

「ううん、得意じゃない」

「パリでチョークアートを描《か》いてるかもよ」

「知らない」あたしはからだを丸めてできるだけ小さくなった。

「そんなふうに翼《つばさ》をぎゅっとたたんじゃダメ。どうやって飛ぶつもり？」

あたしは飛びたくない。いまいる場所にずっといたい。リジーといっしょに。

「ユニセフで働いてるってのはどう？　世界じゅうの子どもたちにワクチンを打ってるの」リジーは逆さまになってるせいで声をふりしぼってた。逆立ちってそういうもの。永遠にはしてられない。のぼる朝日を踏《ふ》んづけてダンスとか、月まで浮《う》かんでったりとかだけ、詩みたいにうつくしい。詩みたいってことは、そのせいで気がめいる日もある。

「その木からおりてきたら」あたしはいった。「そのうちケガするよ」

「ソングバード、あんたが答えたらね」

「だけど、ママはワクチンは打てないよ。医療《いりょう》の技術がないし、きっと血がきらいだし」

「ポーランドで共産主義者の訓練所を主催《しゅさい》してるとか。アナスタシアとかいう名前のスターリンのひ孫といっしょに。ほら、あの大きい毛皮の帽子《ぼうし》とかかぶって」

「ママがどこにいるかは知らないけど、とにかくここじゃないから！」怒《おこ》ったら、からだを丸めてつくっていた球がばーんと破裂《はれつ》した。粉々のかけらが部屋の床《ゆか》じゅうに散らばる。あたしは背中を床《ゆか》に打ちつけて、死んだクラゲみたいにぺろーんと広がった。

リジーは逆さまのまま。あたしをよろこばせるためなら頭を打ってもいい覚悟《かくご》だ。「ソングバード」リジーが静かな声でいう。「フリするくらい、いいでしょ。じゃ、腕《うで》のかわりにするなら、触覚《しょっかく》と翼《つばさ》とどっちがいい？　選んで」

リジーといっしょにいると、世界は自由自在。リジーは空から星を引っぱりおろしてきて、両手でつつんだ。

あたしはからだを起こした。両腕《りょううで》が軽くなって、ぶらぶらする。

「わかった。だったら、クロアチアのどこかで舞台《ぶたい》に立ってる歌手。ほっぺたを赤くぬった等身大のマリオネットを演じてるの」

リジーは逆立ちをやめて、ニターッとした。頭にのぼっていた血が引くと、さらに顔をかがやかせる。「で、トゥシューズで踊《おど》る」

「ショーのなかでいちばん盛りあがる場面」

あたしたちは床《ゆか》にごろんとして、あたしが天井《てんじょう》に描《か》いた宇宙を見あげた。

「で、グレタ・ガルボっていう名前のねこを飼ってる。ミルクじゃなくてシャンパンをのむの」リジーがいう。

「それで、毎晩サインをしまくる」あたしは、古ぼけたカーペットじゃなくて雲の上に浮《う》かんでるような気がしてた。想像力っていうのは人を浮遊《ふゆう》させる。

「ママがここにいられないのもムリないね。ママがいなかったらショーが成り立たないし」リジーがいう。

「グレタ・ガルボもいるしね。ねこはひとりじゃシャンパンのボトルあけられないもん」

「ママはうちに帰ってこられないね。そんなことしたら、みんながこまっちゃう。ショーもグレタ・ガルボもママがいなきゃダメだし」リジーはそういってから、声をひそめた。「ほーらね、だからだいじょうぶだっていったでしょ。ハチャメチャなことがあったほうが人生って楽しくない、ソングバード?」

ハチャメチャがつづくならいいけど、そんなことはぜったいにない。

「ね、もう一度教えて。わたしのオーラは何色?」リジーがいう。

「カドミウムイエロー」

「お日さまの色。お日さまイエロー」リジーがにっこりする。

リジーの部屋の壁《かべ》に太陽の光を描《か》く必要はない。リジーが光だから。だからかわりに夜の景色を描《か》いた。リジーが落ち着かなくなるのはいつも夜だから。前も、気づいたら悪夢を見てぶるぶるふるえてたことがあった。つかまっちゃって動けない、といって。

「ソングバード、歌をうたってくれる？」

だからあたしはうたった。

リジーが自分自身みたいになじみがある星や月や木を描《か》けば、なにもこわがるようなものはない夜の絵を描《か》けば、リジーは暗くてもおびえなくなると思った。

「みんな、あたしをおいてどっかに行っちゃうの？」あたしはあのハチャメチャな想像をした日、リジーの床《ゆか》にごろんとなったままたずねた。「だれも、残されて傷ついた人のことなんかおぼえていたいって思わないんだよね」

リジーはあたしの手を握《にぎ》った。「木がおぼえてるよ。木はどこにも行かないから。ソングバード、木のあいだに巣をつくったらどう？」

木はどこにも行かない、とリジーはいった。わたしはどこにも行かない、じゃなくて。

リジーの部屋に立ってると、壁《かべ》がスポケーンをかこんでびっしりと生《お》い茂《しげ》る暗い森みたいに感じた。だからチーフは森の絵を描《か》けっていったんだな。リジーが迷子になりたがってるってわかってたから。リジーは消えたがってた。たとえ想像のなかだけでも。自分の部屋にいるときだけでも。チーフとあたしは、リジーが自分の部屋のなかで迷子になってくれればいいと思っていた。そうすれば、危険な目にあわないし、たぶん家の壁《かべ》のむこうまでなにかを求めて行っちゃったりしないから。

リジーが家を出て三十二日になる。

4 アン・ブーリン

芝生《しばふ》に寝転《ねころ》がって、クロード・モネについて考えている。モネは、色を九つしかつかわなかった。自分が好きなものをちゃんとわかっていた。わざわざ必要のない色で人生をつまらせるなんてことはしなかった。宇宙なんて三色あれば描《か》ける。

モネって天才。

そんなことを考えつつ、クロエのお母さんがあたしの話をしてるのをきこえないフリしてる。うまくいってないけど。きけっていう圧が強い声ってある。クロエのお母さんのオーラは、トラみたいなオレンジ色。だれでも身につけられるオーラじゃないけど、そういう色の人が近くにいるとみんな気づく。

クロエのお母さんって、一秒前と百八十度ちがう発言をしては、ほかの人のせいにするタイプ。

わたしはウソなんかいっぺんもついたことないけど、ほんとのことをいえって期待したってムダだからね、とか。

ぜったいいわないって心に誓《ちか》ってるけど、そんなにいってほしいなら、とか。いまきこえてきたのは、「わたしはよその家のことはとやかくいわない主義だけど、だからいったでしょって感じ。あの子をしっかり見張っといたほうがいいって何度もいったのに。ちゃんと忠告したのよ。口をはさまないって決めてるけど」

べつの警察官の妻がいうのがきこえる。「もうひとりのほうはどうなの？」

「レン？　あの子は人畜無害《じんちくむがい》。どこにも行きっこないわよ。そもそも存在感ゼロだし」クロエのお母さんが答える。

クロエのお母さんって、マニトー公園で週一行われてるスポケーン警察のソフトボールの試合にチーフが差し入れてるツナのキャセロールみたい。一見、きちんとしてるように見えるけど、中身はぐちゃぐちゃでお腹《なか》こわす危険性あり。だれも食べやしないけど、うちの差し入れはいつもあのキャセロール。もちより料理でチーフが作り方を知ってるのって、あれだけだから。ルーティーンみたいなもの。

クロエの家族のことも、あたしはルーティンだと思ってる。チーフが毎朝のむ六本のビールとか、毎週日曜日にチーフにわたされる食料品の買いもののリストとか、チーフが着てる制服とか、毎朝八時の『ホイール・オブ・フォーチュン』みたいなもの。クロエの家族は、あたしたちのルーティンの一部。作り方を知ってる唯一《ゆいいつ》のもちより料理。あたらしいレシピを試《ため》すより、お腹《なか》をこわすリスクをおかす。あたらしいレシピなんて賭《か》けだ。失敗してジゴクみたいな味になるかも。もうこれ以上ヒサンな結果は招きたくない。

だからモネは、九色しかつかわなかったのかな。心地《ここち》よくいられる方法を知っていた。だけどそのモネさえ、一八八六年以降はアイボリーブラックをつかうのをやめている。

目を閉じて日ざしを浴びてたら、まぶたがジリジリしてきた。いまならもしかして、草の上でばらばらになれるかもしれない。ゆっくりと、からだが緑色のとがった草に分解されて、それからチョコレート色のあったかい地面に吸収されていく。深くもぐって、そのうちもう表面には浮《う》きあがれなくなって、草についていたからだの跡《あと》さえ消えてしまう。

だけどそうなる前に影《かげ》が落ちてきて、空気がひんやりとしてきた。雲が通りすぎたからじゃない。嵐《あらし》だ。

「来るとは思わなかった」ひと月ぶりにクロエがあたしにかけた言葉がこれ。ほかにいくらでもありそうなもんなのに、よりによってつまんない言葉を選んだものだ。

お日さまが消えちゃったらどうする？　わたしが友情であったためようか？　とか。

巣をつくりなおすの、手伝おうか？　わたし、枝とか羽根とか集めるの得意。とか。

手をつないで守ってあげようか？　とか。

そういう言葉のほうがいいのに。

まあ、想定内だけど。クロエのオーラは赤。リンゴ飴《あめ》の赤。甘《あま》いものでつつまれてるけど、内側はすっぱくてピリリとくる。

最近はとくにピリピリが激しい。英語の授業のあと、廊下《ろうか》でジェイ・ジェムソンとイチャつくようになってからとくに。

いまのクロエは、六回離婚《りこん》したイングランドのヘンリー八世の二番目の妻、アン・ブーリン。いまある王座がそのうちゆらぐなんて思ってもいない。だけど、そんなのがいつまでもつづかないってあたしは知ってる。歴史は変えられない。

リジーはクロエをよく思ってなかった。

「ソングバード、クロエのオーラは何色?」何年か前に、リジーにきかれた。ひとにはみんなオーラがあるって話をはじめてしたとき。オーラといっても、気分でくるくるかわるようなタイプのじゃなくて。占星術《せんせいじゅつ》とかでもない。その人にぴとっとくっついててはなれないオーラだ。その人をとりまいていて、しっかりつつんでいる。

リンゴ飴《あめ》の赤って答えると、リジーは首を横にふった。「クロエには気をつけなさい」

「なんで?」

「その手の赤って、自己中だから。注目されないと気がすまないの」

クロエと友だちをやめちゃったら、リジーがそばにいないときにだれと過ごせばいいのかわからない。だいたい、リジーだって注目されるの好きなのに。リジーはきらめく太陽。お日さまイエローのオーラは、ひとの気持ちをぐっと引きよせようとする。リジーは宇宙に光をはなち、あたため、燃やす。だけどリジーがいうには、真実を見たくて注目を求める人ばっかりじゃないそうだ。真実を見たい人は光で明るく照らすけど、そうじゃない人たちは、ウソをついてまで注目がほしい。真実を操作して、世界を自分が好きなようにねじ曲げる。

あたしは両ひじをついてからだを起こして、上からのぞきこんでくるクロエを見つめた。

「チーフから、外に出ないとユタ行きだっておどされて」

「ユタっていいスキー場あるらしいわよ」

クロエとお母さんは、リジーが出ていった直後にも家にやってきた。

そのときあたしは屋根にひざを抱《かか》えてすわってた。で、クロエが家の前の道に立ってるのが見えた。

「チーフに、おりてくるようにいえってたのまれたの」クロエがいった。

あたしは答えなかった。いって意味がある言葉がひとつもない。

クロエが声をはりあげる。「一日じゅう、そこにいるんだって？　そのうちケガするわよ。レン、すぐにおりてきなさい」

クロエはいつも上からものをいう。いわれるままにしてたけど、もういい。クロエがどんな理屈《りくつ》をふりまわしてきても関係ない。

「ちょっと、なに考えてるの？　やってること、おかしいわよ！」

考えてはいない。頭のなかは、前に見た一羽の鳥の映像がエンリピ中。どしゃぶりの雨だった。春と秋にスポケーンでドバドバふる雨。こういう雨がふるときに外にいたら、どこにかくれてもムダ。ずぶぬれになるしかない。雲がもくもく出てきたとき、あたしは〈ダラー・ツリー〉に逃《に》げこんだ。店内は、一ドル均一のチープなプラスチック商品で心を満たそうとするムスッとした顔の人たちだらけ。

あたしは窓辺に立って、嵐《あらし》にはまった鳥をながめてた。

風がびゅうびゅう、雨がざんざんのなか、翼《つばさ》を広げた鳥はすっかりかたまっているように見えた。空中に浮《う》かんで、自然が解きはなった変化に不意をつかれてがっちりつかまっちゃったみたいに。木の上に安全な巣とか近くの橋の下に見張り場とかがあるだろうに、そこまで行き着くのはムリだった。あまりにも急激に状況《じょうきょう》がかわってしまい、いまはただひたすら嵐《あらし》に身をゆだねるしかない。

「もういいっ！」あたしが屋根からおりようとしないと、クロエはわめいた。「勝手に落ちてケガすれば？　ちゃんと警告したからね！」

いまこうしてクロエにひさしぶりに会って、なつかしいかといったら、ぜんぜん。

「まだジェイとつきあってるの？」あたしはたずねた。インスタで知ってたけど。きのうは、プールサイドでビキニ姿の写真を投稿《とうこう》してた。

@chloethequeen　プールで日焼けしながらスムージー中　#日焼け　#ライフガードのカレシ　#サイコーの夏　#頭がキーン

「レンがジェイをきらってるのは知ってるけど、カレのこと、なんも知らないでしょ。すっごくいいひと」

ヘンリー八世の歴代の妻たちもみんな、そういってたはず。

「レンはカレシがいるってどんな感じか知らないしね。一度もつきあったことないから」

そういわれた瞬間《しゅんかん》、あたしは立ちあがってさっさとその場をはなれた。そもそもチーフがユタをちらつかせておどしてこなかったら来てないし。

もちより料理のテーブルでとり皿にマカロニサラダとポテトをのっけた。食欲ゼロだけど。

チーフのツナキャセロールは手つかずのままおいてある。

クロエのお母さんが近づいてきて、いきなり両手であたしの顔をはさんでじろじろのぞきこんでくる。「ああ、レン、会えてよかった。顔色わるいわね。クロエなんか最近プールばっか行ってるわよ。いっしょに行けば？　少しはお日さまと仲よしになりなさい」

そんなかんたんにお日さまと仲よくなれるなら、リジーはとっくに帰ってきてる。

「レンは日焼けしやすいから」クロエがいう。

「ふーん、ねえ、今夜レンも連れていってあげたら？」

「はぁ？」

「ジェイとデートなんでしょ」クロエのお母さんはそういってから、ほかの警察官の妻たちにはしゃいだ声でささやいた。まわりにきこえないように、みたいなフリで。「クロエ、カレシができたのよ。すっごいイケメンなの！」

「ママ」クロエが口をはさむ。「レンだって行くのヤだろうし」

そのとき、チーフがもちより料理のテーブルにむかって走ってきた。汗《あせ》だくで、左手にミットをつけたまま。試合に出ないときはアンパイアを任されていて、スポケーン警察レクリエーション野球チームのルールブックを肌身《はだみ》はなさずもっている。

「レンがどこへ行くのがイヤだって？」

「クロエがデートなの。レンもいっしょに行けばっていってるところよ」クロエのお母さんが答える。

「じゃまだって思わせたくないし」クロエがそっけなくいってから、表現をやわらかくかえた。「仲間はずれみたいに感じてほしくないし。それだけ。タイクツでしょ」

ほーらね、リンゴ飴《あめ》の赤が出てきた。

「とやかくいうつもりはないけどね」クロエのお母さんがかん高い声でいう。「ただ、レンも連れてってあげればいいのにっていってるだけ」

チーフの顔に「ユタ」って書いてある。クロエとあたしは、いまでも親友みたいに野球場をあとにした。クロエにとってあたしなんて、さみしいときに抱《だ》っこできて、大人になったと感じたらポイってするテディベアのぬいぐるみみたいなものだったんだ。

クロエは自分の車まで来ると、あたしを連れていく気はないといいだした。

「いっとくけど、わたし、ジェイが好きなの。レンにじゃまはさせない」

あたしは、かまわないと答えた。どっちにしても行きたくないしって。

クロエは送ってくとはいわなかったし、あたしは歩いて帰った。

夕闇《ゆうやみ》がせまってきてた。近所の街灯がうす暗がりを照らしている。そうか、チネがアイボリーブラックをつかうのをやめた理由、わかったかも。世界にはもうじゅうぶん暗がりがある。わざわざつけたす必要はないって思ったんだ。

5 むかいの部屋の光

となりの家に明かりがついている。外は真っ暗。廊下《ろうか》のむこうのリジーの部屋の森にはだれもいない。あたしは自分の部屋でごろんとなって天井《てんじょう》をながめている。夜につつまれていると、リジーの声がきこえてきそうな気がしてつい耳をすます。だけどきこえてくるのは、夏の熱気で床板《ゆかいた》がしなってきしむ音だけ。

あたしの部屋の真むかいにあるベッドルームの窓に光があふれたとき、えっ？　ってなった。そういえばチーフが、となりの家に動きがあるっていってたっけ。

窓からながめてると、部屋のなかを男の子がうろうろしてるのが見えてきた。こんな夜ふけに起きてるのは、スポケーンじゅうであたしたちふたりだけじゃないかな。たぶんそれで、あたしも明かりをつけてみる気になったんだと思う。

すると、その男の子は真むかいの窓にやってきた。

赤い髪《かみ》。といってもニンジンみたいな赤じゃなくて、深い赤。ガーネットみたいな赤で、瞳《ひとみ》はジンジャーブレッドブラウン。鼻の頭にそばかすが星座みたいに散ってる。はなれていても、ぜんぶハッキリ見えた。

あ、だけど……オーラがない。空白にかこまれてる。あたしとおなじ。空っぽ。

あたしの部屋が真っ白なのには理由がある。白い壁《かべ》、白いベッド、白い家具。去っていくものが残していった空白って、ひとの目には見えないから。ひとって何者でもないと、目に見えない存在になる。

この男の子もあたしとおなじ？

あたしは男の子から目がはなせない。

男の子がスマホを手にして、ぽちぽちするマネをする。

そっちの番号は？　口パクでいう。

あたしは紙に自分の番号を書いて、その子に見えるようにかかげた。

その直後、知らない番号からテキストメールが来た。


さみしそうだね。


あたしは鏡にうつる自分をチラッと見た。これって、さみしそうなひとの顔？　なんか、いまいちしっくりこない。

あたしは男の子を見返して、肩《かた》をすくめた。

すると、男の子が窓にくちびるを押《お》しつけて、ぶぉぉーんと音を立てた。こっちの家まで届くくらい大きな音。

ひと月ぶりくらいに、あたしはゲラゲラ笑った。

男の子がにっこりする。

またテキストメールが来た。

ぼくはワイルダー

真むかいの窓に目をやると、明かりが消えていて、鼻の頭に宇宙がある男の子の姿はもうなかった。

6 ミツバチの受難

わが家のラジオフライヤーの真っ赤なおもちゃのワゴンが〈ロザリオズ〉の外にとまってる。うちからちょっと歩いたところにある、リジーといっしょによく行ってた小さなスーパーマーケットだ。リジーが高校に入ったころから、あたしたちは食料品を買う係だった。リジーに「責任感」をもたせようとチーフが考えた結果だ。〈ロザリオズ〉は、割高の食品とデリを売ってるよくあるマーケットで、出入り口の外に電動の木馬がおいてある。やかましい子どもたちをコイン一枚でおとなしく遊ばせるためのもの。リジーは毎週の買い出しのたびに、その木馬をじっと見つめていた。

「ソングバード、やってみたら。自由がたった一セントで手に入るよ」

「おもちゃの馬だよ。乗ってもどこにも行けない」

「わかってるだろうけど、『自由』って名詞だから。動詞じゃなくて。みんな、いまいる場所から動けないって思いこんでるけど、そうしてるうちに自由がポケットからぽろっと落っこちてソファのあいだにはさまったりして見つからなくなっちゃう。一セント硬貨《こうか》のたいせつさをみんな、わかってない」

あたしはそれ以来、一セントを集めはじめた。リジーには、だまってたけど。大きなメイソンジャーに入れてクローゼットのなかにかくして、自由でパンパンになってあふれだしそうになったらリジーにあげようと思ってた。ジャーのなかの自由はいま、小さくて着られなくなった古い服の下にかくれて永遠に出てこられなくなってるかもしれない。

木馬の前をとおりすぎて、マーケットに入っていった。握《にぎ》りしめたチーフの買いものリストは、毎週あたらしいのをわたされるけどアイテムはおなじ。

今朝『ホイール・オブ・フォーチュン』を観《み》てるとき、チーフがリストをわたしてきていった。「そろそろもどってもいいころだ」

「どこへ？」

「現実世界へ」

「え？　じゃあ、これは現実じゃないの？」あたしは実在の家と家具を手で示した。

「そういうことじゃないのはわかってるだろう、レン」チーフの表情は、ユタも現実だぞと物語っていた。今夜チーフは、二日間のオフをはさんでまた深夜シフトだ。つまり昼間は仮眠《かみん》で、夜はオルガが来るってこと。チーフはいつも、また暗闇《くらやみ》の生活にもどれるときは少しホッとした顔になる。

「あと、明日から自動車教習だぞ」

やれやれ、おぼえてたんだ。

「レン、車の運転は必要だ」

そうなんだろうけど。数か月前に十六歳《さい》になったとたん、チーフに教習所に登録させられたまま、通ってない。新学期がはじまったらあたしは、サウスヒル・ハイスクールの二年生でたったひとりの免許《めんきょ》なしになるかも。

「免許《めんきょ》さえとれば、いつでも乗れる車があるんだ」

家の前には古いパトカーがとまってる。車体の文字は消してあるし、サイレンとか後部座席にある逮捕者《たいほしゃ》用のケージとかはとりはずされてるけど。十年前にチーフが千ドルで署からゆずりうけた。リジーとあたしが十六歳《さい》になったら乗れるように、って。

中学生のころよく、あたしが運転してるフリして助手席にリジーが乗った。リジーはぜったいイヤだといって運転したがらなかった。リジーの目はあらゆるものをキャッチしたがる。それをぜんぶゴクゴクのみこんで、現実のまわりに想像をグルグルめぐらせる。

「めまいがしちゃうんだよね。ビュンビュン過ぎてっちゃうから。それってなんか……さみしい。わたしはもっとスローなペースがいいの。歩くほうがいい。走ってる車のなかにいたらなんにもハッキリ見えないでしょ」

リジーはよく窓から腕《うで》を出して空気をつかんで、目に見えないもののかけらを握《にぎ》りしめようとしていた。

だけどたいていは、動かない車にただ乗ってるだけだった。リジーはからだの一部を窓から出して、ぶらぶらさせていた。あたしは責任を感じてこわばってた。たまに気づいたら、ハンドルを握《にぎ》って念のためバックミラーをチェックしてるときもあった。

リジーは、後部座席にどんな逮捕者《たいほしゃ》が乗ってたかを想像するのが好きだった。

「チーフは、つかまるのはドラッグ関係が多いっていってるよね」あたしはいった。

「ソングバード、どんな罪かなんてどうでもいいの」リジーはふりかえって、うしろのシートをじっと見つめた。過去の逮捕者《たいほしゃ》の亡霊《ぼうれい》がいっぱいいるみたいに。

「じゃ、たいせつなのはなんなの?」

「愛。こわれた心のかけらがあそこに散らばってる。見えない?」

あたしは目をこらして見た。だけど、リジーにとってたいせつなのは事実じゃない。真実は実体のないもので、リジーはそういうものと現実世界とのあいだにいる。リジーは、ほかのだれにも見えないものを見てる。

「あのね、ソングバード、罪を犯《おか》す原因は愛なの。愛がないと、ほんとうに生きてることにならない。だから、ギャップを埋《う》めるために罪を犯《おか》して心がこわれないようにするの」

リジーのいい方だとドラッグを美化してる感じになっちゃうけど、チーフはものすごく危険なものだという。あたしはどう考えていいかわからない。美と危険って、両立する。

リジーはシートをたおしていった。「サンルーフをあけて。空にキスしたいから」

リジーは免許《めんきょ》をとらなかったし、あたしはホッとしてた。どこにも行くつもりないってことだと思って。だけどけっきょく、二本の脚《あし》さえあればここを去ることはできた。

あたしはリジーとはちがう。チーフもそれをわかってる。だから教習所に申しこんだ。

あたしは内心、ひとりであの車を運転したくなかった。運転席にすわるたび、助手席に目をやってしまうだろう。リジーが窓から腕《うで》をぶらんと出して、長い茶色い髪《かみ》を風になびかせているところが見えてしまう。キラキラかがやいていたころのリジーを。世界が冷たくなってしまう前のことを思い出してしまう。

「免許《めんきょ》をとれば、もうワゴンを引いて買いものに行かなくていいんだぞ。生活がずっとラクになる」チーフはいった。

チーフの考えそうなこと。チーフって決定的に想像力に欠けてる。

『ホイール・オブ・フォーチュン』がおわると、チーフはいった。「地下室から絵を描《か》く道具をもってきてやろうか？　気分転換《きぶんてんかん》になるんじゃないか」

まだそんな気分じゃない。

「チーフ、日曜だよ。買いものしなきゃだし」

マーケットで棚《たな》のチートスに手をのばすと、声がした。「そんなの買っちゃダメ」となりで女の子がポテトチップを品出ししてた。髪《かみ》を頭のてっぺんでまとめてる。

「えっ？」

その子はあたしを見つめて声をひそめた。秘密を打ち明けるみたいに。「それ、買っちゃダメ」

「なんで？」

「黄色5号」その子がからだをよせてささやいてくる。あたしがきょとんとしてると、その子はつづけていった。「合成着色料。発がん性物質が含《ふく》まれてる」

あたしはチートスの袋《ふくろ》をじっと見た。「そうなの？」

その子はあたしのカゴのなかにあるほかのアイテムをじろじろ見た。そして、ガッカリした顔になった。

「合成着色料。遺伝子組み換《か》え。甘味料《かんみりょう》。がんになりたいの？」

「そういうわけじゃないけど」

「こんなゴミ、買っちゃダメ」

「選択権《せんたくけん》ないから。リストどおりなの」あたしは文字が整列したリストを見せた。

「このリスト、人を殺す気だね。捨てちゃいな」

「そうカンタンにはいかない。あたしのリストじゃないから。お父さんが書いたリスト」

その子は、そういうことか、みたいな目をした。「ははーん。うちの父さんは薬剤師《やくざいし》でね。薬のめばなんでも治るって思ってる。あ、わたし、レイア・ゴンザレス。『スター・ウォーズ』

のプリンセス・レイアのレイア」

「レン・プラムリー。鳥のレン」

レイアは小柄《こがら》だけど、ターコイズブルーのオーラが広がって、金色っぽい茶色の髪《かみ》がほんとに光って見える。ちっちゃな入れものに閉じこめられた躍動的《やくどうてき》な生きもの。

「ここのバイト、はじめたばっかり？」あたしはたずねた。

「ううん。一年前からいる」レイアが答える。

見たおぼえがない。そんなのってありえないのに。こんなに存在感あるんだから。だけど前は、リジーのことばっかだったから。まわりを見まわす余裕《よゆう》はなかった。リジーと、木馬と、チーフのリストしか見てなかった。

「ね、サウスヒルに通ってるでしょ？」レイアがたずねる。

「うん」

「学校で見たことある」

「ほんと？」

レイアがうなずく。「わたし、今度三年」

「二年」ビックリ。

あたしはちょっと疑いの目でレイアを見つめた。あたしに気づく人なんていないのに。

レイアは赤いエプロンをつけてた。ピンバッジがひとつ。SAVE THE BEES（ミツバチを救え）。

あたしはバッジを指さした。「これ、なに？」

レイアが真顔になる。「中国じゃ、ミツバチの免疫《めんえき》を高めるために致死量《ちしりょう》の抗生物質《こうせいぶっしつ》を与《あた》えて生命力を弱らせてるの。サイアク」

「わあ」

「ハチミツが信用できなくなったらおわりでしょ」

レイアはポケットから小さな瓶《びん》をとりだしてふたをあけると、手首にトントンした。

「パチュリオイル。天然の抗《こう》うつ剤《ざい》。親たちは薬をのませたがるけど、わたし的には、ひゃくぱームリ。社会の圧力なんかに負けない。医者ってすぐ薬づけにしたがるから。けど、どうなるかわかる？」

「どうなるの？」

「ひとつ薬をのむと、もっと薬が必要になって、気づいたら薬をのむ理由がうつだけじゃなくなってる。抗《こう》うつ薬のむと便秘になって、つまってるのが気持ちだけじゃなくなるってワケ。それにひきかえ、パチュリオイルの副作用ってなんだか知ってる？」

「泥《どろ》みたいなにおい？」

レイアはあははと笑った。「フンづまりになるくらいなら泥《どろ》みたいなにおいするほうがマシ」

「まーね。で……そのオイル、どこで手に入るの？」

レイアがあたしの腕《うで》をつかんでべつの通路に引っぱっていく。「遺伝子組み換《か》え食品のこと、もっと教えてあげ……」

クラッ……角を曲がったとたん、まばゆいばかりの光に目がくらんだ。

一瞬《いっしゅん》、なんにも見えなくなって転びそうになった。だけど、二本の手にさっと抱《だ》きとめられた。レイアの声がきこえる。「ルカ、店でスケボーは禁止。クビになるよ」

「クビは慣れてるし」あたしを抱《だ》きとめているのは、ルカと呼ばれた男の子の手だった。

「そういうわけにいかないでしょ。バイトはじめたばっかのくせに」

目がやっとまぶしい光になれてきた。目の前に男の子が立ってる。姿形はまだぼんやりしてるけど。気のせいだ。ふつうにしなくちゃ。動揺《どうよう》しまくってるなんて見せないように。だけどふつうって、あたしにとっては超《ちょう》難題。

「人生に永遠なんてないからさ」ルカがいう。

「いいからさっさとボード片づけなさい。でなきゃ、ケツぶったたくよ」

「わかったよ、レイア姫《ひめ》。暴力反対。もう店でボードは乗らない」ルカがいう。

ルカはボードをポーンと蹴《け》りあげてキャッチした。あたしはルカを見つめてたけど、眉《まゆ》をぎゅっとよせてるのがわかる。〈ロザリオズ〉の店内に日ざしがさんさんとふりそそいでるみたいに。でも、どうにもできない。それどころか息も殺してた。ルカはまだボードで走ってるみたいにきどったポーズで歩いていく。

レイアがあきれた声でいう。「ルカってマジでバカ。愛すべきバカだけど」

胸がばくばくしすぎて破裂《はれつ》しそう。

「ルカ？」あたしはようやくいった。

「ここでバイトしてんの。デリ担当」

「おなじ学校？」

気づかないなんてありえる？　レイアだけじゃなくてルカも？

「ううん。ルカは私立。ま、どんだけまじめに通ってるかは知らないけど」

あたしはルカがいた場所に視線が釘《くぎ》づけになってた。似たようなオーラの人なら会ったことある。おなじくらいあざやかなオレンジとかピンクとかグリーンとか。

だけど、リジーとおなじ色の人はいなかった。ひとりも。

お日さまイエローの光をはなってるのは、リジーだけ。太陽の色。

そう思ってた。

「ルカ」あたしはまたいってみた。

「たったひとりの存在が、こんなクソの海で泳ぐのを少しマシにしてくれることもあるよ」レイアがまわりじゅうを指し示す。「ようこそ、クソの海に。だけどわたし、州の外にある大学に行きたいから、このバイトやめられないんだけどね」レイアがまたあたしの腕《うで》をつかんだ。

「さ、エッセンシャルオイルの売り場、案内してあげる」

べつの通路にむかいながら、どうしてもふりかえらずにいられなかった。ルカが立ってた場所に光の筋が残ってる。

けっきょくあたしは、リストをムシする勇気がなかった。カートは、チーフとあたしをがんにするかもしれないゴミでいっぱい。だけど、変化ってそうそうラクなもんじゃない。

それでも、パチュリオイルは買った。悲しみでからだがぱんぱんになりたい、なんて人はいないから。

7 モネの庭

あたしが三年生のころ、リジーがポストカードをくれるようになった。あたしがクラスのリーガン・トレンティーニの誕生会にひとりだけ呼ばれなくて泣いてたときから。リーガンはあたしの存在を忘れてた。ほかのみんなとおなじ。リジーはその日、自分の部屋の壁《かべ》に花を描《か》いてほしいといってきた。

「好きなだけ描《か》いて。ソングバード、チューリップなんかどう？」

「だけどチューリップが咲《さ》くのは春だよ。ここ、夏の森だもん」

「理屈《りくつ》はどうでもよくない？　わたしたちの世界では、チューリップは夏に咲《さ》くの」

そして人間はとりのこされてしおれたりしない……リジーはそういおうとしてたはず。

一週間後、一枚目のポストカードが玄関《げんかん》の郵便差し入れ口から落ちてきた。宛《あ》て先はレン・プラムリー。おもて面には、エンパイアステートビルの写真。

レンへ
ここから見ると人がアリみたい。知ってる？　アリって、自分の体重の二百倍の重さを運べるの。もしかして、わたしたちってほんとは宇宙にいるアリなのかもしれないわね。つまり、すごくたくさんの荷物を運んでもまだだいじょうぶってこと。人生ってたまにキツいけど、なんとかなるものよ。

愛をこめて
ママ

レン・プラムリー
20080　21stアベニュー
スポケーン　ワシントン州　99203

「ほーらね、ソングバード」リジーはいった。「ママはあんたのこと、ちゃんと考えてるのよ。忘れたわけじゃない。そばにいなくてもおぼえているもんなの」だけどリジーの顔つきとウインクからして、ポストカードを書いたのがリジーなのはわかった。

カンペキだ。

それ以来、二か月に一回、あたらしいポストカードが届くようになった。学芸会に行けなくてごめんとか、いい成績とれたのとか、部屋はきれいにしてるのとか。また家族いっしょに暮らせる日が来るようなことを書いてるのまであった。

しばらくはそれでよかった。

しばらくはほんものみたいに感じられた。

だけど大人になるにつれて、どうしたって現実が想像力をにぶらせる。

もう四年以上、リジーはあたしにポストカードを送ってる。

買ってきたものをおいたあと、あたしは一週間ぶんの郵便物をふりわけた。ダイレクトメールがたくさん。懸賞《けんしょう》でつって商品を買わせようとするパブリッシャーズ・クリアリングハウス社の豪華《ごうか》商品がのってるパンフレットもある。どうしてこういう懸賞《けんしょう》に応募《おうぼ》する人がいるのか、あたしにはわかる。

希望。

いつか大金持ちになれるんじゃないかって希望。パブリッシャーズ・クリアリングハウスの担当者が風船とカメラをもって家に来て、百万ドルの小切手をくれるかもしれないから。ほとんどの人が捨ててしまうものを捨てなかったから。

その感じ、あたしにはわかる。だけどあたしは、パブリッシャーズ・クリアリングハウスのパンフレットを資源ゴミ入れにつっこんだ。

そのとき、一枚のカードに気づいてその場でかたまった。

ポストカード。

睡蓮《すいれん》（1916–1919）

ソングバードへ
この睡蓮《すいれん》、汚《よご》れた水のなかで咲《さ》いてるって気づいてた？　これもまた、うつくしいものは人生のゴミのなかにもあるっていう証拠《しょうこ》ね。モネがこの絵を描《か》いたのはそのためかも。そのことを忘れないようにって。
うつくしいものはたまに、にごりきってくさくて汚染《おせん》された水面をつき破って出てくる。そして気づいたら、カエルが葉っぱの上で日なたぼっこしてるの。

愛をこめて
リジー

レン・プラムリー
20080　21st アベニュー
スポケーン　ワシントン州　99203

キッチンの窓から光がさしこんできた。まるでポストカードの文字を照らしだすためみたいに。しるしだ。

帰ってきたんだ。

あたしはポストカードを手にもったまま家のなかをかけまわってリジーをさがした。ソファのうしろ、クローゼットのなか、キッチンのテーブルの下。しまいには裏庭に出て草むらのあいだにリジーの痕跡《こんせき》がないか、さがしまわった。だけどもう雲がお日さまをかくしてしまっていた。あたしは、ここにはいない人からのポストカードを握《にぎ》りしめてた。

差出人の住所はない。消印はロンドン。リジーがいるはずのない場所だ。パスポート、もってないから。スマホで検索《けんさく》して、ポストカードはPostItっていうイギリスの会社のアプリでつくられたものだってことだけわかった。

あたしはガレージの屋根にのぼって、ひざを両腕《りょううで》でしっかり抱《かか》えてすわった。からだがバラバラになっちゃわないように。

「リジー、どこにいるの？」あたしはモネの庭の睡蓮《すいれん》にたずねた。どこかでカエルが鳴いてるような気がした。

8 ぬれた下着の真相

屋根の上にいたら、ワイルダーの部屋の明かりがまたついた。外は暗いし、チーフは仕事に出かけた。オルガはリビングのソファでテレビを観《み》てて、どうせそのまま寝《ね》ちゃうだろう。ほぼ会話もないままだ。

チーフはあたしがまた屋根の上にいるのを見てイヤな顔をした。地に二本の足をつけてても人間はたいしたことができないのを、チーフはさんざん見てる。

よく、チーフが警察官じゃなかったらよかったのにって思う。

ワイルダーが窓の前に来るとあたしは手をふった。すぐにスマホにメッセージが来た。

ワイルダー：なんでそんなとこ？
あたし：朝日がのぼるのを待ってる
ワイルダー：かなり待ちそうだね

あたしはリジーのポストカードに目をやった。

あたし：たしかに
ワイルダー：さみしいの？

うん。心のなかで答える。だけど、それだけじゃない。

ワイルダー：待ってるあいだ、ツレがほしくない？
あたし：いたらいいね
ワイルダー：ぼく
ワイルダー：ミスターいい人

あたしはくすくす笑った。

あたし：ミスターいい人さん、こっちに来ていっしょにすわらない？
ワイルダー：残念だけどムリ
あたし：なんで？

ワイルダー：外に出られない病気なんだ
あたし：ヴァンパイアかなんか？
あたし：ワシントン州にも何人かいるってきいたことある
ワイルダー：☺ヴァンパイアなんてカッコいいもんじゃない
あたし：あたしも
ワイルダー：だったらぼくたちお似合いだ

あたしは思わずスマホを見おろしてニヤニヤした。

あたし：ヴァンパイアじゃなかったら、なんなの？
ワイルダー：さあ。わかんないんだ
あたし：一日じゅう家のなかにいるの？
あたし：なにしてんの？
ワイルダー：きみみたいに待ってる
あたし：なにを？
ワイルダー：人生がはじまるのを

ワイルダーの話だと、生まれてからほとんどずっと家のなかで過ごしてるそうだ。どんな医者もどこがわるいのか、診断《しんだん》できない。だけど小さいころ、外に出るたびに熱を出して咳《せき》や鼻水がとまらなくなって数日間寝《ね》こんだ。それでこりて、外に出るのをやめた。

ワイルダー：リスクをおかす価値はない

ワイルダーはシアトルから祖父母のいるスポケーンに越《こ》してきた。湿気《しっけ》が少ないから、治るかもしれないと期待して。

ワイルダー：いまのとこ、こわくて窓もあけられない
ワイルダー：また具合わるくなりたくない
ワイルダー：家のなかにいるほうが安全だ

窓辺に立つシルエットはあんまりガリガリでほんものの人間じゃないみたい。光のなかに消えちゃいそう。

ワイルダー：楽しい話、してあげようか？

あたし：どんな？
ワイルダー：ぼくはどうでもいい情報の宝庫なんだ
あたし：たとえば？
ワイルダー：ニワトリって美人が好きって知ってた？
あたし：ほんと？
ワイルダー：論文で読んだ
あたし：ほかには？
ワイルダー：コーラってもともと緑色だった
あたし：おえーっ
ワイルダー：たしかに
ワイルダー：緑色ののみものなんてだれものみたがらない
ワイルダー：いくらおいしくてもね

返事もしないうちに、オルガが裏口のドアから顔を出した。メンテナンス皆無《かいむ》のブロンドと眉毛《まゆげ》の黒。コントラストがくっきり。しかも、仕事内容が寝《ね》ることにしてはばっちりメイク。あたしが屋根の上にいるのを見て、明らかにキレてる。

「もう寝《ね》るんだけど」強いロシアなまりでいう。あたしが動こうとしないと、腹立たしそうに声をあげた。「これ以上よけいな仕事を増やさないでちょうだい。レン、さっさとおりといで。お父さんが知ったらなんていうか」

窓のシルエットが消えた。ワイルダーはかくれたらしい。電気はまだついてるけど。

「すぐ行く」

オルガが勢いよくドアをしめる。

ピコン。スマホにメッセージが来た。

ワイルダー：名前、レンっていうの？　鳥のレン？

見ると、また窓の前にもどってる。よく見えないけど、あたしたちはきっと見つめ合ってる。結びついてるみたいに。

あたし：うん
ワイルダー：飛び立ちたいって思ったことある？

こわくてムリ。心のなかでいう。メッセージにする勇気は出ない。返信しないでいると、ワイルダーからまたメッセージが来た。

ワイルダー：ぬれた下着は気持ちわるいかどうか、調べた人がいる
あたし：わかりきってる気がするけど
ワイルダー：わかりきったことも調査が必要らしい
あたし：で？
ワイルダー：ぬれた下着は気持ちわるい
あたし：へービックリ

「レン！」オルガのどなり声が家のなかからひびく。「さっさと屋根からおりといで！　もう寝《ね》るよ！」

あたし：ちょっと待ってて

あたしは屋根からおりると、オルガがいるソファを避《さ》けて自分の部屋に直行して明かりをつけた。むかいの窓にワイルダーが立ってる。スマホを手にして、あたしを待ってた。今度はよく見える。髪《かみ》も目も、細すぎるからだも。ワイルダーのまわりにはオーラがただよってない。ほんとはダメだけど、ちょっとホッとする。あたしたちはおんなじ。自分とおなじ人にはじめ

て会った。なんか、さみしいって感じないなんてはじめてかも。
ワイルダーがにっこりする。あ、空に出てきた星たちがきらめきはじめた。

あたし：鳥が朝にさえずるには少しの光が必要だって知ってた？
あたし：ひと筋の朝日で、合唱がはじまるんだよ
ワイルダー：それなら、明日はお日さまが出ますように

ガラスに鼻を押《お》しつけると、息で窓がくもった。
ワイルダーもおなじことをする。
「おやすみ」あたしはつぶやいた。言葉は部屋のなかに閉じこめられる。
おやすみ。ワイルダーもつぶやいたのが口の動きでわかる。
ワイルダーの部屋の明かりは、そのあとすぐに消えた。

9 お日さまイエロー

セイフティホイール自動車学校は、古い小さなショッピングモールのなかにある。たぶんアスベストだらけの建物だ。天井《てんじょう》のタイルは水漏《みずも》れで傷《いた》んでるし、蛍光灯《けいこうとう》がぼんやりと不健康な光で入っていく人を照らす。外は太陽がさんさん。いすにもたれて蛍光灯《けいこうとう》をじっと見あげてたら、視界に黒い点々があらわれた。となりの席にはだれもいない。この列はぜんぶあいている。このままだれも来ないといいけど。

ワシントン州の規則で、運転免許《めんきょ》をとりたいティーンエイジャーはみんな、三十時間の対面での学科教習を受けなければいけない。だけど、これであたしが「現実世界へ」もどったとチーフが納得《なっとく》してユタの話をしなくなるならもんくはいえない。

毎朝、あたしたちは『ホイール・オブ・フォーチュン』の録画を観《み》る。答えの出るクイズに集中して、家のなかにただよう謎《なぞ》から目をそむける。必死でうまくいってるフリをしてれば、そのうちほんとにうまくいってる気がしてくる。リジーからそう教わった。

「席について」不満顔した太りすぎの教官がつまんなそうな声でいう。この人もあたしとおなじで、こんなとこいたくないって思ってるんだろうな。

教室のうしろから何者かがそっとあらわれてギリギリのタイミングであたしの列にすわった。そちらに目をやったとたん、クラッときた。お日さまイエロー。まぶしい光。あたしは思わず目を閉じた。

また？

「かんべんして」あたしはつぶやいた。

ほんとにあの色のオーラだったか確認しようとチラッと見る。ルカ。マーケットにいたルカが、列のはしっこからこちらを見つめてた。

心拍数《しんぱくすう》が爆《ばく》あがりして、頭がクラクラする。気をたしかに、気をたしかに……必死でいいきかせた。

ルカは、イエローのものはひとつも身につけてない。それどころか、全身ブラック。ピタッとした黒シャツに、ひざのとこにダメージがあるブラックデニム。ノーズピアスがブラブラしてて、これもまたブラック。髪《かみ》まで黒。だけど、目だけはちがう。シナモンブラウンの瞳《ひとみ》。だけどそのすべてに、お日さまイエローが勝ってる。

目がくらむ。

圧倒的《あっとうてき》。

あたしを見てる。

あたしは席をふたつ横にずれてはなれた。でも、意味ない。どよーんとした教室のなかでキラキラかがやいてる。意識せずにいられないしエアコンききすぎなのに燃えるようにアツい。ムリ。気をそらさなきゃ。あたしはノートにリジー宛《あ》ての手紙を書きはじめた。

リジーへ
モネがフランスで認められはじめたのは、アメリカで話題になったあと。人生ってそんなもんなのかな？　近くにいる人のよさって、部外者に奪《うば》われそうにならなきゃ気づかないの？

ペンを走らせたところで、出すあてはない。しかもお日さまイエローが視界に侵入《しんにゅう》してきて、ノートを照らす。光が消えない。

もう一度ルカのほうをチラッと見る。まだこっちを見つめてる。

うわ。

パッと窓に視線をうつして、逃亡《とうぼう》ルートを確認した。窓からからからだを乗りだしたい。そうか、だからリジーはいつもパトカーの窓をあけてからだの一部を外に出してたんだ。外がこごえるほど寒くても。自由に触《ふ》れられるなら、寒さなんて、なんてことない。

だけどいま、窓はピッタリしまってる。教習所の窓は光をとりこむけど、なにも外には出ていけない。あたしはリジーへの手紙のつづきを書いた。

おぼえてる？　もうムリってなったら窓をあけて飛んでいけばいいっていってたよね。窓がピッタリしまってたらどうすればいいの？


なんかイラッとして、あたしはノートのページを破ってくしゃくしゃに丸めた。意味ない。リジーにはメールも届かない。スマホは電源切ってるか、スポケーン川にぷかぷか浮《う》かんでるか。いくらメールしても返事がない。

そのとき、ルカがとなりの席にうつってきて、スケートボードをいすの下につっこんだ。またしてもお日さまイエローの光線に直撃《ちょくげき》される。

明度、さげてくれないかな。まあ、リジーがそうだったからムリなのはわかってる。

「きみのこと、知ってる」ルカがいう。

「ううん、知らない」

「いや、知ってる。きのう、きみの命を救った」

「ううん、救ってない。むしろあたしをつきとばした」

「だけどたおれないようにつかまえたし。つまり、とんとん」

「そうはいかない」

「どこの理屈《りくつ》？」

「警察」

ルカはひとしきりあたしを見つめた。ひとしきりの上にひとしきりが重なって、あたしの胸の上にプレッシャーの山ができる。ルカが近い。あたしはまたちょっと横にずれた。

ルカがもっと距離《きより》をつめてくる。「どうかした？」

「べつに」ルカの顔が見られない。

「オレ、くさいとか？」

「へっ？」ルカのほうを思い切ってチラッと見る。日なたのにおいがした。ルカって、においまでお日さまだ。

「レイアのせいだ。ムリやりオーガニックのデオドラントつけさせられて。レイアの話だと、ふつうのデオドラントには発がん性のものが含《ふく》まれてるらしい。けど、オーガニックって効き目ないらしいな。こんだけ避《さ》けられるってことはさ」ルカが脇《わき》の下をくんくんして肩《かた》をすくめた。「自分じゃわかんないけど、ひとのにおいは気になるもんだから。それって詩的な哀愁《あいしゆう》があるよな。だってみんな、なにかしらにおうんだからさ」

たしかに。だけど、リアクションはしない。

「レイアってサブカル系だから。シアトルにでも住んでりゃいいんだろうけど、出生地はかえられない。だろ？　けどマジでさ、どっちがサイアクだと思う？　がんになる人生と、体臭《たいしゆう》つきの人生。正直に答えて」

「そりゃがんでしょ」あ、答えちゃった。

こわいのは、ルカの光じゃない。光が消えたとき。明るいのがふつうになると、目も慣れて肌《はだ》もあったまって、あらゆる色がクッキリする。世界がまったくちがって見えてくる。だけど光が消えると……。

こわいのは、色があせること。いきなりの暗闇《くらやみ》にどうしたらいいかわからなくなる。

「ああ……そうだな、がんはイヤだ」ルカがうなずく。「やっぱ、オーガニックのデオドラントをつかいつづけるとしよう。ご意見に感謝するよ。あ、ところでオレ、ルカ」

「知ってる」

「えっ？　レイア、なんかいってた？」ルカが得意そうな顔をする。

クソの海を泳ぐのをマシにしてくれてる、って。あ、じゃあルカって、リジーがいってた睡《すい》蓮《れん》の葉っぱってこと？　まあ、そんなこと口に出していう気はないけど。

ルカは返事を待ってるけど、あたしはだまってた。するとルカがいった。「なんか不公平だ。そっちがオレのこと知ってんのに、オレはきみのこと知らない」

「あたし、そっちのこと知らない」

「知ってるっていっただろ」

「名前を知ってるってこと。それとこれとはちがう」

「興味あるな。どうちがうのか、説明して」

だまされない。話をさせたいだけだ。

あたしが説明しないと、ルカがいった。「せめて名前くらい教えて。教えてくれなかったらレイアにきくだけだけど」

「レン」

「鳥の？　へえ、クールだ。歌、うたえる？」

「いいえ」

ウソだけど。歌はひとつ、知ってる。

「あーよかった。ソングバードにちなんだ名前で歌がうたえるなんて、めちゃくちゃみょうだからさ」

それって、ラテン語の「光」にちなんだルカって名前で、目がくらむほどまぶしいオーラをもってるのとおなじ？

教官のミスター不満顔がしゃべってる内容を、ノートにとろうとする。ルカがかがみこんできて、ビクッとした。ルカが耳元でささやく。くさいなんて、とんでもない。あったかくてそそられるにおい。

「こんなのぜんぶ、ググれば出てくる」ルカがノートをとんとんする。

目は合わせないまま答えた。「このほうがおぼえられる」

「そっか。けど、あんまり神経質になるなよ。どうせそのうち忘れるんだから」ルカはもとの体勢にもどると、頭のうしろで手を組んで脚《あし》を投げだした。「オレ、ゴーカートに乗りたくて来てるから」

「ゴーカート?」

「うん。運転の練習、ゴーカートでやるんだよ。パンフレット、読んでない?」

読んでない。チーフが申しこんだから。来たのはなりゆき。

ルカはバックパックをあさって、特大サンドイッチをとりだした。

つつみをはがして、ローストビーフサンドを半分、こっちにさしだす。「食う?」

「朝の十時だよ」

「オヤツにはちょうどいい時間だ」

「それ、オヤツなの?」

「ティーンエイジャーの男子は一日につき二千五百キロカロリー必要だからね。追いつくのに必死だ」ルカはそういって、ガブッとかじった。のみこんでからいう。「〈ロザリオズ〉からくすねてきた。けど正直、盗《ぬす》みとは考えてなくて……どっちかというと試食だな。どんなもんを売ってるか、知る必要がある」

またガブッ。すでに半分食べちゃった。

「きみのぶんもひとつ、今度くすねてくる」ルカがささやく。背筋がざわざわっとした。

「なんで？」思わず言葉がこぼれてきた。「あたしのこと、知りもしないのに」

「その話ならもう検証ずみだ。知ってる必要はない場合もある。知らなくてもわかる」

「なにが？」

「それに値する相手かどうか」

汗《あせ》が一滴《てき》、背筋を流れる。ヒンヤリ。自律神経がやられてる。

「あたしのために盗《ぬす》みなんかしないで。クビになったらレイアに殺されるよ」

「了解《りょうかい》」ルカがけろりと答える。またあたしたちの距離《きょり》がひらいた。ルカは頭を机の上にのせて、ぼんやりこっちを見た。またイエローの光線におそわれる。「腹いっぱいで眠《ねむ》くなった。レン、オレもうムリ。あとでやったとこ教えて」

ルカはそれから二時間、ワシントン州の道路交通法の授業のあいだずっと寝《ね》てた。あたしは半分授業をききながら窓の外を見つめて、とおりすぎる車をながめてた。アスファルトから熱が立ちのぼって、空気がゆらゆらしてる。

「ソングバード、空気だってダンスできるんだよ」リジーが前にいってた。「わたしが教えてあげる。風についてけばいいの」リジーは庭でくるくるまわった。腕《うで》を広げ、指をくねらせ、長い髪《かみ》がリジーのまわりじゅうに茶色をまきちらす。「目がまわる心配はいらない。ちょっとくらいぼやけてるほうが人生がよく見えてくるから。くるくるまわれば、世界の見え方ってカンタンにかえられるよ」

だけどあたしは、リジーがたおれるんじゃないかとハラハラしてた。木の根っこに足を引っかけるんじゃないかって。いつかぜったいそうなる気がした。そのときはぜったい、あたしがそばにいて抱《だ》きとめる。

リジーは、あたしがついてるから好きなだけフラフラすればいい。

だけどあたしは……そのままたおれる。

自分がリジーみたいになれないのはわかってる。風にのってくるくると、どこへむかうのかもどこに落ちるのかも気にしないでいる葉っぱみたいに。

ミスター不満顔がガッツリ寝《ね》てるルカのほうを何度か見るけど、起こそうとはしない。授業がおわってみんなが帰り支度《じたく》をはじめると、ルカはやっと目をさました。バックパックのジッパーをしめて、スケートボードをつかむ。「で、くすねてくるのに反対じゃないとすると、なんのサンドイッチがいい?」

なんて答えればいいか、わかんない。沈黙《ちんもく》があたしのたったひとつの防御《ぼうぎょ》。チーフとあたしがここ数週間を乗り切った方法。もしかして、ここ十六年間かも。

もう二度と、あの痛みを味わいたくない。朝起きたらリジーがいないって気づいたときの、あの胸の痛み。

もうひと月以上になる。チーフとふたりではまりこんでる谷間の生活にも慣れてきた。いまさら外にはいだすことは、現実に引きもどされるリスクをおかすことだ。

みんな、いつかはあたしの前からいなくなる。

リジーの顔にそう書いてあった。

クロエの顔にも書いてあった。クロエがジェイとつきあいはじめたときに。

チーフの目尻《めじり》のしわにさえ、書いてあった。両手を腰《こし》にあてて、白いものが交ざるひげでかくれた笑《え》みを浮《う》かべてるときに。

失望と後悔《こうかい》は、手をつないで去っていく。どちらもふりかえりもしない。

「カンタンには秘密を打ち明けない女か……うん、好みだ」ルカがいう。

窓から、ルカがスケートボードに乗って立ちのぼる熱気のあいだを走っていくのをながめていた。イエローの光がついていく。ルカはスイスイとむきをかえる。風に乗ってるみたいに。風のなかをダンスしてるみたいに。空気そのものにそっとやさしく支えられてるみたいに。だからぜったい転ばない。どんなに目がまわっても。リジーとおんなじ。

ルカのびくともしない自由は、あたしをさらにしっかりその場に固定させるだけ。

10 トルドーとジヴィエッツのあいだのどこか

スポケーン公共図書館の五階には、秘密がいっぱい。あたしはぜったい見つけようと心に決めている。列をひとつずつ、本を一冊ずつ、血眼《ちまなこ》でさがしまくる。胸のなかがグシャグシャになりそうなのをとめるたったひとつの方法。

「ソングバード、なんで図書館なんかに来るの？」リジーが前にきいた。ほこりっぽい本のにおいをかいで鼻の頭にしわをよせながら。

「わかんない」あたしは本の背表紙に指を走らせながら答えた。「ここの本たちに忘れてないよっていいきかせるため、かな。どれもこれも、もっと注目されていいと思う」

あたしはリジーに、キツツキは頭痛がするのかどうかっていう論文を見せた。

「これ、おもしろくない？　だれかしら目をとめる価値があるんじゃないかな」

だけどリジーにしてみたら、キツツキの頭痛なんてどうでもいいことだ。

「キツツキの頭が痛くなるってわかったらなんなの？　それでどうするっていうの？」

「さあ」

「ソングバード、そこが問題。発見した内容によっては、思ってる以上にやっかいなことになるかも。気づいたら、全キツツキにイブプロフェン錠《じょう》をわたそうとしてるかもよ。キツツキは……キツツキのままにしとこうよ。キツツキの頭がどうなってるかは、わたしたちとは関係ないことだから」

ワケわかんないけど、リジーのいうことはめちゃくちゃもっとも。

「いいこと思いついた」リジーは棚《たな》から古いほこりっぽい本を一冊とって、写真にうつってるシアトルの男の人の話をしてくれた。その人は、スーパーマーケットの外に立ってとおりすぎる人に紙切れと封筒《ふうとう》を配り、匿名《とくめい》で秘密を書いて自分に送ってくれとたのんだ。送られてくると、マーケットの外に秘密が書かれた紙を掲示《けいじ》して、みんなが読めるようにした。

「なんでそんなことするの？　秘密じゃなくなっちゃう」

「秘密は重くのしかかるって知ってたから。解放してあげようとしたんだね」

「だけど、匿名《とくめい》なんでしょ」

「ソングバード、そこはどうでもいいの。人助けのためじゃないんだから。重荷をおろすため。みんなが自分の秘密をおもてに出して手ばなす場所をつくりたかったんだね」

そしてリジーは、あたしたちも秘密を書いて棚《たな》のどこかの本にかくそうといいだした。

「重たいものをおろしたくなったらいつでも、ここに来ればいいね」リジーはいった。リジーが愛《いと》おしそうに本に触《ふ》れるのは、自分の秘密を書いた紙をはさむときだけだ。リジーのかけらが本のなかにしまわれたとき。

ここの本は、シークレットキーパー。図書館の五階のどこかに、知らない本のあいだにひっそりと、リジーの秘密がある。そしてあたしはどうしても、それを見つけたい。

そうすればきっと、リジーが去った理由がわかる。

ずっとさがしてるけど、いまのところかすりもしない。棚《たな》はめちゃくちゃたくさんあって、数年前に図書館は配置換《が》えをした。しかもリジーはそうカンタンに見つかるようなことはしない。どこに秘密をかくしたか見せないようにしてたし、どうせもとの場所に本をもどさなかったに決まってる。

「どうしてもじゃなかったらさがさないって約束して。いい、ソングバード、知らないほうがいいこともあるの」

いまはそんなおどし、なんてことない。リジーがたしかに存在してたっていう、存在してるっていう証拠《しょうこ》を手にしたい気持ちにくらべたら、ちっぽけなもんだ。

だけど今日もいくらさがしても、リジーの秘密は棚《たな》のあいだに永遠に失われてしまったみたいな気がする。

夕日が沈《しず》みはじめて、どの本をひらいても空っぽ。リジーははさまってない。くたくたになって、あたしは本棚《ほんだな》によりかかって、目にたまった最後の涙《なみだ》をぬぐった。顔がむくんでる。目は真っ赤。はなをかみすぎて、鼻の下がヒリヒリする。チーフに泣いてるところは見せたくない。いまよりヒドいことになるだけだ。

あたしは紙を手にして、秘密を書いた。ルカのことが頭からはなれない。古いブリタニカ百科事典の十二巻を棚《たな》から出して、書いた紙を「トルドー」と「ジヴィエツ」のあいだのどこかにはさんだ。秘密を手ばなした。いまのところ。

ページのあいだに秘密をかくしてるのは、リジーだけじゃないってことだ。

11 ねこ愛のため

〝ベイビーガール〟マッカーティは、スポケーンのリバーフロントパークで回転木馬を操作している。夏のあいだずっと。このバイトをはじめたのは十四歳《さい》のときで、そのころベイビーガールはヴィーガンで、週末になるとダウンタウンの〈メイシーズ〉の前に赤いペンキのバケツをもって立って革ジャンを着てる人にペンキをかけてた。チーフにおどされてやめたけど。どうしてもひとの平和な土曜日を台なしにしたいなら逮捕《たいほ》する、って。

「キャサリン、そもそも観光客をもっと呼ばなきゃいけないんだ」チーフはいった。「わざわざスポケーンに来てくれた数少ない観光客をおびえさせてるんだぞ」

母親以外だと、キャサリンって呼ぶのはチーフだけ。ほかのみんなにしたら、ベイビーガールはベイビーガール。

「ご乗車中は立ちあがったりその場をはなれたりしないでください。お帰りの際は回転木馬が完全にとまるのを待ってお降りください」ベイビーガールがマイクにむかっていう。「ルーミーもいってます。『待つことになんの問題がありましょうか？　待つことは妊娠《にんしん》とクラミジア感染症《かんせんしょう》を防ぐたったひとつの確実な方法です。忍耐《にんたい》は防御《ぼうぎょ》なり』ナマステ」

ベイビーガールは二か月前から仏教にはまってる。ただし、たいして研究は進んでないと見た。ルーミーって、イスラーム神秘主義の人のはずだし。

仏教の前はマラソン、その前もなんかしらにはまってた。ベイビーガールは服みたいに個性を試着してる。いまのところ、ひとつも長つづきしてない。ヘビが脱皮《だっぴ》するみたいに人格をぬぎすてて、最初からまたやり直す。中学校でリジーと親友になって以来、ベイビーガールのオーラの色はちっとも定まらない。かならずパープルっぽい色が混ざってるけど、個性がかわるたびにオーラも変化して、ちょっと赤っぽく明るくなったり、ネイビーが入りこんできて暗くなったりする。今日は、ナス色。

回転木馬が目の前でくるくるまわる。ベイビーガールはあたしを見つけると、放送席から出てきた。古いバスローブを着てる。昔はお尻《しり》まであったライトブラウンのドレッドヘアは、いまはない。ついひと月前、すっかり剃《そ》っちゃった。リジーが去った直後だ。

「レン、乗る？　タダで乗せてあげるよ」

「ううん、いい。酔《よ》っちゃうし」乗りたくて来たんじゃない。木馬が回転するのを見てるだけでおえーってなる。

「ブッダがいってたんだけど、『乗りものは避《さ》けられない。あらがうな。そして吐《け》き気《け》に慣れろ』」

「ほんとにそんなことといってたの?」

「そんな感じのこと」

「仏教ってどんな感じ?」あたしはたずねた。

「進んでる。とどまってる。天国。大地。ぜんぶおなじ」ベイビーガールは剃《そ》った頭をなでた。「バスローブって快適」

「仏教徒がバスローブを着るとは知らなかった」

「着るのはふつうのローブ。あたしにはこれがせいいっぱい。『人生には一時しのぎをしなければいけないことがある』ジム・キャリーがいってた」

ベイビーガールって、前から超《ちょう》テキトー。キャラ模索中《もさくちゅう》だからムリもないけど。「あたし、一時しのぎを考えるの、あんまり得意じゃないから」あたしはいった。

「練習だよ、レン。『練習はさらなる練習を生む。そして、やがて死ぬ』パタンジャリがいってた」

「パタンジャリって、あんまりやさしそうじゃないね」

「賢《かしこ》さとやさしさは両立するとは限らない」

「たしかに」

リジーとベイビーガールが友だちになったとき、あたしはヤキモチをやいた。予想はついてたことなのに。リジーは小さいときしょっちゅう、ねこを拾ってきた。どんなに汚《よご》れて傷だらけでボロボロでも関係ない。ノラだろうが捨てねこだろうが、見つけたら拾ってくる。どこかの家の飼いねこでも、いたら拾ってくる。ノミだらけでもなんのその。

どんなねこでもたいせつに抱《だ》っこして、食事をさせ、ミルクをのませ、ブランケットとクッションで自分の部屋に寝床《ねどこ》をつくる。どっちがどっちにくっついてるのかは不明だけど、リジーとねこたちは四六時中いっしょにいた。最初からソウルメイトだった。

チーフは断固反対してた。ねこアレルギーだし、ねこは性格がわるいと信じてた。

「ねことやっていけるタイプじゃないんだ」チーフはいった。

「じゃ、だれとだったらやってけるの?」あたしはたずねた。

「えっと……まあ、人間だな。捨てねこくらい人間をだいじにすれば、この世界はもっと住みやすくなる」チーフがリジーをチラッと見る。リジーは、そのとき拾ってきたばかりのねこをなでなでしてた。「レン、口答えしない相手の世話をするのはかんたんだ。動物ってのは無条件に忠実だからな。人間は利己的だ。だから世話がむずかしい」

たしかに、と思った。だってまさにそのとき、あたしはリジーが抱《だ》っこしてるねこにヤキモチをやいてたから。もうねこを拾ってほしくないと思ってた。リジーはあたしのこともあんなふうによしよししてくれることがある。競争相手はいないほうがいい。

リジーはねこを手ばなさなきゃいけなくなるといつも泣いた。でも、チーフはぜったい折れなかった。さんざん悲しい思いをして、リジーは学んだ。チーフが人間とならやってけるっていうなら、人間を拾ってくればもんくをいわれずにすむ。

ベイビーガールは中学生のころ、毎日放課後にうちに来るようになった。リジーはベイビーガールに食事をさせて髪《かみ》をとかしていろんな服を着せた。自分の部屋にベイビーガールの寝床《ねどこ》までつくった。あのころはまだふつうのベッドで寝《ね》てたから。天井《てんじょう》からつりさげたハンモックはあとから、チーフに何年がかりでたのみこんでつけてもらった。

「だってね、ソングバード、ベッドだと落っこちるかもしれないけど、ハンモックならかならず受けとめてくれるでしょ」

ベイビーガールとリジーはよくハンモックに寝転《ねころ》がって壁《かべ》の森をながめてた。数か月のあいだ、ベイビーガールはいつもうちにいて、リジーの世界を占領《せんりょう》してるみたいな感じだった。

「なんでベイビーガールって呼ばれてるの?」あたしはきいたことがある。

「それがあたしの名前だから」

「キャサリンかと思ってた」

「母さんがあたしをそう呼んでるだけ」

リジーの話によると、両親は娘《むすめ》につけたい名前の意見が合わなくて、よくあることだけど、ベイビーガールって呼んだ。看護師さんまで、そのうち妥協《だきょう》してなにかしら名前をつけるだろうと思って、出生証明書にはひとまず「ベイビーガール」と書いた。

どうやら両親はあんまり仲がよくなかったらしく、父親は母親が提案する名前をことごとく気に入らなくて、ベイビーガール以外の名前で呼ぼうとしなかった。母親はそのうちキャサリンと呼びはじめたけど、父親は断固拒否《きょひ》した。

「どうしてキャサリンにならなかったの？」前にリジーにたずねてみた。

「いったんなにかに名前をつけてしまうと、急に重荷を背負わせちゃうことになるでしょ。名前なんてないほうがいいときってあるんだよ、ソングバード」

リジーがあたしをソングバードと呼びはじめたとき、どういうつもりか理解できた。みんな、ミソサザイは飛ぶと思ってる。だけどあたしの羽は生まれつき折れてボロボロ。

「ベイビーガールの重荷って？」あたしはたずねた。

リジーは話そうとしなかったけど、すぐにあたしはベイビーガールの秘密に気づいた。リジーといつもいっしょにいることにヤキモチをやいてたのは認めるけど、ベイビーガールのからだの傷のことをチーフに話したときは、誓《ちか》って悪気はなかった。

あのときあたしはドアのすきまから、ベイビーガールが服を脱《ぬ》いでリジーのシャツに着替《きが》えてるのをながめていた。ベイビーガールはリジーに、どす黒い紫色《むらさきいろ》と紺色《こんいろ》の背中の傷を見せていた。太ももと腕《うで》にもひとつずつ。リジーはベイビーガールのからだを、見たこともないめずらしい絵みたいにチェックしてた。ベイビーガールの肌《はだ》を、鼻に傷のあるねこをかわいがるみたいにやさしくなでた。愛情たっぷりにそっとさすった。

リジーはどんな傷を見てもイヤな顔ひとつしなかった。むしろ、うっとりしてた。

「からだに虹《にじ》があるなんてスゴくない？」リジーはベイビーガールにいった。「ちょっとだけ強く押《お》すだけでカラフルになるなんて」リジーは黄色っぽい緑色の傷にやさしく触《ふ》れた。それから、壁《かべ》の木々を指さした。「ベイビーガールはわたしの森にかかった虹《にじ》だね。いろんなものをうつくしくしてくれる」

だけどリジーも、虹《にじ》が夜空にきらめかないことは知ってた。そしてあたしは、その傷が自転車で転んだとかじゃないってわかってた。なぐられた傷だ。胸がムカムカした。

そのつぎの日、チーフは数人の同僚《どうりょう》といっしょにベイビーガールの家に行った。

一週間後、ベイビーガールのお父さんはカー・ダレーンに引《ひ》っ越《こ》して、いまは月に一回だけ面会してる。

リジーはチーフがなにをしたか知ると、怒《おこ》ってひと月口をきかなかった。その前に、チーフにありとあらゆる罵詈雑言《ばりぞうごん》を浴びせた。そんなことする権利はないといって。

「権利ならある」チーフはいった。「市民を守るのがおれの役目だ。リジー、おれには報告義務がある。やるべきことをしなければ職を失う」

「ほら、ぜんぶ自分のため！　ベイビーガールのことなんて考えてないくせに！」

「そういう意味じゃない。わかるだろう」

だけどリジーは、わかろうとしなかった。目を怒《いか》りでギラつかせて、その日はベイビーガールに対する愛を家じゅうにまきちらしてた。家が燃えつきてしまうまでわめきつづけるつもりみたいに見えた。

「傷がつくのは外側だけだと思ってるんでしょ！」リジーはさけんだ。

「リジー、児童虐待《ぎゃくたい》は違法《いほう》だ」チーフはいつも、リジーがこんなふうに暴れだすと冷静にさとそうとする。リジーが子どものころ、夜になるとこわがったときからだ。リジーが成長するにつれて、悪夢は昼と夜の区別なくやってくるようになった。チーフは熱くなってるリジーをキンキンに冷たい水で冷まそうとしたけど、リジーは理屈《りくつ》がきらいだ。

「法を守るのが警官としてのおれの仕事だ」

リジーはずんずん自分の部屋に行ってドアをバタンとしめた。あたしは追いかけた。チーフのせいで家のなかが冷たくなってたから。

あやまりたかったけど、リジーは見たこともないほどの悲しみをたたえた目であたしを見た。悲しみは、人のなかに入りこんできて、肌《はだ》にはりついて、人の目の光までかえてしまう。リジーの光はその夜、すっかり弱々しくなっていた。風がふいてきたら消えちゃいそうで心配だった。

「ソングバード、チーフはわかってないんだよ。愛がそこにあれば、なんにもないよりいいことだってあるのに」

あたしはチーフに話したのが自分だとはいわなかった。だけどあたしのせいで、ベイビーガールのお父さんはいなくなった。あたしのせいで、愛が遠くへ行ってしまった。正しい愛じゃなかったけど。

リジーが怒《おこ》ってる理由はわかってた。虹《にじ》は雨がふらなければきらめかないから。そしてリジーは、ママがもどってきてくれるなら百万個も傷がついてもかまわないと思ってた。

リジーが口をきかなくなって、うちにはお日さまが出てこなくなった。家のなかがヒンヤリして、リジーがまたしゃべってくれないと凍《こご》え死にそうな気がした。

だからあたしは、リジーの部屋の壁《かべ》にさらに木や花やチョウチョを描《か》いた。リジーがまたしゃべってくれるように。リジーの部屋を星や空で埋《う》めつくして、お日さまは暗闇《くらやみ》でもかがやいてるんだって思い出させようとした。たとえ目には見えなくても。

最近はしょっちゅう、自分にむかってそういいきかせるようになった。


ベイビーガールが沈黙《ちんもく》を破っていった。「どうしてここに来たのかはわかってるけど、前にもいったよね。リジーの居場所は知らない」

「わかってる」風船から空気がぬけるみたいに、言葉が勝手にもれでてきた。ベイビーガールだけがたぶん、あたしとおなじくらいいっぱいリジーを愛してた。そしていま、リジーがバラバラになっていくみたいな感じがする。いなくなってから長くなればなるほど、ここでのリジーの人生の実体がうすれてくる。

「レン、タンポポに時間をムダにしちゃダメだよ」

「へっ?」

「みんなよくタンポポをつむけど、あれ、雑草だから。いろんな場所でどんどん育つ性質だから。どうかしてるのはどっち? しょっちゅうなにかをつみとってかえようとするのと、雑草は雑草のままにしとくのと?」

ベイビーガールのいおうとしてることはわかる。だけど、気に入らない。

「ロバート・フロストの詩にあるんだけど、森のなかでどんな道を選んでも、けっきょくは灰色の綿毛になって飛んでいっちゃうんだよ」

「へこむ話だね」

「そうだね」

あたしはポケットからパチュリオイルをとりだしてベイビーガールにわたした。「うつ症状《しょうじょう》にきくんだって」

ベイビーガールはポタッとたらすのではなく、ボトルをふって手のひらにどさっと出してぬりたくった。

「ありがとう。すでに気分がよくなってきた」ベイビーガールがいう。

ああ、そうか。リジーのノラねこはまたノラになったんだ。

「ごめん」あたしはいった。いまさらだけど。

「なにが？」

リジーと仲よくしてるのをヤキモチやいて。もっとはやく助けなくて。自分のことばっか考えてて。お父さんがカー・ダレーンに行く原因をつくって。お父さんもまだベイビーガールのことをベイビーガールって呼んでる。まだ名前を受け入れられない。

だけど、回転木馬がゆっくりとまって、ベイビーガールは仕事にもどった。

「あたしはどこにも行かないからね。もし、必要になることがあったらの話だけど」あたしはいった。

12 フランス語を話す省略記号

　教習二日目、ルカはハム&チーズのバゲットサンドをもってきた。

「ボンジュール、レン。ヴドリエ・ヴ・ブーシェ・モン・サンドウィッチ？」ルカがぐっとかがみこんでくる。息があたしのほっぺたにかかる。「いまのは、フランス語でサンドイッチひと口いかがですか？　ググって訳した。技術の発達ってすげえな。ネットがなかったころってみんな、どうしてたんだろ？」

「図書館に行ってた」

「オェーッ」

「あたし、図書館大好き」

「オレは図書館が大好きなレンが大好き。つーか、レンが図書館が大好きならオレは図書館と恋《こい》におちたくなる。いっしょに図書館行こう。案内してくれよ。どう？」

　ルカが「好き」って言葉をつかうと、あたしは頭がごちゃごちゃになる。そんな自由につかわないで。

「えっ？」

「ここを脱出《だっしゅつ》して図書館へ行こう。こんな授業、いらねーよ」ルカがいすの下においたスケートボードをつかむ。

「ううん、いるよ。受けなきゃ免許《めんきょ》とれない」

「オレ、公共交通機関を推《お》してるんだ」ルカがボードをかかげる。「ここ、ふたりぶんのスペースあるよ」

「ううん、ない」

ルカはまたかがみこんできた。ちょ……近すぎる。ルカがささやく。「きみさえオッケーなら、いつだってあけられる」

口のなかがカラカラ。つばをのむのもやっと。

「オレ、きょうだいが五人いるんだ。つまり、シェアはお手のもの」

「五人？」

「五人。サンドイッチは？　オレがつくった」

距離《きょり》が近いので、ルカのノーズリングがすぐそこに見える。サイアクなのは、めちゃくちゃステキって感じちゃうこと。あとルカはひじにすり傷があって、爪《つめ》を短く切ってて、左側につむじがある。そしてオーラがあったかい。ただあったかいだけじゃない。気持ちいい。ホッとくつろげる感じ。

やっとのことでカラカラの口をひらいて答えた。「ううん、いらない」

「フランス語だと、『ノン、メルシー』だな」ルカが眉《まゆ》をクイクイ動かす。「どう、感心した？」

「ノン」からかって答える。内心、すごいと思ってたけど。

「トゥシェ。一本とられた。そのうちきみの攻略法《こうりゃくほう》を見つけるよ」

ああ、こんな展開になる気がしてた。午前中ずっと心配してた。だけど、教習所をサボったら、チーフにまたユタの話をむしかえされる。

今朝、『ホイール・オブ・フォーチュン』を観《み》てるとき、なんかヘンだって気づかれた。あたしの頭は、ルカのことでいっぱいだったから。

「あたしって句読点だとなんだと思う？」あたしはチーフにたずねた。

挑戦者《ちょうせんしゃ》のジョージがホイールをまわしてる。

「おいおい、もうかんべんしてくれよ」チーフがひときわ時間をかけてビールをぐいぐいのむ。「どうしてそんなになにかになりたがる？　どうして分類されたがるんだ？」

チーフの問いはムシしていう。「チーフはピリオドだね」

「どうしてだ？」

「終止符《しゅうしふ》だから。文章をそこでおわらせる。それがチーフの世界の見方。主語があって、動詞があって、チーフはそういったものを正しい場所にとどめておく」

「なんだか、いい感じじゃないか」

「たぶんあたしもピリオドじゃないかって思うんだ」理由はちがうけど。ピリオドのあとにはあたらしい考え方が来る。ピリオドはおわりのしるし。考え方がそこであたらしく切りかわって、もうもどってこない。

「なんだか、よくなさそうないい方だな」チーフがいう。「きちんと整理されてその場にとどまっているのはいいことだ」

「省略記号が出てこなきゃね」

リジーは省略記号。「……」。いつまでもつづいて決しておわらない考え。あとをついていきたくなる考え。リジーは無限。たぶんママもそうなんだと思う。そう口に出していってみたときのチーフの顔からして、当たってるらしい。

ピリオドが省略記号を好きになるとこまるのは、ピリオドが無限を閉じこめておきたがること。ピリオドは、決して省略記号にはなれない。省略記号を好きになるってことは、確固たるものをさがしつづけて決して見つけられないこと。存在しない真理を本のなかにさがすことだ。

省略記号をたいせつにすることは、愛情を風のなかに放りこんで、ちりぢりになるのをながめること。

ルカも省略記号だ。バランスをとりながらスピードに乗ってかけぬけていく。波のように。リジーみたいに。あたしなんか、逆立ちする勇気もない。スケートボードに乗って走るのとバランスをとるのを同時にやるなんて、もっとムリ。あたしの手が届《とど》くのはせいぜいガレージの屋根からの景色くらい。観察する人生。参加はしない。そしてほとんどの人は、頭上の空に鳥が何羽飛んでるかなんて気づかずに人生を送る。

あたしはからだを引いてルカからはなれた。距離《きょり》があればあるほどいい。

「ああ、そういうことか」ルカがいう。

「どういうこと？」

「きみ、ベジタリアンなのか」ルカが手にしたハムサンドをじっと見る。

「ううん、ちがう」

「ユダヤ教徒でブタは食べない？」

「ううん」さっきよりキッパリいう。

「オレ、誓《ちか》ってバイ菌《きん》とかもってないから。ヘルペスも。淋菌《りんきん》も。そもそもセックスしたことないし。ま、セックスしなくてもヘルペスにはなるけど。少なくとも、保健体育の授業ではそう習った。だけど、婚前交渉《こんぜんこうしょう》は罪だとも習ったから……」ルカがウインクする。「きみのためならオレはよろこんで罪を犯《おか》すよ」

ううう……気が遠くなりそう。

「心配いらない。子どもはカトリック教徒にしなくてもいいから」

「へっ？」クラクラしてきた。

「オレの家は代々カトリックなんだ。だけどオレは、神を好きになれるかどうかもわかんない。だってさ、婚前交渉《こんぜんこうしょう》を罪にするなんて意味不明すぎる。だからイマイチ信用できないんだ。だれかの策略じゃないかって思ってる」

ルカがベラベラしゃべるから、あたしは言葉のなかで迷子になって息をするのもやっと。

「腹へってない？」ルカがたずねて、半分こにしたサンドイッチをまたこちらによこす。

ルカがあたしのくちびるを見つめてる。気づいたらあたしもルカのくちびるを見つめてた。いい形。丸みがカンペキで、大きすぎず小さすぎず。

「お返しなんて求めてないから」ルカが今度は小声でいう。「ただし、心の一部をくれるっていうならよろこんでもらう」

「いいえ」返事をするのにこんなに苦労したのははじめて。「サンドイッチ、自分で食べなよ」

ルカはサンドイッチを食べおえると、机につっぷして昼寝《ひるね》をはじめた。沈黙《ちんもく》が神経にさわる。しゃべってるほうがいい。

講義がおわると、ルカはスケートボードをもってバックパックを肩《かた》にかけた。「じゃ、オールヴォワール。さようなら、レン」

たとえ追いかけても、ルカはすーっと目の前をとおりすぎていってしまうだろう。そうなったらあたしに見えるのは、ルカのイエローの光の残像だけ。ピリオドはいつまでもその場にとどまって、省略記号が先に行ってしまうのをながめるしかできない。

つぎの学科教習の最中、ルカはバックパックからホットドッグをとりだした。アルミホイルでつつんである。マスタードの小袋《こぶくろ》まで持参してた。

「ホットドッグの原料、ググったことある?」ルカがきいてくる。

「ない」

「それで正解。二度と食う気なくすから」

「自分は? ググったの?」

「残念ながら、やっちまった。ただオレの場合、胃袋《いぶくろ》が理性よりものをいうことがある」ルカがホットドッグをくんくんする。「食ってるのがブタの肛門《こうもん》ってわかってても、うまけりゃそれでいい。男子なんてそんなもんだ。脳ミソが空っぽ。理性もゼロ。だからさ、キミを好きってのに理性もなんも関係ないんだ」

なんとか保っていた平常心がくずれていく。

「ただの好きじゃない。めちゃくちゃ大好き。好きで好きでたまんない。理性なんかどこにもない。とにかく、きみのことばっか考えちゃうんだ。どうかしてる。わかってるよ」

大好き、なんていわれたことない。そもそもその前に、ひとに会ってないし。

「ほら、理性があったら、こんなグイグイいかないよ。女の子がサンドイッチのシェアもしてくれなかったら、興味ナシって意味だよな。だけどオレ、理性ないから。ほとんど妄想癖《もうそうへき》。血筋なんだ」

ルカがあたしのスマホを手にとる。

「たとえば、理性があったらひとのスマホに勝手に電話番号登録したりしないよな」ルカがさくさく入力するのを、あたしはながめてた。なぜか奪《うば》いかえせない。「理性があったら自分宛《あ》てにメールとかしないよな。相手の番号を手に入れるために」

ルカは、自分宛《あ》てに送ったメールを見せてきた。そして、スマホを返してくる。

「どうかしてなきゃ、やんないよな」ルカが自分のスマホになにやら打ちこむ。すぐに、わたしのスマホの画面にメールが表示された。

ルカ：やあ

おずおずと返信する。

あたし：ハイ

お日さまイエローの光線が、あたしたちのまわりじゅうに広がる。永遠に照らしてくれそうな光。息を吸うと、酸素だけじゃなくてルカのエッセンスまで体内に入ってくる。ハッキリわかる。

「たまには理性をなくすのもわるくない」ルカはいって、ホットドッグにかぶりついた。「人生をおもしろくするコツだ」

思わずルカのノーズピアスに目が行く。それから、ニヤニヤ笑いと、くたっとしたTシャツに。そのあと、ルカの目を見る。あたしをそっとつつむような瞳《ひとみ》。

「半分食べるか、あたしにきかないの？」

「きかない。そろそろ、そっちが半分近づいてくる番。だろ？」ルカのなんも考えてなさそうな笑顔《えがお》がかわいく見える。こっちも表裏がなくなるような笑顔《えがお》。ルカはホットドッグを食べおえると、机につっぷした。

「その気になったらさ、レン、番号わかってるだろ」

13 とけない呪《のろ》い

窓辺にすわって待ってる。ワイルダーの部屋の電気がつくのを。オルガが観《み》てるリアリティ番組の音が階段をのぼってきて、ガランとした家のなかにひびく。ここは空っぽ、ここは空っぽ、っていいってるみたいに。

チーフは夜勤中。スマホ画面に出てるルカのメールをついついながめてしまう。なんでこんなことに？　あたしとしたことが。こんなはずじゃなかった。なんとか軌道《きどう》修正しなくちゃ。でも、どうやって？　それとも……もしかして……。

自分に正直になったほうがいい？

でも、なにがしたいのか、自分でわかんない。

指がじんじんする。ルカにまたメールしたくてたまらない。ほっぺたの真横でルカにささやかれた記憶《きおく》が、毛穴のなかに甘《あま》くとどまってる。なんでいきなり、ルカはあたしの人生のなかにこんなにクッキリと存在を主張しはじめたの？

ほっぺたをゴシゴシして記憶《きおく》をふりはらう。胸が不安でずっとチクチクしてる。ああ、もうすぐだ。実在するってことは、知られること。見られること。認識されること。だけど、なにひとつ長くはつづかない。そのうち、だれかいなくなる。

リジーがこの家からいなくなる前の晩に感じたのは、もうすぐだれかいなくなるときのざわざわ。心のどこかで、もうすぐだって感じてた。おいてけぼりになるのはあたしの一部みたいなもの。呼吸をするみたいにあたりまえに起きること。吸ったら吐《は》くのが必然。

みんな、行動を起こす前に選択《せんたく》する。そういうのがＤＮＡに組みこまれてるひともいる。もっともっとと欲する熱い思いが、リジーのやることなすことのなかにきらめいていた。リジーに会ったひとはだれでも、あっという間にひきこまれずにはいられなかった。

山をこえてきてスポケーンの谷にとどまる寒冷前線みたいに、その予感がじわじわ、じわじわ、近づいきてた。そして毎朝、リジーがハンモックのなかで人工的な風にゆられてるのを見るとホッとしてた。ただの妄想《もうそう》、考えすぎ。何度もそう自分にいいきかせた。まだだいじょうぶ、って。リジーがあたしをおいていくわけない、って。

だけど、希望の光はどんどん弱くなり、かわりにそこにいすわってるのは恐怖《きょうふ》。

リジーは書き置きを残さなかった。バイバイのキスもなし。手も握《にぎ》ってこなかった。だまって行っちゃった。チーフにもあたしにもつかまえられないタイミングにそっといなくなった。残されたのは、クローゼットのなかの服と、寝《ね》る人のいないハンモック。

でも、リジーがわるいんじゃない。

あたしは、捨てられた愛でできてる。あたしを抱《だ》きしめた人はだれでも、愛が使い古されてるのを感じる。穴があいて、破けて、ギザギザに裂《さ》けてるのを感じる。リジーさえ感じてた。リジーなんて、リサイクルショップでしか服を買わないのに。だれからも見捨てられたTシャツとか、古くてボロボロでまただれかを支えたくてたまらないベルトとか。だけど中古のTシャツも、ある時点をこえるともう着られなくなってボロ切れになってしまう。

むかいの窓に明かりがともった。ワイルダーがあたしに気づいたかと思うと、メールの着信音が鳴った。

ワイルダー：今日仕入れた知識、知りたい？
あたし：なに？
ワイルダー：ベーコンで鼻血がとまる
ワイルダー：またベーコンを食べる理由がひとつ増えたっぽい

どういうわけか、不安が胸をしめつける。

ワイルダー：今度はそっちがなにか教えて
あたし：前になんかで読んだけど、牛に名前をつけるとたくさんお乳を出すんだって

ワイルダー：すごい
ワイルダー：ほかには？

地球上で見つかったもっとも古い鳥の巣は二千五百年前のもの。あと、メキシコの鳥は巣をつくるのにタバコの吸《す》い殻《がら》をつかう。

あたし：あの子たちって、いらなくなったものをつかっておうちをつくるんだよ
あたし：羽根
あたし：小枝
あたし：ひも
ワイルダー：タバコの吸《す》い殻《がら》

リジーはあたしの部屋に来るといつも、真っ白な壁《かべ》と整ったベッドときちんとたたんだ洗濯《せんたく》ものをじっと見ていった。「ソングバード、ここじゃ巣はつくれないね。わたしの部屋においで。わたしの木を一本、あげるから。そもそもあんたのものだし」

そんなカンタンな話じゃないのに。リジーの壁《かべ》から木を一本はがして自分の部屋の壁《かべ》にくっつける、とかできるわけないのに。そんなことできない。リジーがその木がなくなってさみし

がるってわかってるから。リジーはきっと、その木の枝にぶらさがって風に髪《かみ》をなびかせたいって思う。その木がなくなっちゃったら、ぽっかりあいたスペースがリジーの心にすみついちゃう。そうしてたら、リジーはもっとはやくあたしの前からいなくなってただろう。あたしなら、心のなかにすきまがあってもだいじょうぶ。

あたしは木をそのままにしておいた。リジーの愛のほうが、すみかをつくる材料集めよりもたいせつだから。リジーがあたしのすみかだから。

窓のほうにむきなおって、ワイルダーを見つめた。ワイルダーは窓ガラスに両手を押《お》しつけてる。まるで、押《お》しあけて新鮮《しんせん》な外の空気を入れようとしてるみたいに。

ワイルダー：どうかした？

あたし：あたし、呪《のろ》われてる

リジーもママも、ギリギリのところで枯《か》れ枝《えだ》とか枯《か》れ葉《は》とかちぎれたひもとかタバコの吸《す》い殻《がら》とかを見つけて、ありあわせの巣をつくった。だけどうすっぺらいすみかは、時間がたったらこわれちゃった。

あたし：みんないつかはあたしをおいていなくなる

ワイルダーが病気なのをよろこぶなんてダメ。家から出られなくてよかった、なんて感じちゃダメ。だけど生まれてはじめて、あたしはひとりぼっちだって感じない。
ワイルダー：ぼくはどこにも行かない
あたし：じゃ、キミとあたし？
ワイルダー：いっしょだ

霧《きり》の朝の積みわら（1891）

ソングバードへ
モネは干し草の山を二十五回描《か》いて、さまざまな光のなかの干し草の見え方をとらえた。毎日かならず変化があっておなじ姿は二度とないと知っていた。わたしたちはみんな変化する。自分ではおなじだと思っていても。干し草がその証拠《しょうこ》。光で絵がかわるのはしょうがない。ちがう自分が見えてくるかも。

愛をこめて
リジー

レン・プラムリー
20080 21st アベニュー
スポケーン ワシントン州 99203

14 あいまいな境界線

日曜日。〈ロザリオズ〉の前に赤いワゴン。チーフの買いものリストはあたしの手のなかにある。乗る人のいない電動の木馬が日ざしを浴《あ》びている。クローゼットにかくしたメイソンジャーに一セント銅貨が何枚入ってるかはわかんないけど、なにかしら買える。自由だって手に入るかも。木馬があたしを見つめてる。待ってる。

今日は、レイアに食品ラベルの見方を教えてもらってる。おぼえたい気持ちはあるけど、店のどこかにルカがいるとわかってて集中するのはむずかしい。意識がさまよってしまう。通路にフラフラ出ていって、ルカの姿とルカのノーズピアスをひと目見ようとする。

「食品業界が消費者に望んでること、わかる？」レイアがたずねる。

「なに？」

「よけいな知識はつけるな。ラベルを読んでほしくないんだよ。ソファでゲームしながらドリトス食べててくれって。中身は知らないまま、ほしがっててくれればいい。オトコとおなじだね。だけどマジな話、オトコって近づくとめっちゃクサいから」

男の子に近づいた経験なんてほとんどない。っていうか、最近までほぼゼロ。だけど、クサいなんてとんでもない。ルカは、お日さまと可能性のにおいがする。あれから何度も自分の服からふわっとルカのにおいがする。まあ、妄想《もうそう》かもしれないけど。

「ドリトスにはなにが入ってるの？」あたしはわれに返ってレイアを見つめた。

「グルタミン酸ナトリウム。よりによって」

レイアは発がん性物質の話をするとき、すごくイキイキしてる。あと、「ふざけた法律制度が食品業界を保護して、『企業秘密《きぎょうひみつ》』という名のもとに、アメリカ人の大多数に毒物を食べさせて肥満やら動脈血栓《けっせん》やらがんやらで死に追いやる」って話。あたしは、感心してきいてるだけ。

「生きるには食べものが必要」レイアがいう。「大昔からつづいてる関係なのに、わたしたちは食べものにクソみたいに軽くあつかわれてる。食べものが友だちだったら？　見た目だけよくて一瞬《いっしゅん》おいしく感じるけどあとでお腹《なか》をこわして後悔《こうかい》するような友だち、ほしい？　それとも、かくしごとのない友だちがいい？　裏表のない友だち」

クロエの顔が頭に浮《う》かんできた。あれから一度もメールをよこさないし、きのうのソフトボールの試合にも来てなかった。クロエのお母さんが、クロエはデートだっていってた。

「ほらね、わたしは自分の子どもを自慢《じまん》するタイプじゃないけど、それにしてもクロエときたらイケメンのカレシを見つけたものよねぇ。しかもやさしいのよ。どんなにクロエにメロメロか、見せてあげたいわ」

「クロエに神のお恵《めぐ》みを」あたしはいった。アン・ブーリンの頭がギロチン台から芝生《しばふ》にコロコロ転がってきた。つきなみだけど、オェーッてなる。ジェイは遺伝子組み換《か》え食品。かさがあって、味もよくて、見た目はさらにいいけど、ハイスクールの毒物。

今日、レイアはあたらしいピンバッジをしてる。〝TRASH TALKING〟

「これ、どういう意味？」あたしはたずねた。

「ゴミ《トラッシュ》のおしゃべり。ふつうは『こきおろし』って意味だけど、わたしはゴミのコンポスト化とリサイクル推進の意味でつけてる。知ってた？　人間がリサイクルしようとしないプラスチックゴミが集まってできた島が太平洋の真ん中に浮《う》かんでるんだよ。それが観光地と化してるの！　この世界がどんなにしょうもないかの代表例でしょ。パチュリオイルがあって助かったよ」

レイアはオイルを手首に数滴《すうてき》たらして、あたしに瓶《びん》をよこした。

レイアが悲しんでるのはわかるけど、同時にすごくイキイキしてる。あたしは手をのばしてレイアのターコイズブルーのオーラを実体があるものみたいにつかみたくなった。そのオーラのなかで泳いで、あたしの毛穴にしみこませたくなった。悲しみやらなんやらもぜんぶ引っくるめて。

「リサイクル以外に好きなもの、ある？」あたしはたずねた。

「オーバーオール」レイアが自分の服を指さす。「グリッターも好きだけど、環境《かんきょう》によくないからあんまりつかわない。あと、ローラーゲーム」

「えっ？」

「いまレンの目の前にいるのは、その名もプリンセス・レイハーアウト」

「なにそれ？」

「ローラーネームだよ。わたし、ローラーゲームやってんの。クレイジー・デイジーズっていうジュニアリーグのアマチュアチームの得点役《ジャマー》」

「ジャマーって？」

「ローラスケートはいてトラックを周回中に、相手をぬいて得点するのが役目。タックルとかして蹴散《けち》らすんだけど、自分は転んじゃダメ」

「なんか……めちゃくちゃ激しそうだね」

「超《ちょう》楽しいよ。チョーシ乗った女たちをはりたおすのってサイコーのストレス発散。で、レンは？　なにが好きなの？」

「あたし、趣味《しゅみ》とかないし」

「だれだって好きなものくらいあるでしょ」

リジーがあたしのすべてだった。でもいまは……。

レイアにオーラが見える話をしてもよかった。ターコイズブルーのオーラにとりまかれてるレイアがさらにキレイに見えることを。あと、モネの絵を見るたびにあんまりうつくしくて泣きそうになること。モネは、人間性というものを理解してた。ふつうはキャンバスに実線をおいてしまったとたん、イマジネーションが奪《うば》われてしまう。その先にある可能性とか解釈《かいしゃく》とかが消えてしまう。人生がゆがめられてぼんやりして、そういうものとして提示されてしまう。

あと、前は絵を描《か》いてたことも話してもよかった。リジーの部屋の壁《かべ》に、あたしたちの世界に、もっとたくさん絵を描《か》きたかったけど、リジーがいなくなってしまったからもうできない。たまに、絵筆を握《にぎ》りたくてたまらなくなることがある。無からなにかを生みだしたくなる。

「ひとをはりたおすのってそんなにいい気分？」あたしはたずねた。喉《のど》の奥《おく》に言葉にしなかった思いがつまってる。

「うん」

「逆にはりたおされるんじゃないかって心配じゃない？」

「うん。だけど、だから興奮するんだよ」

「あたし、ひとをはりたおしたこと一度もない」

「まだ若いから。時間はあるよ」そういってレイアはパッと顔をかがやかせていった。「あっ、そうだ。チームに入んなよ！」

あたしなんか軟弱《なんじゃく》でムリ。レイアは筋肉が引きしまってるけど、あたしにはうすべったい皮しかない。攻撃《こうげき》にたえる力なんてどこにもない。

だけど返事もしないうちに、ルカが通路をやってきた。なんてことない感じに、お日さまイエローのオーラにつつまれてキラキラと。ぽかぽかと。赤いエプロンをして、その下にピタッとした青いシャツを着てる。ひとり信号機状態。一瞬《いっしゅん》、もしかしたらルカは無限の可能性をもってるのかも、って思った。

「レイア、ちょい教えて」ルカはアーモンドミルクとふつうの牛乳のパックをもってる。

「どっちをのむべき?」

「場面でかわる」レイアが皮肉っぽくいって、牛乳パックをとりあげた。「これをのむってことは、エストロゲン注射するようなもの。牛がしょっちゅうなにを与《あた》えられてるか知ってる? ホルモン」

ルカがうなずいてから、あたしにむかっていたずらっ子みたいな目をする。「レイア姫《ひめ》、そちらの友だちはだれ?」

「レンだよ」レイアがあたしのほうを手で示す。

「レン」ルカがくりかえす。「前に会ったことあるよね?」

「先週アンタ、スケボーでレンをはったおしたでしょ。ったくもう」レイアがあきれる。

そうなの? あたし、ルカにはったおされたの? それでこんなふうに、ルカが近くにいると頭がふわふわして、地に足がついてない感じになるの?

「ったくもう、なことしてゴメン」ルカがいう。「埋《う》め合わせしたいんだけど。おいしいサンドイッチつくってあげるよ」

「ううん、けっこう」あたしは答えた。「リストにのってないし」あたしはチーフの買いものリストを見せた。

「買いもの手伝ってあげる」ルカはリストを引ったくると、くるっとこっちに背をむけて日記かなんかみたいに読んだ。

「っていうか、お腹《なか》すいてないし」さっきよりキッパリいう。「だからサンドイッチはホントにいらない。あたしの人生にはいま、必要ないから。もう満たされてる」

いままでついたウソのなかでもサイアクかも。

ルカがまたこっちをむいていう。「わかった。オレのほうは待てるから。そのうち腹も減ってくる。そのときは、オレがここにいる。いつでもサンドイッチつくってやるよ」

ルカがリストを返してよこす。レイアが、なんかあやしいって目であたしたちを見てる。

「なんなの、アンタたち」レイアがルカとあたしにいう。

「べつに」あたしはあわてて答えた。

同時にルカがいう。「ちょっとね」

レイアがいう。「ルカ、気をつけることだね。レンはクレイジー・デイジーズに入る予定だから。メンバーをもてあそんだら、チーム全員を相手にすることになるんだからね」

「マジで？　オレ、ローラースケートしてる女の子、大好きだ」

「まだやるとはいってないし」あたしはもじもじしながら足元を見つめた。「っていうか……あたし、ローラースケートのやり方も知らないし」

「すぐにできるようになるよ」レイアがさらっという。あたしがどんなに軟弱《なんじゃく》か、知らないから。運動神経ゼロ。

そのとき、ルカがいった。あったかい声。背筋がくすぐったくなる。「約束するよ、レン。きみをもてあそんだりはしない」

またルカの光にすっぽりつつみこまれて、すごくいい気持ち。いい気持ちどころか、本気で癒《い》やされそうになる。

だけど、そんな時間は長つづきしない。

「さっさと仕事にもどったら」レイアがルカにいう。

「わかった。だけどひとつ教えて。アーモンドがどうやってミルクを出すんだ？　アーモンドに乳首《ちくび》ついてるの、見たことない」

「あんたってしょうもない」レイアがいう。

「勝負しなきゃ、敗者にもなれない」ルカは回れ右をして歩いていった。「じゃ、やっぱゲータレードでものむか」

「ゲータレード？」レイアがあせって悲鳴をあげる。

ルカのくすくす笑いが、姿が見えなくなったあとも残ってた。温度が一気にさがったみたいな気がして、あたしはぶるっとふるえた。ルカがいないと、寒くなってこわくなる。

いつか、チョークで絵を描《か》きたい。そうすれば、嵐《あらし》のあと絵が消えてもそんなにショックじゃない。だけど油絵は……それを描《か》いた画家は、その大作にいくつまちがいがあるか、知ってる。油絵の具は消せない。

「頭にこないの？」あたしはレイアにたずねた。「こんなに気にしてるのに、みんなプラスチックを捨てつづけてる。からだにわるいものを食べてる。ひとは変わらない」

「ローラースケートしてわかったことがひとつある。痛みは進歩するのに必要な副作用」

あたしはチーフの買いもののリストを見つめた。ルカはリストの下に自分の名前を書き足してた。あたしが家に連れ帰らなきゃいけないものみたいに。あたしが生きるのに必要なアイテムか、または……死に至らせるアイテムみたいに。そしてレイアは、よく考えて選択《せんたく》しなきゃいけないって教えてくれた。

あたし：外に出たくてたまらなくなる？
ワイルダー：たまにね

深夜。夜のいちばん暗い時間。太陽はどっかに行っちゃって、またもどってくるなんて想像もつかない。だけどずっと待ってれば、ぼんやりした光が地平線にあらわれる。

たまに、ひと晩じゅう起きてる。その光を見るためだけに。

あたし：いちばん恋《こい》しいのはなに？

窓のむこうにワイルダーの姿が見える。自分の部屋に、明かりをつけてすわってる。家のなかで明るいのはそこだけ。うちとおなじだ。あたしたちは、漆黒《しっこく》の海のなかのふたつの明かり。

ワイルダー：雨がふったあとの草の香り
あたし：あのにおい、好き
ワイルダー：ぼくも
あたし：ライラックのにおいも

スポケーンは五月になるとライラックの花が咲《さ》きみだれる。町じゅうが長くてわびしい冬のあとに咲《さ》いたひとつの巨大《きょだい》な花みたいになる。しばらくのあいだ、ライラックが咲《さ》いてるうちは、スポケーンは苦難を忘れたみたいになる。チーフがいうには、スポケーンが花になる季節は犯罪率が下がるそうだ。

ワイルダー：だけど、もっと恋《こい》しいものがある
あたし：なに？
ワイルダー：だれかの手を握《にぎ》りたい
ワイルダー：けど、ひとに触《ふ》れるのがこわい

あたしは窓に面とむかった。胸がチクチクする。ワイルダーの細いからだは窓のなかのほんの一部しか占《し》めてない。悲しそうだけど正直な笑《え》みを浮《う》かべてる。

あたし：そのうちよくなることもあるんでしょ？
ワイルダー：IDK（わかんない）
あたし：じゃ、それまでフリをしてればいいよ

あたしは窓に手をおいた。ワイルダーがおなじことをする。あたしは指がからまっていると

ころを想像した。ワイルダーの手のひらがあたしの手のひらの上にしっかり押《お》しあてられて、あたしたちは手と手をぎゅっと握《にぎ》ってピッタリくっついてる。あったかい肌《はだ》とあったかい肌《はだ》。恐怖《きょうふ》はない。さみしさはどこかに消えて、心のなかのひんやりした部分があっためられて、とけてなくなる。

あたしたちはそんなふうにして立ってた。手をつないでるフリをして。そのうち脚《あし》がじんじんして、まぶたが落ちそうになってきた。たぶんフリをしてるほうが安全。だってやっと明かりを消したとき、まだワイルダーの手のひらを感じられたから。

グレーの光が窓からさしこんできたころ、あたしはやっとベッドに入った。眠《ねむ》りに落ちる前、ワイルダーにメールを送った。

あたし：窓をあけるべきかも
あたし：どうなるか、やってみなきゃわかんないよ
ワイルダー：安全かどうかわからない
あたし：だけど、試《ため》してみなかったら永遠に閉じこめられたままだよ

15 生きのびたハングマン

ルカは光、あたしは臆病者《おくびょうもの》。どうやってルカに説明すればいいんだろう。ルカは、太陽みたいなにおいがする。学科教習中になんてことなさそうに長い脚《あし》を前に投げだしてすわってるだけなのに、そこからお日さまイエローが全方位に広がって、エアコンでキンキンの部屋じゅうをふわっとあったかくして、それがあんまり明るくて、あたしはちょっとでも、ほんの少しでも、ルカに近づきたくなる。そしてそういうのがぜんぶ、こわくなる。

「おはよう、レン」ルカがお行儀《ぎょうぎ》よくいってバックパックからノートとペンをとりだす。

「ん、サンドイッチは？」

「今週はあたらしい挑戦《ちょうせん》をしようと思って」

「なにそれ？」

「昼寝《ひるね》しない」ルカは誇《ほこ》らしそうに宣言した。「ばあちゃんにいわれたんだ。ダメ人間とつきあいたがる女の子なんかいないって。だからさ、ぼくはかわる。たぶん、いままでがまちがいだったんだ。だけど、今日からはちがう。なんかつい、ガツガツしないように必死になっちゃうんだ。その努力をそのまま……ガツガツするほうにむければいいんじゃないか、みたいな？

だからこれからは、レンがぼくのマシュマロだ」

「は？　なにそれ？」

「大好物はとっておく。いままで、成功するのは挑戦《ちょうせん》するやつだと思ってた。だけどさ、実は待てる人間らしいんだ」

「それがマシュマロとなんの関係があるわけ？」

「有名な実験だよ。心の知能指数をはかるマシュマロテスト」ルカはそういってノートをひらき、まっさらなページに日付を記入した。「子どもたちにマシュマロをひとつずつわたしてその場をはなれる。すぐ食べてもいいけど、もどってくるまで待った子は、マシュマロをもうひとつもらえる。で、待てた子のほうが、将来成功する確率が高い。つまり……レンがぼくのマシュマロ。ただ、いきなりもうひとりレンがあらわれても、オロオロするだけだろうけど。となりにひとりすわってるだけでいっぱいいっぱいなんだから」

ほっぺたがカーッと熱くなる。「そんなんでかわれると思うの？」

「やってみて損はない。っていうか、それ以上かも……だから、待てる。世界をかえるのは、あたらしいことを試《ため》してみた人だろ。ロドニー・ミューレンとか。スケボーのカリスマ。もしロドニーがキックフリップをやってみようと思わなかったら？　ヒールフリップは？　スリー・シックスティ・フリップは？　世界はどうなってた？　ロドニーがいまのスケボー界をつくったようなもんなんだ」

スケボーの話をしているときのルカは、ちがう言語をしゃべってる人みたい。

「ほんとにスケボー、好きなんだね」

ルカの笑顔《えがお》がはじける。「うんっ！」

「どうして？」

ルカがこっちにかがみこんでくる。「血がさわぐ」

「血がさわぐ？」くりかえすことしかできない。ドキドキして胸がくるしい。だって、ルカがこんなにも近くにいるから。レイアがなんていおうと、男子はクサいなんてウソだ。

「ああ、そうだ。血がさわぐ。それに勝るものなんかない」

「ないの？」

「まあ、レンとキスするほうがいいに決まってるけど、ほら、まだしてないし」ルカがくちびるをなめる。気づいたら、またじっと見つめちゃってた。ルカがニコッとする。こっちにうつりそうな笑顔《えがお》。「ちょっと手、貸して」

「ヤだ」

「いいから」

「なんで？」

ルカが首を横にふる。「一回だけ。マジでお願い。ぼくを信じて」

おそるおそる手をのばした。ルカがガシッとあたしの手をつかむから、もう引っこめられない。ルカはあたしの手を自分の胸に当てた。心臓の真上に。

「今日の授業中は居眠《いねむ》りしないことをここに誓《ちか》います」

ルカの胸があったかい。Tシャツの生地《きじ》がやわらかい。あたしのなかになにかが起きた。血がさわいでる？　めまい？　それともただただ純粋《じゅんすい》にいい気持ち？　触《ふ》れ合った瞬間《しゅんかん》がすごく貴重に思えた。結果はどうであれ。

これがルカのいう血がさわぐってことなら、しょっちゅうスケートボードしてる理由もわかる。こんなに気分よかったら、骨の一本や二本折れたってかまわない。

だけど、ルカはあっさりあたしの手をはなして、えんぴつを握《にぎ》って教官のほうにむきなおった。もうすでにルカの手が恋《こい》しい。

あたしはルカのTシャツの、さっき自分の手がおかれてた部分をチラチラ見た。自分の一部がそこにおきざりにされてるみたい。とりもどしたいのかどうか、わからない。あたしの断片はどこかに行っちゃったのかも。歩道の割れ目にはまりこんでるか、だれもいない寒々しい建物のなかにとりのこされてるのかも。

講義がはじまって二十分もしないころ、ルカがもぞもぞしはじめた。

「だいじょうぶ？」あたしは小声できいた。

「うん。問題なし。すごい情報量だ」ルカは必死で目をあけてる。「赤信号でとまらなきゃいけないなんて、だれが想像した？　あと、方向指示器をつかわなきゃいけないとか？　シートベルトしなきゃいけないなんてことも。ビックリにもホドがある」

五分後、ルカはいった。「もうムリ。レン、きみが必要だ」

教官がコホンと咳払《せきばら》いをして、あたしたちに注意をうながす。

「必要？　えっ？」

ルカがいすをこっちによせて、ノートになにやら走り書きをする。そしてノートをよこして、ページの上に書いた文章を指さした。

Pick a letter（文字を選ぶ）

その下に、首つり男《ハングマン》の絵が描《か》いてある。

ハングマンゲームをしようってこと？　よりによって、『ホイール・オブ・フォーチュン』でやってるみたいなワードゲーム。なんか、よけい親近感がわいちゃう。

あたしがとっさに反応できずにいると、ルカはお願いってせがむ顔をして、自分が頭に浮《う》かべてる文章の文字数を表示した。


＿＿＿／＿＿／＿＿＿／＿＿＿／＿＿？

あたしはTを選んだ。Tはふたつ、あったらしい。ルカが書きこむ。

＿＿＿＿／＿＿＿／＿＿／＿＿T／＿＿T＿／＿＿？


ルカは、つぎは？　って顔でノートをトントンした。

「なんで急《せ》かすの？」あたしはささやいた。

ルカがハングマンの絵を指さす。「レン、生きるか死ぬかの問題なんだ」

あたしはSと書いた。

ハズレ、らしい。ルカが、ハングマンの頭の部分に丸をしてニヤッとする。ぜんぶに丸がついたらあたしの負けだ。

つぎはE。

ルカがEをひとつ、書きこむ。


＿＿＿＿／＿＿＿／＿＿／＿＿T／＿＿T＿／＿E？

まだまだ先は長い。つぎに選んだRで、ハングマンの胴体《どうたい》に丸がついた。ううう……。

「少しはオレの気持ち、わかったろ？　ほしいものがあるのに手に入らないのがどんな気分か」

平気そうな顔をする。ルカの言葉で頭がグルグルして目の前がチカチカしてるなんて顔には出さない。あたしのハングマンを死なせるわけにはいかない。

つぎはO。ハングマンが命びろいする。

_ _ _/_O_/_O/O_T/_ _T_/_E？

そのつぎに選んだYとUで、単語がふたつ判明。

_ _ _/YOU/_O/OUT/_ _T_/_E？

そのつぎのCでハングマンは腕《うで》に丸をされたけど、Mでひとつスペースが埋《う》まった。答えがうすうすわかってくる。つぎは、L。

_ _LL/YOU/_O/OUT/_ _T_/ME？

はいはい、わかった。考えもしないうちに答えが口をついて出てきた。あっと思っても、もうとりけせない。

「Will you go out with me（デートしませんか）！」

教室がシーンとなる。シーンって音がきこえるタイプの沈黙《ちんもく》。

ルカの顔にニヤニヤ笑いがはりついてる。

「うん、しよう」ルカがいう。

教室じゅうがこちらを見てる。教官のミスター不満顔が、でっぷりしたお腹《なか》の上で腕《うで》を組んだ。

「えっ！　ちょっと、なに？」あたしはあせった。

「そこのふたり。ティーンエイジャーのホルモン過多もいいかげんにしてくれんかね」

「はい」ルカが返事をする。「すみません、先生。つづけてください。さっき、ギアのこと、なんておっしゃってましたっけ？　Pは駐車《パーキング》って意味ですか？　めっちゃおもしろいですね。こんな興味深いこと、教えてくれるなんて感激です」教官が講義を再開すると、ルカがささやいた。「ごめん。マシュマロテスト、失敗しちゃったらしい。だけどまあ、マシュマロは二個いらないかな。一個でじゅうぶん」

ルカがシャキッとする。すっかり目がさめたらしい。

「ばあちゃんのいってたこと、正しかったな。最近じゃ、めずらしいけど。教習所でずっと起きてると人生にいい変化が起きる」

それはよかった。あたしはまだ、あっぷあっぷだけど。呼吸をするのもやっと。デートなんてしたことない。キスだってだれともしたことない。軽くチュだろうが、さりげなくほっぺにチュッだろうが。

講義がおわると、ルカは立ちあがっていった。「七時にむかえに行く。明日。ラクチンな服着といて」

「あしたっ？」

ルカはすとんとバックパックを背負った。流れるようなしぐさで。ルカの動きはいつもそう。あたしは動けない。

「ついさっき待つっていってたのはどうなったの？」

「レイアがいうように、オレたちは自分が見たいと思う変化に自分自身がならなきゃいけない。オレはきみといっしょにいたい。だから、その変化を自ら起こしてる」

「なんで？　あたしのこと、ほとんど知らないのに」泣きそうな声になる。

「レン、それがなんだっつーんだよ。オレたちみんな、最初は知らない者どうしだ。愛だってさみしさから育つ」

ルカが歩いていこうとする。あたしはあわてて声をかけた。「八時にして」そのころならチーフは仕事に出てる。説明しなくてすむ。

「一時間くらい待ち時間が増えても死にゃあしない」

そしてルカはスケボーで通りを走っていった。あたしの心のかけらがルカのTシャツにぶらさがって風にふかれてるのが見える。あたしは糸一本でつかまってる。ちょっとでもヘンな動きをしたらルカにくっついてるあたしのかけらははがれちゃう。風に乗ってどこかに消えちゃう。だけどあたしはとりもどすために手をのばしもしない。

心は決まった。

行くよ、ルカ。

16 鏡にうつったあたし

回転木馬がもうすぐとまるというとき、ベイビーガールがあたしに気づいた。

「お気をつけてお降りください」ベイビーガールがマイクにむかっていうと、陽気なオルゴール音が鳴りやむ。「ガンジーもいっていました。『みんながひとの足を踏《ふ》まなくなったら、靴《くつ》はもっと長もちするようになるだろう』と。ステキなスポケーンでステキな一日を。ナマステ」

ベイビーガールはまだバスローブを着てる。ナス色のオーラもかわってない。

「それ、いいかげんききあきない？　何度も何度もおんなじ曲でうんざりするでしょ」あたしはたずねた。

「象徴《しょうちょう》だから」

「なんの？」

「人生」ベイビーガールがいう。「乗ってく？」

「ありがとう、でもいい」どうせ酔《よ》うし、時間もない。一秒ごとに、明日の夜が近づいてくる。ルカが近づいてくる。

「デート、したことある？」

「どんな類《たぐい》のデート？」

「デートに種類があるの？」

「もちろん。友だちデート、いちゃつきデート、酔《よ》った勢いでセックスデート、ハイな気分でネトフリデート、あと……純粋《じゅんすい》にデート」

「どうすれば、それが純粋《じゅんすい》にデートだってわかるの？」

「忘れられない夜。だから、そのデートをずっとおぼえてる」

「あのね、あたしたぶん明日、純粋《じゅんすい》にデートなの」あたしは情けない声を出した。「なに着てけばいいかもわかんない」

リジー、なんでいないの。腹を立てたくはない。怒《おこ》ったってだれも帰ってこないから。だけど、どうしても腹が立つ。

「助けてくれない？」あたしはベイビーガールにたのんだ。

「あたし、役に立たないよ。その手のデート、したことないし」ベイビーガールが回転木馬のほうにもどっていこうとする。「ごめんレン、木馬はまわりつづけなきゃいけない」

「お願い！」思わず大声が出た。「マーティン・ルーサー・キング牧師がいってたように、『たすけて』はよくあるののしり言葉とおなじ四文字だけど、みんなが『ボケカス』のかわりに『たすけて』っていったらどうなるか想像してみて」

「キング牧師はそんなこといってない」そういいながらも、ベイビーガールは立ちどまった。

「明日のシフトがおわったら家に行くよ。四時おわりだから」

「ありがとう」

ベイビーガールが回転木馬につぎのお客を乗せる。そして音楽が鳴りはじめた。

印象・日の出（1872）

ソングバードへ
ある批評家は「印象派」っていう言葉をこの絵を嘲笑《ちょうしょう》するためにつかったって知ってる？ それでモネはタッチをかえたか？ ノー。 モネは自分の心の声にしたがいつづけて、「印象派」という言葉がちがった日で見られるようにさせた。

愛をこめて
リジー

レン・プラムリー
20080 21st アベニュー

スポケーン　ワシントン州　99203

あたしのクローゼットは、ぐちゃぐちゃのくせにガラガラ。着ていく服なんてない。もってる服はぜんぶ見たけど、純粋《じゅんすい》にデート用の服なんてひとつもない。

「リジーのクローゼットは？」ベイビーガールがいう。

そのままリジーの部屋に引っぱってかれた。リジーが出ていってから、ほとんど入ってない。リジーがいないと、ほんものみたいに見えてた森がそうは見えない。

夕方の日ざしが窓から入ってきて、森と空にあったかい光を投げかけてる。リジーの部屋の壁《かべ》に描《か》かれた永遠の夜のなかにある昼間みたいに見えてくる。

ベイビーガールがリジーのクローゼットをあさってるあいだ、あたしは絵の森に両手を走らせてた。いま、家のなかにはあたしたちふたりしかいない。チーフはジムに行った。

チーフにデートのことは話してない。質問ぜめにあうはず。仕事休んでルカに会うっていいだしかねないし、制服じゃなくても銃《じゅう》はいつも携帯《けいたい》してる。

「リジーがなにをおいてったか、見てみよう」ベイビーガールが服をぽんぽん床《ゆか》にほうって、あたしに着てみろという。だけど、ムリ。服の山がどんどん高くなってくるけど、リジーのお下がりのなかにあたしに合うものなんて見つかりっこない。

あたしはハンモックに寝《ね》ころがった。部屋はまだリジーっぽいにおいがしてる。ぼんやりした日の光みたいなにおい。だけど、なにかがちがう。リジーがいないからってだけじゃない。なんなのかはわからないけど。

「リジー、帰ってくると思う？」あたしの質問でベイビーガールがピタッと手をとめる。カットオフのショートパンツと花柄《はながら》のふわふわしたシャツを抱《かか》えたまま。「あ、いまの忘れて。答えなくていい」

ベイビーガールがハンモックの横の床《ゆか》にすわる。なんか、ふたりして夜の森で迷子になったみたい。カーペットまで草みたいに感じる。

「確実にわかることなんてひとつもない」ベイビーガールがいう。

「だれのことば？」

「わたし」

「ベイビーガールは自覚してなくても頭いいね」

天井《てんじょう》の夜空はいま見ると正確に描《か》けてない。このところ屋根の上で星をながめてたから、あらためて自分の描《か》いた星を見ると、リジーが出ていく前にちゃんと星を見たことあったたっけって思う。

ベイビーガールはやさしくあたしをゆすった。風が木をゆらすみたいに、お母さんが赤《あか》ん坊《ぼう》をあやすみたいに。慣れたしぐさ。きっとリジーに何度もしてたんだろうな。

「レン、選択肢《せんたくし》はふたつ」ベイビーガールがまわりの森を手で示す。「探索《たんさく》か降伏《こうふく》」

「どういうこと？」

「なんか見つかるかもと期待して外に出ていくか、なにがあるかわかんないと恐《おそ》れてその場にとどまるか」

「仏教にハマってるベイビーガール、好きかも」

「どうかな……」ベイビーガールは着古したバスローブをながめた。「適性があるかどうか、わかんない。いまのとこ、居心地《いごこち》いいけど」

「つぎはなに？」

「まだ決めてない」ベイビーガールはリジーのふわっとしたシャツを自分にあててみた。

ベイビーガールが人格をいろいろかえるのは、ほんとうの自分がわからないせいなのか、自分自身でいるのがこわいからなのか、どっちなんだろう。お父さんにありのままの自分をなぐられてつぶされて、自分はダメなんだって思うようになっちゃって、気づいたらベイビーガールは消えちゃってた。それ以来、愛される価値のある人になろうと自分さがしをつづけてる。

その気持ち、よくわかるし。

「もってけば？　ぜんぶもっていきなよ」あたしはいった。

「ほんと？」

ベイビーガールはバスローブからリジーのシャツとショートパンツに着替《きが》えた。あたしの目の前で古い人格をぬぎ捨てて、あたらしい人格を身につけた。あっさりとやってのけたけど、だからどの人格も長つづきしないんだろうな。自分らしくいることが仏教にひたるように居心《いご》地《ち》がよければ、みんな仏教徒になっちゃう。

ベイビーガールはクローゼットにかかってる鏡にうつる自分をながめた。オーラがちがう色合いの紫色《むらさきいろ》にかわる。今度は青みがかったモーブ。

「すごくよく似合う」あたしはいった。

ベイビーガールがリジーの服を着てリジーの部屋にいると、ほんの一瞬《いっしゅん》、家が前みたいになった気がした。愛がすーっと入ってきて、となりの床《ゆか》にぺたんとすわったみたい。

リジーがおいていったあたしとチーフの愛は、どこにあるんだろう？　愛って、ソファのあいだにはさまったコインやらヘアゴムやらに交ざってかくれてることもある。もしかして、わめき声やらののしり言葉やら泣き声やらにつつまれちゃってるのかもしれない。だけど目をこらしてよく見れば、すきまをさぐれば、愛のかけらがポロッと出てくる。

ひとは愛のあるところからは去らない。とどまっているのがつらすぎるのでなければ。

ママがそうだった。あたしたちは小さかったからおぼえてない。だからあたしたちをおいていくことを選んだママを恋《こい》しがるかわりに、リジーとあたしで好きなように想像した。ものすごくカッコよくて、ちっぽけなあたしたちでは引きとめられないような人。ここを去るしか選《せん》択《たく》肢《し》がないような人。

だけど、人はそこにないものを感じることができる。たとえ、おぼえていなくても。それにリジーは？　リジーの痛みはなんだったんだろう？　ずっといっしょにいたから、ぜんぶわかってると思ってた。だけど、あたしに話してないことがあったのかも。

「わたしの妹でもいいかもね」ベイビーガールがいう。「レンのつぎの人格。リジーがいないうちにちょっと試《ため》してみたら。リジーの服だってわたしが着るわけだし」

少しして、ベイビーガールはいった。「じゃ、リジーだったらなにするか教えて」

だからあたしはベイビーガールに、リジーとよくやったゲームのことを話した。ママがいるかもしれない場所、ママがしてるかもしれないことをいろいろ想像する。

「ウガンダのどこかで国境なき医師団に参加してるとか」あたしはいった。

「じゃ、プエルトリコでハリケーンの救援《きゅうえん》活動ってのは？」ベイビーガールがいう。

「イエローストーンで捜索《そうさく》救難活動のヘリに乗ってる？　それか、北カリフォルニアの海岸で最近発見された海賊船《かいぞくせん》で宝探し。お金はぜんぶ、がん治療《ちりょう》の研究に寄附《きふ》する予定」

「国道66号線ぞいのどこかの砂漠《さばく》にあるダイナーで働いてるかも。〝ヴェルマ〟ってネームタグつけて」ベイビーガールがはしゃいでいう。「だけどその正体は、政府のシークレットエージェント」

「で、任務はエイリアンハンター。そのダイナーは実は科学研究所」

「なんの研究してるの」

「愛」あたしはいった。「人間は愛を理解したことがないから」

「うん、そうだね」

「仏教は愛についてなんていってるの?」

「愛に気づくことは家に帰ること」

ベイビーガールがほんとうのことをいってるとは思えない。いままでまともに引用したことないし。一度だって。だけど、あえてたずねた。「どういう意味?」

「愛は鏡。いつだってあたしたちのなかにあるってことを思い出させるもの」

「鏡を見ると、たいていうんざりする」

「愛が目に見えやすいものなら決してさみしくはならない。ヨガナンダがいってた」

「ヨガナンダってだれ?」

「それ、どうでもいいし」ベイビーガールは弱々しく笑った。「純粋《じゅんすい》にデートに行く前に髪《かみ》を巻いてあげようか?」

「ううん、だいじょうぶ」

「枕《まくら》をつかってキスの練習しよう」

あたしがそれも断ると、ベイビーガールはいった。

「なんか、レンの姉にむいてないって気がする」

リジーはただそこにいるだけだった。あたしはベイビーガールにいった。そこにいることにくらべたら、言葉なんてたいしたことない。スペースを埋《う》めてくれればそれでいい、そんなことってある。

ベイビーガールはあたしの手をとって、鏡の前に引っぱってきた。

「いちおういっとくけど、鏡にうつってるもの、好きだよ」ベイビーガールがいう。自分じゃなくてあたしを見つめてたから、本気なんだって思えた。「で、なに着てく?」

「自分自身でいる、それでいい」

ベイビーガールはあたしを鏡の前においたまま帰った。あたしは鏡にうつる自分の姿を見つめてた。目を細くして、目の前にいる女の子をじっと見ていた。

これがあたし。

あたしには選択肢《せんたくし》がふたつある。可能性に期待すること。これからあらわれるなにかがあるって思うこと。または、これ以上なにもないんじゃないかって恐《おそ》れること。目の前にいるあたし以上の存在にはなれないって。

17 チェロフォビア

ルカがもうすぐ来る。あたしはまた屋根にのぼって、空を見あげてる。心のなかは、今夜なにが起きるのかって不安にならないように必死。夕闇《ゆうやみ》がせまりはじめた。ゆっくりと星が出てくる。一度にひとつ。順番に空を明るく照らす。
メールが来た。

ワイルダー：幸福が本気でこわい人っているんだよ

ワイルダーの部屋の明かりがつく。

ワイルダー：幸福恐怖症《チェロフォビア》っていうんだ
ワイルダー：楽しいことのあとには必ず悲しみが来るって信じてる

だよね。あたしは思った。幸せは長つづきしない。悲しみはきっとどこかしらから入りこんでくる。すべてを凍《こお》らせてバラバラにするタイミングをうかがってる。

あたし：治療法《ちりょうほう》ってあるの？
ワイルダー：うん、楽しいことをする
あたし：なんか、かんたんそう
ワイルダー：どうかな
ワイルダー：たまに幸せって見つけづらいから

キラリ。星がひとつ光る。

ワイルダー：そこ、どんな感じ？

あたしは話した。気温はサイコー。暑すぎず、寒すぎず。午後に大雨がふったからぬれた草のにおいがする。そよ風が木々のあいだをふきぬけてる。ここにいて、目を閉じると、浮《う》かんでるみたいな気持ちになれるんだよ。

ワイルダー：いま、幸せ？
あたし：あたし、チェロフォビアかも
ワイルダー：治療法《ちりょうほう》、わかるだろ
あたし：でもこわい
ワイルダー：なかにいればいい
ワイルダー：ぼくといっしょに

あたしはすーっと深く息を吸った。

あたし：だけどそれじゃ、雨のにおいを感じられない
あたし：窓をあけること、まだ考えてる？
ワイルダー：あけたらきっとなにかがかわる
ワイルダー：それでわるいことが起きたら？
ワイルダー：この生活に慣れてる

また星がひとつ。スイッチがパチリ。
通りから、スケートボードが走ってくる音がする。

つぎの瞬間《しゅんかん》、ルカがうちの前に立ってた。

あたし…それでいいことが起きたら？

18 飛びこめ

ルカはひざにダメージがある黒デニムに白T、いい感じにはきつぶした白黒チェッカーのバンズというかっこうで、手にスケボーをもってた。ワイルドでラフで、髪《かみ》はクシャッとしてて、ノーズリングがどういうわけか夕闇《ゆうやみ》のなかでいつもより主張してる。

ルカから目がはなせない。

「いっとくけど、うちの父、警官だよ。人を殺したことある」屋根の上からいう。

「ヤバいな」

「ヘッドロックのやり方、教えてくれた。試《ため》してみたら、気絶させちゃった」

「カッコいい。あとで見せてくれる?」ルカは目をキラキラさせる。星が空からふってきて、ルカのなかで暮らしてるみたい。ああ、気が散る。防御《ぼうぎょ》がくずれそう。

「じっさいにはやらない。キスしたこともない。たぶん、めちゃくちゃへタクソ。だから、酔《よ》った勢いでセックスデートのつもりなら、まちがってるよ」

「そういう選択肢《せんたくし》があるとは知らなかった」

「ない」

「それに、だれがキスしたいっていった？」ルカがたずねる。

「したくないの？」

「いや、めちゃくちゃしたい」ルカがにっこりする。「引っかけ問題だな。で、おりてきてくれないかな？」

「まだムリ。あたし、超《ちょう》ダメ人間だよ。友だちいないし、あたしとつきあうとカブがあがるって期待してるならちがうから。たぶん、カブがさがる」

「で、いったはずだけど、オレも超《ちょう》ダメ人間。ってことは、オレたちカンペキぴったりだ。しかも、学校ちがうし」

ルカが顔をあげてこちらを見る。笑顔《えがお》はゆらがない。

「もういいかな？　ほかにいっときたいことある？」

「朝、息がくさい」

「みんなそうだ」

「ボールをキャッチするの、ムリ」

「オレも球技はきらいだな。タイクツだ」

「数学の単位、落としそうになった。二度も」

「ぜんぶの科目、落としそうになってる。二度ずつ」

「子どものころ、粘土《ねんど》食べてた」

「オレはノリのが好きだった」

「スイカがきらい」

「それは致命的《ちめいてき》だな」

「足の人さし指が親指より長い」ルカがいう。でも、動かない。

「オレのこと、冷まそうとしてる？　いまのところ、まったく逆効果だけど。指の話、もっとしていいよ」

ううう。ルカはきっと、なにかしらよくないことに気づいていなくなる。みんなそうだから。ありのままをさらけだせば、デートをすっ飛ばしてそのままバイバイできる。そのほうが傷つかない。

「しょっちゅうバカなことする。クリスマスシーズンのＣＭ観《み》て泣くし、ビデオゲームはきらい」

「オレがクリスマスのＣＭで泣かないとでも？　おばあちゃんが毎日クリスマスカードが来てないかチェックしてるのを見てたむかいの家の人がカードを送っておばあちゃんが泣いちゃうＣＭとか？」ルカがギャン泣きのフリをする。あたしは思わずくすくす笑ってしまって、心が軽くなった。もしかしたらデートすべきかも、みたいな。だけど、地面をチラッと見ただけで、落ちるとどんなに痛いか思い出した。

「あたし、チェロフォビアなんだ」まじめにいう。

「それがなんだか知らないけど、だいじょうぶ。予防すればいい。もういい？」

ほんとはいいたかった。こわい。こわい。こわい。だけど口から出てきたのは「なんであたし？」

「レン」ルカはあたしの名前を、口にしたくてたまらないみたいにいった。「レンしか考えられない」

そしてルカは、こっちにむかって手をさしだした。「さ、おりてきて」

ワイルダーの部屋の窓をチラッと見る。ルカにいいたいことならいくらでもある。ルカが帰りたくなるようなこと。これ以上近づかないうちに。だけど、そよ風が夏の雨のにおいをふわっと運んできた。あたし本気で、かくれたいの？　こういうのから逃《のが》れたいの？

「それともよかったら、オレがそっちに行こうか？」ルカがいう。

ルカがハシゴに手をのばす。あたしはさけんだ。「いい！　おりるから！」

ルカが下であたしをキャッチしてくれる。身長差を感じる。ルカのからだがあんまり近いから、あたしたちはおなじものでできてるんじゃないかって気がしてくる。あたしたち、そんなにちがわないのかも。だって、ぜんぜんよそよそしく思えないから。ルカのこと、知ってる気がする。出会うずっと前から。

「で……お父さん、警官なんだ。きいといてよかった。いま、家にいる？」

「いまはいない」

ルカがホッとした顔をする。「オレの名字、いわないほうがいいかも」

「名字は？」

「ロウリー」

「犯罪経歴かなんか、あるの？」

「心配いらない。軽犯罪ばかりだ」

「どんな？」

ルカは少しもうろたえない。「レン、オレを信じて」

「父から、犯罪者を信じるなっていわれてる」

「『犯罪者』ってのはちょっと大げさだな。どっちかというと、『不法侵入《ふほうしんにゅう》の癖《へき》がある不良少年』かな。レンはいつも、お父さんのいうことをきいてるの？」

リジーが出ていく前は。でもいまは……。

あたしが返事をしないでいるとレンはニヤッとして、バックパックからローラースケートをとりだした。

「これ、はいて」ルカがいう。

「ムリ。いったよね。ローラースケート、やったことないって。それにあたし、しょっちゅうつまずくし。バランス感覚ゼロ。逆立ちもできない。たぶん死ぬ。そうなったら父が、あたしを殺したあなたを殺す。殺人が二件。そんなリスクはおかせない」

チェロフォビアがさくれつしてきた。

ルカは両手であたしのほっぺたをつつみこんだ。ぐいっと近づいてくるから、キスされるかと思った。いきなり、うちの真ん前で。ああ、チーフが仕事中でよかった。ルカがあっさり触《ふ》れてくるから、なんだか自分にちゃんと実体があって、しっかり人の目に見える人間みたいな気がしてくる。

「やったことがないからって、やってみちゃいけないってことにならない」ルカがいう。

「保健体育の授業で教わってるのと正反対だよね」

「前から、現実世界で教わることのほうが正しいと思ってる」

「それで学校サボってるの？」

「サボってるってだれがいってた？」

「レイア」

ルカがあたしのほっぺたから手をはなす。「一日じゅう机の前にすわってるなんて不自然だ。人間というものは遊牧民の心をもってる。移動するようにできてるんだ」

だからこわいんだよ。あたしは思った。

「あたし、移動するの得意じゃないから」

「そりゃラッキーだ。オレが得意だから。手伝うよ」

「でも……」

ルカがあたしのくちびるに指を当てる。しー、って。

あたしたちはじっとしてた。目と目が合ったまま。触《ふ》れ合ってるってこと、ふたりとも意識してるみたいに。

あたしが一歩さがる。

「わかった」

「わかった」ルカがくりかえす。「靴《くつ》、ぬいで」

いわれたとおり、すわって靴《くつ》をぬぐ。ルカがあたしの前にしゃがんで、スケートをはかせ、靴《くつ》ひもを結ぶ。

心臓が口から飛びだしそう。不安で喉《のど》がつまる。まだ立ちあがってもいないのに。

ルカがあたしの靴《くつ》をバックパックに入れた。「レン、オレの手をつかんで」

前になにかで読んだけど、赤《あか》ん坊《ぼう》は生まれつき、反射的になにかにつかまるらしい。赤《あか》ん坊《ぼう》の手のひらに指を押《お》しつけると、無条件に握《にぎ》る。あたしたちは、全力で他人につかまるように生まれてきた。だけどどこかの段階で、その本能を失う。あっさり手ばなす。愛は手のひらのなかに押《お》しつけられた指だって信じずに、だまされてるって考える。

もしかしたら、世界じゅうチェロフォビアだらけなのかも。

「だいじょうぶ、オレがついてるから。だけど、手ははなすなよ」

あたしはルカの手のひらのなかに指をそっとすべりこませた。ゆっくりと、ルカの肌《はだ》に刻まれたしわを感じる。ルカのこと、ほとんど知らないけど、ルカの手のなかに自分の手がある時間が長くなれば、そのうちわかるはず。

もう引き返せない。前に進むしかない。

バックパックを背負って、スケートボードをとりつけて、ルカはあたしに手を貸してくれた。あたしはよろよろ、フラフラ、ぐるぐる。足と胴体《どうたい》がバラバラになって、うしろに引っぱられる。ルカと手がはなれて、宙をつかもうとあわあわした。だけどルカはすばやく反応して、転ばないように腰《こし》をガシッとつかんでくれた。ルカがあたしを自分の胸にぐいっと引きよせる。

「じょうだんだろ。ひどいな、バランス感覚」ルカがいう。

「だからいったでしょ。足の指だってヘンなんだから。デート、やめにする？」

「もう一回、足の指っていってみて」

「足の指」

ルカがうめく。「うう、たまんねぇ」

「ふざけないで」

「ふざけてないよ」ルカがあたしをまっすぐ立たせて、また手をとる。

「で、どうすればいいの？」

「ひざを軽く曲げて。重心を集める」

いわれたとおりにする。ルカがあたしの手を引いて大通りに連れていく。

「もし車が来たら？」

「もしは禁止」

「だけどもし……」

ルカがとまる。「オレがついてる」

あたしは自分の足から目がはなせない。

「顔をあげて。自分の足を見てるほうが転ぶ。視線は前に。足は自然に視線の方向についてくるから安心して。下をむいてたら前が見えない」

「わかった」

あたしたちは通りを進みだした。ルカがぐらつくあたしを引っぱる。

「こういうの、慣れてるんでしょ。スケボー、どれくらいやってるの？」

「生まれたときからって気がする。唯一《ゆいいつ》、得意なことだ」

「信じられない」

「オレの通知表、見てみたら信じるよ。親が自慢《じまん》してる」ルカが皮肉っぽくいう。ニッコリしようとしたけど、どうしても落胆《らくたん》が見えかくれする。「どんな家族にもひとりくらい失敗作がいるもんだ。だろ？」

リジーのことを思う。リジーとルカはすごく似てる。だけど、リジーはぜったい失敗作なんかじゃない。

「ルカは失敗作じゃない」

ルカはハハッと笑いとばすと、またいつものお気楽な雰囲気《ふんいき》全開になった。

「オレのことはいいよ。そっちの家族のこと、きかせて」

「話すこと、そんなにない」

「それはウソだ」ルカはニカーッとした。「どんな家族にも秘密のひとつやふたつ、あるもんだよ」

図書館の五階の話、きかせたいくらいだけど。

「話したら秘密じゃなくなっちゃう」

夜の空気があたしたちのあいだでポンとはじけて熱を発してる。自分がローラースケートをはいてること、すっかり忘れてた。不安だったことも忘れてた。正直、自分がだれか、忘れてた。

「ひとりですべってみる?」ルカがきく。

通りにはだれもいない。街灯の光が行く先を照らしてる。やってみる? 試《ため》してみなきゃ、永遠にわからない。

あたしはルカの手をはなした。ルカが、よしよしという笑《え》みを浮《う》かべる。

「どうすればいい？」

ルカがいう。氷の上をすべってるところを想像してみて、と。前後に脚《あし》を動かす。一度に脚《あし》を一本、前に出す。

「いい、くれぐれも視線は前。重心を安定させて。ひざを軽く曲げる」

からだがルカの指示に反応する。

「そこの信号まですべってみなよ。すぐとなりにいるから。できるよ、レン」

「ぜったいはなれないでよ」

ルカが「約束する」といったとき、あたしはルカを信じた。

「わかった」あたしは答えた。やらなかったらデートがおわって、ずっと後悔《こうかい》する。

ちょっとだけ勢いをつけてすべりだす。よろよろ、そしてまたよろよろ。両腕《りょううで》を横にのばす。目は信号からはなさない。

「それでいい」ルカがいう。「もうちょっと思い切ってみて。スピードをこわがらなくていい。だいじょうぶだから」

だいじょうぶ？　ほんとに？

ずっと、リジーがいなくなるんじゃないかって不安だった。あたしの責任だと思ってた。リジーを失ったら自分自身も消えると思ってた。だけど、あたしはここにいる。生き残ってる。生きてる。リジーがいなくなってもまだこわれてない。

だからあたしはもうちょっと勢いをつけた。少しだけスピードを出した。

レイアがいってたっけ。ローラースケートしててわかったのは、痛みは進歩するのに必要な副作用ってことだって。どの段階まで進むと、痛みがもっといいものにかわる？　うしろに引きもどすんじゃなくて、上に浮《う》かべてくれるものになるの？

「もうすぐだ！」ルカが声をはりあげる。「そこの信号でとまれ！」

だけど、とまり方、教わってない。

「とまる？　どうやって？」あたしはパニクって悲鳴をあげた。

「つま先のストッパーをつかえ！」

「なにそれっ？」

「草だ！　草の上に行け！」

交差点につっこまないためにはそれしかない。あたしは草にむかってダイブした。スケート靴《ぐつ》の車輪が草で摩擦《まさつ》を起こしてスピードが弱まる。だけど、からだは前に投げだされた。腕《うで》をバタバタさせるけど、つかまるものはない。あたしは地面にたたきつけられた。でも、おかげでとまった。

ルカがすぐにかけつけてきた。靴《くつ》の車輪はまだまわってる。頭もまわってた。くるくる、ぐるぐる。踊《おど》ってる。たぶん生まれてはじめて。

「レン、だいじょうぶ？」ルカがたずねる。「話せる？　なんかいって」

お腹《なか》の底から笑いがこみあげてきた。笑いだしたらとまらない。あおむけに転がって、なにもかもを赤紫《あかむらさき》とコバルトブルーに染めてる夜空を見ながら、昼間の熱がゆっくりと冷やされていくなかで、あたしは笑ってた。お腹《なか》が痛くなるまでずっと。

ルカがとなりにごろんとなって、ふーっと息を吐《は》く。

「ダメなヤツだ、オレ」ルカがいう。

やっと笑いやんで、あたしはルカのほうを見た。「えっ?」

「オレがついてるっていったのに、ケガをさせた。まだ初デートなのに」

そうか、そういうことか。ルカがしてることは、あたしとおなじ。たぶん人間ってみんな、おなじなんだ。ほかの人にもらったレンズをとおしてものを見る。自分でつくったレンズじゃなくて。

ルカは失敗しか見えなくなってる。だけど、あたしがそうはさせない。

「ルカ、あたし感じた」

「なにを?」

また夜空を見る。なんであたし、こんなにうつくしいものをリジーの部屋の壁《かべ》に閉じこめておけるなんて思ったんだろう?

「血がさわぐのを感じた」あたしはささやいた。

夜がハミングしてる。空気が熱をおびてる。

「じゃ、今夜はサイアクじゃないってこと?」ルカがたずねる。
そして、ルカの指があたしの指をゆっくりと見つけた。
「むしろサイコー」あたしはルカの手をぎゅっとした。

19 希望という崖《がけ》のむこう

サウスヒル・ハイスクールの駐車場《ちゅうしゃじょう》は空っぽ。ルカはあたしが転んでから一回も手をはなさない。

「着いた」ルカがいう。

「ここ、あたしの学校」

「知ってる」

「学校、きらいなのかと思ってた」

「きらいだ」

「だったらなんでここに来たの？」

「たまたま練習するのにピッタリな場所だから」ルカはバックパックをおろして、とりつけてたスケボーをはずした。

「ほんと？」

「うん。スペースが山ほどある。ランプもある。レールもある」

「レール？」ここに来ただけで筋肉が痛い。これ以上練習なんてできる気がしない。

「まあ、そのうちね」ルカがニヤッとする。

あたしは正面の扉《とびら》につづく階段にすわった。校舎の明かりは消えてる。夏の学校は廃墟《はいきょ》みたいだ。さみしい。あと二年であたしが卒業しても、この校舎はなんとも感じないだろうな。さみしがるどころか、あたしのことなんてすぐに忘れちゃう。

「なんでこんなことするの？」あたしはたずねた。

「なにを？」

「ローラースケートなんて教えるの？」

「やったことないっていってたから」

「だけど、それがなんか問題でも？　やったことない人なんていっぱいいる」

「ほとんどの人は、レンみたいに強くない」

「あたし、強くない」ルカの目を見ることができなくて、あたしは転んだときの手のすり傷を見つめた。

ルカがとなりにすわる。いくらだって場所はあるのに、わざわざあたしのとなりを選んで、脚《あし》をわたしの脚《あし》にくっつけてすわる。こういうのが愛なのかも。広い世界のなかにあって、ピッタリくっつくことが。引きかえすのはかんたんだけど、あたしはそうしたい気持ちとたたかった。触《ふ》れあう肌《はだ》のあったかさが、あらゆるロジックをこわしてしまう。

「ルカ」ルカととけあいそう。

「なに、レン？」

「もう逮捕《たいほ》されないようにして」

「なんで？」

「父に殺されないように」

「それって、オレとまたデートしたいってこと？」

「かもね。あと、学校もサボらないで」

「考えてみる」

「ルカ？」

「なに、レン？」

「いまのとこ、マシュマロはどんな味？」

ルカに見つめられて、あたしたちのあいだにある空気が沸騰《ふっとう》しはじめる。「うまい。正直、一気に食っちゃいたいのをおさえるのに必死だ。自分をおさえるのは得意じゃない」

「自制心って過大評価されてるような気がする」

ルカの腕《うで》があたしの腕《うで》のすぐ横にある。胸がドキドキして苦しい。

「ルカ？」

「なに、レン？」

「すべってるとこ、見たい」

ひと晩じゅうでもこうしていられそう。夜空の下で、いままでだれとも触《ふ》れあったことのない親密さでルカと触《ふ》れあって。だけどいま、魔法《まほう》を見たくなった。

ルカが立ちあがる。あたしたちのからだは、マジックテープをベリッとはがすみたいにはなれた。

だけど、駐車場《ちゅうしゃじょう》をすべるルカをながめてたらみるみる満たされてきて、心にすきまがあるのってどんな感じだったか思い出せなくなった。もしかしたらほんの一瞬《いっしゅん》かもしれない。風みたいにあっという間に去ってしまうかもしれない。だけど、一瞬《いっしゅん》が記憶《きおく》に深く刻まれたらそれでじゅうぶんなことってある。

こんなことが起きるのはわかってた。ほしい。どうしても必要。目をそらせない。

血がさわぐ経験ができれば、たとえズタボロになってもかまわない。

ルカが空中を泳ぐのを、浮《う》かんだり落ちたり、曲がったり舞《ま》いあがったり、なににもとらわれずに自由に自分をコントロールしているのをながめていたら、いままでほしいと思ったどんなものよりルカがほしくなった。

ルカのなかにとけちゃいたい。ルカといっしょに飛びたい。ルカのとなりで、ルカにつつまれて、重力なんて関係ないみたいに、ほんとうに空が飛べるみたいに。失った愛がまたあらわれて、あたしの人生にもどってくるみたいに。真っ暗な谷を明るくきらめかせて、出口を照らしてくれるみたいに。

ルカをつかまえたい。

グラつきながら立ちあがった。筋肉はもう悲鳴をあげてる。手のすり傷も痛い。

だけど、かまわない。

「下を見ちゃダメ。視線は前」あたしは自分にいった。

からだがおぼえてて、今度はそれほど苦労しなくても前に進めた。ルカは、校舎をつなげているランプや歩道やらの迷路に入りこんでる。

見つけなくちゃ。すべっていくと、気づいたことのない場所がたくさん。ジェイとクロエが晴れた日にランチを食べるピクニックエリアとか、フットボール場の駐車場《ちゅうしゃじょう》とか、生徒たちが昼寝《ひるね》したり勉強したりする大きな松の木陰《こかげ》がある中庭とか。

今夜はだれもいない。

角を曲がると、お日さまイエローの光が夜の闇《やみ》のなかにあふれているのが見えた。ルカがランプの上にいる。スピードにのってランプをくだってくると、夜明けの太陽が丘《おか》をおりてくるみたい。

ランプの斜面《しゃめん》は急だし、あたしはまだとまり方をマスターしてない。だけど、だからってルカを追いかけるのをやめようとはならない。

ルカ！　アドレナリンがからだじゅうをかけめぐり、無敵になった気分。

ルカがランプの上にいるあたしに気づいた。一瞬《いっしゅん》、目が合う。

スケート靴《ぐつ》がスピードに乗る。ルカの表情を見て、はじめて胸がざわっとした。重力に引っぱられてからだが重たく感じる。どんどん勢いに乗って斜面《しゃめん》をおりていく。さっきとちがって、飛びこめる草はない。衝撃《しょうげき》をやわらげてくれるものはない。

制御《せいぎょ》不可能。たよれるのは希望だけ。

20 月のしみ

リジーが、何日もぶっつづけで寝《ね》ないフェーズに突入《とつにゅう》した。小さいときからたまにある。いくらお願いしてもせがんでも、ぜったいに目を閉じない。

「暗すぎるって思うことあるでしょ、ソングバード。暗いの、好きじゃないんだよね」

「だけど夜って暗いものだから」

「星が見えれば暗くない。昼間より夜のほうがたくさん太陽が出てる、ってことだよ。雲さえとおりすぎてくれればいい」

だけどスポケーンではたまに、何日も厚い雲におおわれたままのことがある。

「チーフに相談しようよ。どうすればいいか、わかるかも」あたしはリジーに訴《うった》えた。

「ダメ。チーフはすぐひとに手錠《てじょう》をかけるから」リジーはがんとしてゆずらない。

「でも、寝《ね》なきゃ」

「月は休まない。ずっと変化してる。わたし、月みたいになれないかな？」

リジー、目の下にくまが出てる。きれいな顔に疲《つか》れがくっきり。

「月は懐中電灯《かいちゅう》だから、影《かげ》は地面に落ちるだけで心のなかに落ちてこない。だけど雲が月をかくしちゃってる。ソングバード、雲だって遊び場が必要なんだよ」リジーはものすごくだるそうだ。

二年前。リジーは過去サイアクの状態だった。

「お願い、リジー。少しでいいから寝《ね》て」あたしはたのみこんだ。

「知ってた？　目さえ閉じなきゃ、真《ま》っ暗闇《くらやみ》にはならないんだよ。ずっと目をあけてることさえできれば、二度とあんなものは出てこない」

「あんなものって？」

「暗闇《くらやみ》のなかでうごめくもの」

「どんなもの？」

「コントロールできないもの」あたしたちは、リジーの部屋のがらんとした床《ゆか》にすわってた。オルガはリビングで眠《ねむ》ってるし、チーフはよその人たちの安全のために仕事中。「目をあけてれば、なんでも想像できる。だけど閉じちゃったら、暗闇《くらやみ》にのっとられて真実が見つけられない」

あのときリジーはあたしを、やるせない疲《つか》れきった目で見つめた。あのときの顔、一生忘れられない。

「じゃ、外に出てみようよ。しんせんな空気を吸えば気分よくなるかも」

で、あたしたちは外に出た。

裏庭で地面にごろんとなると、ゆっくりと雲がわかれていった。また月が出てきて、リジーのからだから力がふーっとぬけた。

「ソングバードに月のしみがついてる。あんたって、夜がよく似合うね」リジーはいった。また笑《え》みがもどってきた。「できるもんなら、二度と寝《ね》たくない。ずっと月を見てて、影《かげ》たちにわたしが見てるからねって知らせたい。影《かげ》は光にイタズラするから」

そのときやっと、月明かりの夜にからだをつつまれて、リジーは目を閉じて眠《ねむ》った。リジーの世界がまたちゃんと動きはじめたみたいに。

翌朝、朝露《あさつゆ》でしっとりしたなかで目をさましたとき、リジーはいつものリジーにもどってた。そして、チーフにはだまってて、と約束させられた。

「チーフはわたしがこわれたって思うから。ソングバード、チーフはまたわたしを、自分の理想の姿にもどそうとする。いまのわたしじゃなくて。そんなの、もうたえられない」

あたしはいま、記憶《きおく》のなかに埋《うず》もれてる。記憶《きおく》の海で泳いでる。記憶《きおく》を吸いこんでる。髪《かみ》に草のにおいが残ってて、肌《はだ》に朝露《あさつゆ》がついてる。リジーが顔をこちらにむけたとき、安心感でいっぱいになった。リジーはあのときいった。「きこえる？　ソングバードたちが呼んでるよ。おうちに帰っといで、って」リジーはあたしの手を握《にぎ》った。「あんたがいなくなったらさみしいけど、わかるよ。荒《あ》れ野《の》がわたしたちを、帰ってこいって呼んでる。ずっと絵に描《か》いた森のなかでは生きられない。でも、いいんだよ、ソングバード。ここから飛んでいきたくなったら、バイバイってキスして見送ってあげる」

だけど、出ていったのはリジー。投げキッスしかしないで。

冷たい夜の空気が肌《はだ》をくすぐる。ハイスクールのまわりにある松の木々が月明かりの影《かげ》をとらえてる。リジーは目を閉じたとき、なにを見たんだろう。あのときのリジーは、触《ふ》れることのできない、言葉ではいいあらわせない場所にいた。あたしの手が届かない場所に。

だけど今夜いるのは、ルカ。月のしみがついたきれいなルカが、あたしの顔をのぞきこんでる。ルカのオーラが月明かりと混ざりあって、ルカの黒い髪《かみ》をぼうっと光らせている。手をのばせば触《ふ》れられる。

一瞬《いっしゅん》、このひと月、あたしの心を支配してた気持ちがよみがえってくる。からだがふわふわただよってる。空っぽな心にさみしさがこだまする。だけど、いまはもうそんなにうつろじゃない。

ルカが夜をあたしの名前で満たす。

レン。

レン。

レン。

ルカがあたしの肺に命を注ぐように、胸がふさがるような痛みをなだめてくれる。あたしを満たしてくれる。リジーの手が消えていき、リジーの記憶《きおく》が夜のなかにすーっと流れていき、夜空の星のまたたきになった。

「レン、きこえる?」

ルカ、助けて。もっと引っぱって。呼吸をさせて。谷の底においていかないで。

「レン、なんかしゃべって」

「ふたりがけのソファ」あたしはいった。

「えっ?」

「ルカはふたりがけのソファ」

「脳しんとう起こしたんじゃ……」

「ルカを家具でたとえると、ふたりがけのソファ」

ルカがわるそうな顔でニヤッとする。「だったら、好きなときにすわっていいよ」

「いっとくけど、あたしは脚《あし》が一本ないいすだよ。よくてもグラグラ。サイアクの場合、あっさり処分」

「心配いらない。オレが支える」

ルカの肩《かた》と髪《かみ》とくちびるに触《ふ》れてる月がうらやましい。ルカがあたしをゆっくり、そーっと起こしてくれる。

「救急車、呼ぼうか?」ルカがきく。

「ううん」

「けど一瞬《いっしゅん》、意識失ってた」

あたしはここひと月、ずっと意識を失ってた。もっと前からかも。

「救急車なんか呼んだら、うちの父が来る。そうなったらルカは名字きかれて、あたしたち、二度と会えなくなる」

「オッケー。ノー救急車」

ルカがあたしの頭のうしろに手をおく。ちょっとギクッとした。

「レン、ホントにだいじょうぶか、確認しなきゃ。じっとしてて。痛かったら教えて」

こんなのなんともないのに。転んだ痛みなんて、どうにでもなる。心はそうかんたんじゃないけど。

ルカがあたしの脚《あし》をチェックして、スケート靴《ぐつ》を片っぽずつぬがせる。「痛みは？」

あたしは首を横にふった。

ニヤニヤ笑いを浮《う》かべながら、ルカがあたしの足の人さし指に触《ふ》れる。

「ウソじゃなかったな。この指、長い」

ルカの両手が脚《あし》のほうに移動して、細かくチェックしてる。ルカの親指が肌《はだ》の上をすべっていく。

あたしはくちびるをぎゅっとかんだ。

「痛い？」ルカが心配そうにきく。

「ううん」ルカにしがみついて、二度とはなしたくない衝動《しょうどう》とたたかってる。

「レンはオレが知ってるなかでサイコーにタフかも」

「自覚ないけど」

「気を失っといて、だいじょうぶだっていうんだから」ルカが感心したようにいう。「それ以上の証拠《しょうこ》ってないだろ」ルカの指があたしの肌《はだ》の上を移動していく。約束みたいに。

「だったらルカも、自分がダメ人間じゃないって自覚すべき」

ルカは皮肉っぽくふんっといってあたしの言葉をスルーした。「今夜のこと、なんて表現したらいいんだろ」

「魔法《まほう》」

あたしたちの目が合う。ルカはあたしの顔をじっと見つめてる。まるで、ニッコリしたあたしの目のまわりによったしわのなかに、真実がはさまってるみたいに。

ソングバード、あんたならできるよ。リジーはそういった。

あたしが逆立ちできない理由なんてあげればキリない。腕《うで》の力がない。脚《あし》が重すぎる。地面がかたすぎる。いろいろガタがきてて非日常的なことにたえられない。

あたしは重すぎる。荷物が多すぎる。どっさり。空気さえ味方してくれない。きっと落とされる。

できないってわかるから。あたしはリジーにいった。

だったらわたしの信念をちょっとのあいだ、借りればいいよ。リジーはいった。

あたしはリジーのすべてを借りて、自分をほっぽりだした。リジーは、あたしが安定するためにすがりついてる命綱《いのちづな》。あたしは長いこと、現実と空想の区別もつかないフリをしてきた。

リジーがつくりだしたあたしと、ほんとうのあたし。

「あたしのこと知ってガッカリしたらどうする？」あたしはルカにたずねた。

「きみのこと知ってガッカリしたら？」ルカがそのまま返す。

「たぶんあたしたち、自分がなにを信じたらいいかわかるまで、おたがいの信念を借りなきゃいけないいんじゃないかな。ルカは、あたしが信じてるルカの姿を借りればいいよ」

「じゃ、レンはオレのを借りればいい。さ、ちょっとじっとしてて」

ルカがまた、あたしの手と腕《うで》と肩《かた》をチェックしはじめる。ルカの手が、あたしのぜんぶに残らず触《ふ》れる。

「念のためもう一度、頭をチェックさせて」

ルカがあたしの目を見てる。ルカのくちびるが近すぎて、話す言葉があたしの内側に直で入ってくる。言葉が夜の空気に触《ふ》れてる時間がほんの一瞬《いっしゅん》で、熱が冷める間もない。

ルカの指があたしの髪《かみ》にからまる。あたしのうなじから頭のてっぺんまで、やさしくチェックする。痛みがあっても、ルカが指で消してくれる。その控《ひか》え目《め》な手の動きで。

「今後はヘルメットしないでローラースケートするの禁止な。ま、今日のところはだいじょうぶだと思う」ルカがいう。

思う、なんていまはムリ。感じることしかできない。

「ほんとにぜんぶチェックした？」あたしはいいながら身をのりだして距離《きょり》をつめた。

空気が磁気を帯びて、月明かりがビリビリ振動《しんどう》してる。

「ぜんぶじゃないかも」ルカがささやく。

ルカがかがみこんでくる。両手をあたしの髪《かみ》にからませたまま。あたしたちの呼吸が合わさる。くちびるとくちびるの距離《きょり》、わずか一センチ。

そのとき、電話の音が夜の空気をふるわせた。ルカがからだを引く。

「クソッ。ったく」ルカがポケットからスマホをとりだした。

「なんの電話？」

ルカが立ちあがる。冷気があたしたちのまわりをまわってる。ルカがむこうに行って、電話に出る。声はとぎれとぎれにしかきこえない。

「もしもし？」ちょっと間があく。「高校にいる」またちょっと間。「スケボーしてるだけ」で、口調がそっけなくなる。「バカなことなんかしてねーよ」さっきより間があいて、きこえづらくなる。「ちがうって……ああ、わかった。すぐもどる」もう一回、間。肩《かた》をガックリ落とす。「ごめんって」

ルカがスマホをポケットにつっこむ。

「行かなくちゃ」

「どうかした？」

「だいじょうぶ」ルカが髪《かみ》を手ぐしでとかす。「いや、だいじょうぶじゃねーな」

「なんかできることある？」

「いいや」食い気味でいうから、なんかキツくきこえた。それからふーっと息をはく。「ごめん」

じわじわと、夜にすきまがあいてきた。ルカはバックパックからあたしの靴《くつ》をとりだして、ベンチの上にならべた。あたしたちのあいだにあった熱はもう消えた。お願い、もどってきて。あたしは、省略記号にずっとここにいてとお願いしてるピリオド。

「今夜はこんなことになる予定じゃなかった」ルカがいう。ピコン。ルカのスマホにメール着信あり。イラッとしたうめき声をあげて、からだじゅうをかたくする。

「気にしないで。ひとりで帰れるし。そんな遠くないから」

「帰したくないけど……」

帰すしかない。ルカがいいたくなかった部分。

ルカが近づいてくる。一瞬《いっしゅん》、あたしたちのあいだにあいたすきまが消えた。ルカがいう。

「ひとつ約束して。帰り道、ケガしないって」

「約束する」

そして気づいたときには、ルカはいなかった。夜のなかに消えた。

靴《くつ》をはいたら、脚《あし》がめちゃくちゃ重たく感じる。帰るのもひと苦労。足を引きずるようにして、とぼとぼ歩いた。

肩《かた》からローラースケートをぶらさげている。またただれかがあたしをとまり木からおろしてくれるときのために。手をさしだしてくれて、力を貸してくれるときのために。

『ひまわりの花束』（1881）

ソングバードへ

こんな絵を描《か》くって、モネってカンペキ命知らずだってことがわかった。これほど勇気のある人っていないかも。飛んでくる銃弾《じゅうだん》の前に身を投げだしたり、炎《ほのお》につつまれた建物から子どもを救ったりしてるわけじゃないけど。チーフとはちがってね。

モネはただ、常識にとらわれない絵を描《か》いて、革命を起こしただけ。

愛をこめて

リジー

レン・プラムリー
20080　21stアベニュー
スポケーン　ワシントン州　99203

21

行方《ゆくえ》不明

ボイシからスポケーンに引《ひ》っ越《こ》してきたときの記憶《きおく》はない。生まれてすぐに病院から連れてこられた家のことも、保育園のこともおぼえてないし、それをいうならママの顔も直接は思い出せない。あたしの記憶《きおく》は、リジーからきいた話ばっか。

この家の地下室の奥《おく》にママの写真があるけど、暗闇《くらやみ》とクモの巣にかこまれてる。おりていって見てみようなんて勇気はない。チーフがそうしておきたくてしまったんだから。

リジーは前に一度だけ、チーフにかくれて地下室の奥《おく》に行った。チーフには行くなっていわれてたけど、リジーの前に立入禁止の壁《かべ》をおくってことは好奇心《こうきしん》という名前のロープを投げるようなもの。そのロープをつかってリジーはさっさと壁《かべ》をのぼりはじめた。

地下室からもどってきたリジーは、ほっぺたを涙《なみだ》でぐしょぐしょにしてた。一枚の写真を握《にぎ》りしめて。

「ソングバード、見ちゃダメだよ。いいからわたしを信じて。フリをしようにもできないエリアってのがあるの」

だからあたしは、決してその写真を見なかった。

それ以来、地下室はカンペキな立入禁止区域になった。チーフがおいた目に見えない壁《かべ》がそびえたってた。地上にいれば、ブドウのつるをブランコにして遊べるし花をティアラにしてかぶれる。暗がりよりお日さまのなかのほうが、なんでもフリをしやすい。

リジーがママの写真をどうしたのかは知らない。ちゃんと守ってくれてるだろうとは信じてる。あたしを守ってくれてたように。見たいと思ったこともない。ママがあたしに似てないのはわかってるし。チーフの顔でわかる。チーフがリジーを見る目には、たまにつらさがにじんでる。見ただけで胸がつぶれちゃいそう、みたいな目だ。ママがいないのがさみしすぎて呼吸もできなくなってるくらいだって知ってるし。そういうときチーフは、買いもののリストをつくったり、ジムに行ったり、自分とおなじで救ってもらいたいのかどうかもわかってないひとの命を救ったりする。

リジーはきっと、ママの生き写し。

だけど、どうしてもそこからぬけられない思い出ってものがある。からだの組織にずぶっと入りこんでて、見えないフリもできない。とりつかれたまま生きていくだけ。

ベッツィおばさんとカークおじさんが感謝祭にスポケーンに来たのは、あたしが四歳《さい》のとき。いまでもたまに、そのときのイメージがぶわっとよみがえってくる。チーフとベッツィおばさんがソファにならんで、カークおじさんがひじ掛《か》けいすにすわってビールを手にしてる。

テレビ画面にはフットボールの試合。

「あいつは、どうしても自分をおさえられなかったんだ」チーフがいう。あたしは食べすぎでお腹《なか》が痛くてみんなのうしろにかくれてた。「レンにはなんだか……ひとをよせつけないものがあるようだ。防虫剤《ぼうちゅうざい》みたいな？　近づきがたい赤《あか》ん坊《ぼう》なんて……そんなことってあるのか？」

「自分を責めるのはやめなさい。ヴィヴィアンが選んだことなんだから」ベッツィおばさんがいった。

「もう二年になる。過去は過去だ。かえられない」カークおじさんもいった。

「どうしても自分を責めてしまうんだ。ふたり目を望んだのはオレだ。あのときはどうしてもほしかった。そのほうがいいと思ってた。レンさえ生まれてこなかったら……」

ベッツィおばさんがチーフをぎゅっと抱《だ》きしめて、あたしはずっとかくれてた。木の床《ゆか》に触《ふ》れてる足がどんどん冷たくなってきて、ますますお腹《なか》が痛くなってきた。

母親が近づきがたい子どもなんて、世界をよせつけるはずがない。

リジーにはあたしの葛藤《かっとう》なんてわからない。リジーは求められてるから。みんな、それを感じる。木々さえ、自分の枝にぶらさがるリジーの重みを感じたがる。

だけどひとをよせつけない子どもは、ひとりで歩く運命なのかも。

がんばって自分を保ったところで意味ある？　そんなことして、なんになるの？

なんでママは、あたしが防虫剤《ぼうちゅうざい》だって思ったんだろう？　においでもしたの？　ほっぺたにキスしたときに味がしたとか？　自分とあたしとのあいだにある熱のなかに感じた？　あたしはママを求めて泣いた？　ママは耳をふさいだ？　チーフは、ママがその気にならないからあたしに哺乳瓶《ほにゅうびん》でミルクをのませて寝《ね》かしつけた？　ママはあたしをひと目見て、心の奥底《おくそこ》で感じたの？　この子を愛するのはムリだって。フリをすることさえできないって？　あたしが生まれる前から、ママはあたしからはなれてたの？　フリをしようにもできないエリアってのがあるの。

あたしが逆立ちできないのは、勇気がないから。地に足がついてないとどうなるか心配だから。自分の意思で世界を逆さまにするなんて。

だからあたしは、屋根の上にすわる。下の世界をながめて、心のなかで鳥にお願いしてる。こっちに来て、あたしを連れて帰って、って。

しっかり地面に足をつけてるのに世界がくずれるなんて、思ってもみなかった。地面のでこぼこにのりあげて、ふいになにもかも空中に投げだされちゃうなんて。

だけど思い出ってスポンジみたいなもの。不完全で、穴だらけで、だからぐんぐん吸収する。だけど、その穴をなにで埋《う》めるかは自分で決めればいい。あたしは思い出に力を与《あた》えて脳の奥深《おくふか》くに刻んで、永久に埋《う》めこんだ。だって正直、防虫剤《ぼうちゅうざい》ってラクチンだから。まわりをよせつけない。目に見えない。

なのにルカは防虫剤《ぼうちゅうざい》を手にとっていった。「いっしょにおいでよ」って。そして、なにもかもがかわった。

「キツツキの論文がのってる本をさがしてるんです」あたしは図書館の司書にいった。「たしか、『直感が正しくないとき——キツツキとその森との関係性に関する調査』っていうタイトルだったと思うんですけど」

司書はコンピュータをぽちぽちしていった。「貸し出し中ですね」

「えっ？」

司書はうなずいた。「しかも、返却《へんきゃく》期限を何週間もすぎてます」わるいわね、みたいな顔。

「その手の本ってもどってこないことが多くて。紛失《ふんしつ》の可能性大ね」

「もう返ってこないってことですか？」

「おそらく。ですけど、メールアドレスをいただければ、返却《へんきゃく》されたら連絡《れんらく》しますよ」

「だいじょうぶです。秘密はきっとおもてに出てくると思うから」

その夜はまたしーんとしてた。目がさめたら、なにもかもズキズキしてたけど、思った感じとはちがってた。息をしても動いても、生きてるだけでズキズキする。だってあたしは今日、きのうより生きてるから。
部屋の窓をあけて、窓枠《まどわく》にすわる。からだじゅうの痛みを感じながら、ずっとこのままでいいと思う。チーフはあたしがここにすわるのをいやがるだろうけど、家にいないからもんくもいわれない。

あたし：秘密をだれかにとられた
ワイルダー：で、どうするつもり？
あたし：さあ。選択肢《せんたくし》ってある？
ワイルダー：さがしに行くとか
あたし：教習所あるし、今週は父がずっと夜勤だし
ワイルダー：返ってくるのを待つとか
あたし：返ってくる保証はない
あたし：それに最近、いろいろ待ちすぎだし

両手の傷が痛い。ワイルダーは部屋のなかを行ったり来たりしてる。窓のなかにワイルダーの姿が見えかくれ。あ、見えた。あ、消えた。だけどあたしは、家の前の道からも目をはなさない。いまにもルカが来るかもしれない、みたいに。バックパックをしょって、スケボーに

乗って、またあたしをここから連れだしてくれる。
だけど、夜はずっとしーんとしたまま。

あたし：ひとつ思いついたけど、どうかしてるかも
ワイルダー：どんな？
あたし：秘密をだまって手ばなすの
ワイルダー：そんなの本気でできるの？
あたし：たぶん
ワイルダー：だけど、とってった人に秘密を知られちゃう
あたし：真実なんてしょっちゅうかわるから
あたし：とられたまんまでもいい
ワイルダー：こわくないの？
あたし：秘密は、秘密だから力をもってるだけだし

ワイルダーが窓から消えた。部屋の明かりはついたまま。スマホの画面が暗くなる。数分たった。遠くの夜のどこかでクラクションが鳴ってる。ワイルダーの姿が消えたまま時間がたつほどに、パニクってくる。もしかしてたおれちゃった？　気絶してるとか？　まさか死んじゃった？

あたし：ワイルダー？
ワイルダー：いるよ
ワイルダー：今日はちょっとふらつくんだ

パニックがおさまってくる。

あたし：わかった。ひとつきいていい？
ワイルダー：なに？
あたし：あたし、本気で呪《のろ》われてたらどうしよう？

夜のなかに一時停止がこだまして、あたしはスマホにワイルダーの返事があらわれるのをひたすら待ってる。窓に姿はあらわれない。

ワイルダー：もっといい質問があるんじゃないかな
ワイルダー：呪《のろ》われてなかったらどうしよう？　とか

それっきり、ワイルダーの部屋の明かりは消えた。

22 空き部屋

ベイビーガールが決心した。ひと月後にスポケーン・コミュニティ・カレッジに行くまでには自分が何者かを知るんだ、って。カウントダウンがはじまった。自分さがしの借りもの競走スタート。で、今日はあたしもいっしょに〈ターゲット〉で手がかりあさり。

「ひとがほしがりそうなものはなんでもこの店にあるから。わたしもこの店のどっかにかくれてるはず。まずはバスルーム用品売り場をさがしてみよう」

「っていうか、なにをさがせばいいわけ？」

「わたし」

「どうすれば見つけたってわかるの……ベイビーガールを？」

「シェイクスピアいわく、『わたしか、わたしじゃないか、それが問題だ』。つまりは、わたしたちは、買ったものでできてるの」

「ハムレット、そんなことといってないんじゃないの」

「だれがハムレットの話なんかした？　さ、行こ」

ベイビーガールを助けたい気持ちはやまやまだけど、正直、ルカのことで頭がいっぱい。ルカの目。ルカのくちびる。ルカの手。あと、あたしの家が過去で占領《せんりょう》されたままでいいのかどうか。もしかして現在のためにスペースをあけなきゃいけないんじゃないかな。

ルカは教習所にも来なかった。あたしはいつものルカの机を自分の机にぐっと引きよせて待ってた。ルカがあらわれて、あたりがルカの香りでいっぱいになる瞬間《しゅんかん》を。

だけど、ルカはあらわれない。あたしはもう、イライラ、ジリジリ。ルカ、どこにいるの？　あきらめちゃった？　こんなあっさり？　高校に行くのをやめたみたいに。

ルカはあたしに、自分は強いって信じさせようとした。なのに自分はなんなの？　ルカがほいほいあきらめるなら、あたしだっておなじことしていいんじゃないの？

わかってる。疑いで心をいっぱいにしちゃいけない。でも、あの夜のことを思い出すたびに不確かさをふりはらえなくなってくる。もしかして、ぜんぶあたしの妄想《もうそう》なのかも。暗闇《くらやみ》と月明かりのわるふざけなのかも。ルカはあっさりあたしを手ばなすつもりなのかも。

「プラスチックのガラクタばっか」ベイビーガールは、自分が何者かの手がかりをなにひとつ、〈ターゲット〉で見つけられなかった。「『われわれはみな、われわれの労働を搾取《さくしゅ》し、われわれの個性を乱用するくだらない大企業《だいきぎょう》の道具なのだ』って、カール・ユングがいってたとおり。スタバ行こう」

だけど、スタバは混乱を深めるだけだった。

自分の問題で頭がいっぱいで、いざオーダーってときになってはじめてベイビーガールがカンペキにパニクってるのに気づいた。

「えっえっ、なんなの？」ベイビーガールがポカンとした顔であたしを見つめてる。「こんなの、できる気がしない」

「こんなのって？　なにが？　コーヒーのめないってこと？　デカフェのめば？」

「オーダーがムリ」

「コーヒー注文したことあるよね？　なにがいいの？」

「そこが問題。自分がいいと思うものを注文したこと、一度もない。注文すべきだって思うものしか注文したことない。自分に問うの。『イカれてるヤツはなにを注文する？』って。そりゃ、キャラメルココアクラスターフラペチーノにエクストラホイップクリームでしょ。じゃ、オタクは？　ダブルアメリカーノに苦悩《くのう》のシングルショットを追加。マジメな本の虫は？　えんえんとブラックコーヒー。できれば焙煎《ばいせん》しすぎのを、ねこの模様がついたマグカップで。だけど、わたしは？　ホンモノのわたしは？　わかんない」

ベイビーガールはドサッと音を立ててすわりこんだ。うちひしがれて、ぐたーっと。

「自分でのむコーヒーさえ選べないってのに、専攻《せんこう》科目なんてどうやって決めればいい？　専《せん》攻《こう》を選べなかったら大学卒業できないし、卒業できなかったら仕事できなくて、一生家にいなきゃいけなくなる」

「大学行かない人だってたくさんいる」あたしはベイビーガールのむかいにすわった。

「そういう問題じゃないんだってば。レン、人生ってのはドミノみたいなもんなの。いいかげん自分が何者かを知らなきゃ、ドミノがくずれだす。そうなったらもうとめられないんだよ」ベイビーガールが頭を抱《かか》える。「あーっ、なんでこんなにムズいのっ？」

たぶんベイビーガールがほんとうに知りたいのは、自分のどこがヘンなのか、だと思う。だれかに、たとえば父親に、こぶしやらなんやらで外見をかえる必要があるって思われたくらいなんだから、って。

「来なかったんだ」ベイビーガールがいう。「毎月、お父さんとわたしはアホみたいにいっつも〈デニーズ〉で待ち合わせて、アホみたいな食事を注文して、アホみたいにおんなじ会話して、最後にお父さんからアホみたいに丸めたお札をわたされて店を出る。それがお決まり。で、毎回わたしは、来月はもう行かないって心に決める。お父さんのお金なんてほしくないし。で、またその日が近づくと、気づいたら〈デニーズ〉に行って、うす汚《よご》れたボックス席にすわって、お父さんを待ってる」ベイビーガールは、ズタズタになった心の傷口をひらくような目であたしをじっと見た。ベイビーガールの茶色い瞳《ひとみ》の表面が光ってる。「先にやめるのはわたしのはずだった。失望させるのはわたしのはずだったんだよ。その逆じゃなくて。ドミノの一個目をたおすのは、わたしのはずだったのに。だけどその勇気がなかった。なんであっちにできて、わたしにできないの？　わたしからぜんぶ奪《うば》ったのはあっちなのに。どうすればいい？」

あたしがリジーの部屋の白い壁《かべ》にはじめて木を描《か》いたとき、リジーは床《ゆか》にすわってじっと見てた。うわぁーって顔をして。「ソングバード、筆を動かすだけで、アーティストはあたらしい世界をひらくんだね。あんたの両手には魔法《まほう》がかかってるのに、自分じゃ気づいてもいない。ほんとにあるって信じられる世界を描《か》いて。筆をスッスッて動かして」

だからあたしはベイビーガールにいった。「とりあえず今日のところは筆を動かして、どうなるか見てみよう」

あたしは、スタバにありったけのドリンクの試飲をたのんだ。バリスタは明らかにイラッとしてたけど。でもこれは、生きるか、それともドミノをたおすかの問題だから。

ルカのことはなるたけ考えないように努力した。

クロエと、おなじく一軍女子のジョーダン・ホッファーが店に入ってきた。クロエの顔を見たの、何週間ぶりだろう。クロエはあたしに気づくと、ヘッドライトを浴びたシカなみにフリーズしてから、目をそらしてジョーダンに話しかけた。ジョーダンはききながらがしながらメールかなんかしてて、あたしには気づいてない。

ベイビーガールはテーブルにならんだ小さい試飲用カップを凝視《ぎょうし》してて、気まずい空気を感じとってない。だけど、確実に空気がずしんと重たくなった。しかも、過去のにおいもする。

またはストロベリーのリップグロスと前の晩に食べたポップコーンのにおい。

百パーセント悪、なんて人間はもちろんいない。だけどその人のいい部分を思い出すと、傷が深くなる。だって、希望が顔を出しちゃうから。

クロエといっしょにいた日々のどこかに愛があったんじゃないかっていう希望だ。

ベイビーガールが〈デニーズ〉のベトついたボックス席にすわって、自分を愛してるかもしれない人を待ってる理由も、希望だ。

ベイビーガールは、三十近くあるミニカップを半分くらい試飲しおえたところだ。いまのところ、チャイティラテとストロベリースムージーを気に入ってる。

「ちょっとお手洗い」あたしはいった。

「スゴい。ただいま、頭ぐるぐる中。心臓が爆発《ばくはつ》しそう。そんなことって起こりうる？」

「ないと思うけど」

「よかった」ベイビーガールはスキニーモカをひと口でのんだ。「ほんとうの自分自身を知る前に死にたくないから」

数分くらいトイレにかくれてたけど、いいかげん出なきゃ。すると、ドアの外でクロエが待ってた。クロエはあたしをすみっこに連行した。人目につきたくないって感じで。

「なに、ベイビーガールとつるんでるわけ？」

「関係ないでしょ」

「だってレン、あの人、かわってるし」

「だから？」

「髪《かみ》、剃《そ》ってるし」

「いいと思う」

クロエがうめき声をあげる。「めんどうみきれないんだけど」

「あたしのめんどうみてるつもりならいっとくけど、たのんだおぼえないから」

「それって、社会的に自殺行為《こうい》」

「そもそも社会的な生活してないのに社会的に自殺なんてできないから」あたしはいった。

「それに、ギロチン台にむかってるのはあたしじゃないし」

「は？　なにそれ？」

「アン・ブーリンの死ぬ前の言葉、知ってる？『あんな男だとは思ってなかった』」

「レンにはわかんない」

「だったら説明してみて」正直、いいたかったのは、愛があるっていう希望をちょうだい、だったけど。

「レンはカレシができたことないでしょ。ジェイにはわたしが必要なの。そのせいで怒《おこ》ってるならごめんなさいね」

あたしはもう、その場をはなれようとしてた。「べつに」

クロエは、お母さんとそっくり。ごめんっていうのは逆の意味だし、ぜんぶに裏がある。いまさらクロエとまたこんな話をしても、くさったバナナのにおいがするゴミ箱から人間関係のこわれたかけらをひろってるようなもの。

「わたしはいつだって二番手だった」クロエがいきなりいう。「そういうの、もううんざりなの。わかる？　あんたはリジーとふたりだけの小さな世界に住んでて、わたしの入るすきまなんてなかった。それがどんな気持ちか、やっとあんたにもわかったんじゃないの。やっと、わたしをいちばんにしてくれる相手を見つけたの。もうわたしの世界にあんたの入るすきまはない。愛ってね、そういうものなの。もっといいものを見つけたら、それを入れるためにひとを追いださなきゃいけないときがあるの。あんたが前にわたしにしたことを、わたしがいまあんたにしてるだけ」

「クロエ！　行こ！」ジョーダンが呼びかけてくる。

クロエはあたしをおいてジョーダンのほうにかけていった。店から出ていくとき、ジョーダンがたずねてるのが見えた。「だれ、あの子？」

クロエがいってる。「さあ」

残されたあたしは、クロエにいわれたことを考えてた。あたし、リジーの場所をつくるためにクロエを自分の世界から追いだした？　あたし、みんなにそんなことしてたの？

テーブルにもどると、ベイビーガールはあたしがだまりこくってるのに気づいてきいてきた。「どうかした？」

「ちょっとのあいだ、リジーになってくれる？」

ベイビーガールは背筋をしゃきっとした。リジーだったらそうするみたいに。日ざしを浴びて瞳《ひとみ》がキラキラしてる。スタバの暗い店内にいても。ベイビーガールは他人のマネが上手。はやく自分を見つけられるといいな。だって見つけたら、ベイビーガールはぜったいにかがやけるから。「どうしたの？」

あたしは、クロエとジェイの話をした。あと、いまクロエにいわれたこと。

「ぜんぶあたしがわるいの？」

ベイビーガールはちょっと考えてからいった。「それには答えられないけど、クロエがひとつまちがってるのはたしか。愛という名のもとにひとを追いだすなんてことはない」

「そうなの？」

「レン、わたしはこの六年間、月に一回、カンペキしょうもないヤツに会いにいって、なまぬるいムーンズオーバーマイハミー・サンドイッチを食べつづけてきた。なんでかというと、愛は人の世界のスペースを広くするから。どうしようもないアホでもその世界に住まわせるように」

「だれの格言？」

「わたしの」

ベイビーガールが自分を描《か》くための絵筆が少し動いたのがわかる。

「わかってると思うけど、リジーだったらそうはいわない。それがいえるのは、ベイビーガールだけだと思うよ」

ベイビーガールは心からの笑顔《えがお》を見せた。すぐに消えたけど。

「まだなにがいちばん好きかわかんない」ベイビーガールは空になったカップに手をひらひらさせた。

「もしかして、コーヒーってタイプじゃないのかも」

「かもね」

ベイビーガールの悲しそうな顔を見ると心が痛い。

「ちがうもの、試《ため》してみたら」

「たとえば？」

「サンドイッチなんてどう？」

23 多ければ多いほど

ルカは、〈ロザリオズ〉にもいなかった。ルカってもしかして、あたしの妄想《もうそう》の産物とか？

レイアがいるのは、ベイビーガールが気づいた。

レイアはいった。「ルカのヤツ、タダじゃおかない。アイツ、サボりやがって。アイツのせいでこの三時間ひたすら、硝酸《しょうさん》カリウムをたっぷり添加《てんか》した加工肉をグラインダーにかけて、冷蔵庫でかためて、『ナチュラル』だって表示して店頭に出さなきゃいけなかったんだからね」

レイアが妄想《もうそう》じゃないのはわかる。ってことは、ルカも妄想《もうそう》じゃないんだ。そう思ったら、よけい胸が痛くなってきた。

現実ってのは、たまにサイテー。

「真空状態で密封《みっぷう》された肉のどこがナチュラル？」レイアはいった。

今日はまた、いちだんとキレてる。

「世界なんて、密封《みっぷう》された容器だから」ベイビーガールがきっぱりいう。「アインシュタインがいってた。もしかしたらニュートンかもだけど。またはイエス・キリスト」

「あなたのこと、見おぼえがある」レイアがベイビーガールにいう。「その髪《かみ》、好きだよ。っていうか、髪《かみ》がないのが」

「もしそれがホントなら、わたしがおいてある場所、教えてくれない？　この店のどこかにいるはずなの。レンは、サンドイッチ売り場あたりにかくれてるんじゃないかっていうんだけど、サンドイッチがかくしてるのって硝酸《しょうさん》カリウムらしいから」

「あんたってヘンだね」レイアがいう。「ヘンなの、好き」今日のレイアのピンバッジに書いてあるのは、〝われわれはみんな一時的にクズじゃないだけ〟。

あたしはベイビーガールを指さしていった。「いまちょっとカフェイン過多で」

ベイビーガールは腕《うで》をさすりながらいった。「電気おびてるかも」

「頭、さわってもいい？」レイアがたずねる。

「いいよ」ベイビーガールは頭をレイアの手が届くところにさしだした。

レイアがベイビーガールの頭をすりすりする。「クールだね」

「感じる？」

「なにを？」

「電気。わたし、自分のことを人間だと思ってるロボットなのかも。自分を見つけようなんて時間のムダなのかもね。だって中身ってただのワイヤーやらプラグやらだけだから」

「気にすることないって。人間なんてみんな、ロボットなんだから」レイアがふんっという。

「布教活動の歯車にすぎないんだよ。そもそもなんで牛乳をのみはじめたと思う？　アメリカ政府が酪農家《らくのうか》を助けるためのキャンペーンに大金つぎこんだ、それが理由。だけどちょっと考えればわかるけど、わたしたちって牛のおっぱいをのんで育ったってわけ」

「おぇーっ」

「ホント、おぇーっ。パチュリオイルどう？」レイアがポケットから瓶《びん》をとりだす。

「うん」ベイビーガールはオイルを両手につけた。

「で、ルカ、いないんだ。会ってない？」あたしはいった。

「会ってない。サボったせいでクビになったらタダじゃおかない」レイアが指をボキボキ鳴らす。「あんたたち、なんかあったの？」

「なんにも」あたしは、やや食い気味で答えた。ウソが口からぽんぽん出てくるけど、レイアは顔つきからして、ぜんぜん信じてない。とはいえ、レイアはスルーした。

「今週末、ローラーガールの仲間がパーティひらくの。行かない？　チームのみんなに紹介《しょうかい》するよ」レイアがいう。

「パーティ？　あたし、そういうの行ったことないから」あたしはいった。

「けっこう楽しいよ」

「わたしも行っていい？　今週末、ヒマしてるんだ」ベイビーガールがいう。

「モチロン。多ければ多いほど楽しいから」レイアはクロエと正反対。オープン。いつも場所をあけてくれる。たとえ世界が真空状態で密閉されてても、そこを最高の状態にしてくれる。

「電話番号、教えて」

ベイビーガールとレイアは番号を交換《こうかん》した。

「じゃ、土曜日、ふたりとも迎《むか》えにいくよ」

ベイビーガールとあたしは、店を出た。

「今日は見つからなくて残念だったね」あたしはいった。

「そうともいえないかも」

「どのコーヒーが好きか、決まったの？」あたしは期待してたずねた。

「ううん」ベイビーガールは首をふってから、レイアのほうをふりかえった。「だけど、わかった気がする。わたし、ゲイらしい」

24 ひ弱なローラーガール

土曜の夜、チーフは仕事で、オルガはソファにすわって『カーダシアン家のお騒《さわ》がせセレブライフ』の再放送を観《み》てる。あたしはレイアを待ちながら、腹筋をしてる。

「なにしてんの？」オルガがたずねる。

「運動」

「運動なんてしたことないくせに」

うっすら汗《あせ》ばんできた。「あー、回数かぞえてたのにわかんなくなった」

オルガはムシしてる。腹筋に限界が来て、あたしは腕立《うでた》て伏《ふ》せに切りかえた。だけど二回もしないうちに顔からつぶれて、オルガに笑われた。

「スポーツにはむいてないんだよ、レン」

「なんでそんなことわかるの？」

「わかるから」オルガがあたしをじっと見る。「ひ弱だし、スポーツはムリなんだよ。ケガするよ」

「生きてるだけでケガするし」あたしはぶつぶついいながら起きあがった。レイアが家の前まで来たらしく、クラクションの音がする。

「どこ行くの？」オルガがたずねる。視線をテレビ画面からはなさないままで。

「外」

「今週二度目だね。出かけたことないくせに」

「ううん、出かけるよ」

「いいや、出かけない。屋根の上にすわってるだけ」

「ずっとじゃないし」

「いいや、ずっと」

「ものごとは変化するの」

「あんたに限っては変化しない」

「それってどういう意味？」

「知ってる限り、あんたは変化したためしがない。あたしがこの家に来るようになって十四年で、赤《あか》ん坊《ぼう》のころからめんどうみてるけど、あんたはぜったいにかわらない。いっつもおんなじ。泣かない。めったに音を立てない。迷惑《めいわく》をかけない。食べる、寝《ね》る、ウンチする、そのくりかえし。ところがリジーときたら……迷惑《めいわく》ばっかり」

テレビで急展開があったらしく、オルガが身を乗りだして食いいるように画面を見る。そうか、オルガがテレビばっかり観《み》てるのは、あたしの生活がタイクツすぎるからだ。あたしは、あとかたもなく蒸発する気体。いつの間にか目に涙《なみだ》がたまりはじめた。

「オルガにあたしのなにがわかるの？　うちにいるとき、テレビ観《み》てるか寝《ね》てるかのどっちかなのに」

「ずいぶん長いこと、ここにいるからね。あんたがおぼえてるよりずっと長いこと。人はね、寝《ね》てるときだってものが見えるんだよ」オルガはあたしのジーンズに白Tというかっこうをじろじろ見て、やっぱりタイクツだって再確認したみたいに肩《かた》をすくめて、すぐにまたテレビに視線をもどした。「あんたのオムツをかえたのはあたしだからね。あんたが思ってるよりずっと、あんたのことを知ってる」

あたしは歯を食いしばって、とりみださないようにした。心がぽろっと落っこちて粉々になっちゃいそう。オルガはきっと、かけらが散らばってるのにも気づかない。片づけるのはあたしだ。いつもみたいに。

『カーダシアン家のお騒《さわ》がせセレブライフ』でケンカが勃発《ぼっぱつ》。オルガがうれしそうな顔をする。ムリ。心の内側を、ひとの争いごとを楽しいと思う人なんかにさらけだせない。

それに正直、あたしはオルガをうらんでる。リジーが出ていった夜、オルガはソファで寝《ね》てた。あたしたちをちゃんと見てなきゃいけないはずなのに。それだけが仕事なのに、やらなかった。

「だったら、寝《ね》てても見えるっていうんなら、知ってて出ていかせたんだね」あたしはハッキリいってやった。

　オルガがテレビ画面から目をはなしてこちらを見る。このムスッとした女の人が赤《あか》ん坊《ぼう》のあたしのオムツをかえたりあやしたりしてたなんて、想像つかない。だけど、あたしたちがスポケーンに引《ひ》っ越《こ》してきてチーフが夜勤をはじめてからずっと、オルガはうちに来てた。やさしさのかけらもないオルガの目を見てたら、あたしの心も冷たくてうつろになってきた。どれだけ多くの夜を、オルガはソファにすわったまま、あたしがひとりで部屋で寒さにふるえてるのをほったらかしてたんだろう？　ブランケットをよけいにかけてあげようなんて思いもしないで。

「いいや。あんたの姉さんをとめることなんて、だれにもできなかったからね」

　怒《いか》りでほっぺたがカーッと熱くなる。怒《おこ》るタイミングをまちがってるかもしれないけど、今日はずっと心が重い。ルカとデートしてから四日がたつけど、まだ連絡《れんらく》がない。

　それにあたしは、なにもかわってないことにも頭にきてる。オルガがあたしのことをわかり切ってると思ってることにも。あたしをひ弱だと思ってることにも。去っていくのはいつもリジーであたしじゃないってことにも。オルガが知っててとめようとしなかったことにも。チーフが知っててなにもしなかったことにも。あたしが知ってて、恐怖《きょうふ》より希望を優先したことにも。

「どうせなんとも思ってないんでしょ。あたしたちなんて、オルガにとったらただの仕事だもんね」オルガは返事をしない。「クビになっちゃえばよかったのに」

あたしの言葉になにか感じたとしても、オルガは顔に出さなかった。これ以上、オルガといっしょにこの家にいられない。

「お父さんは、あたしのせいじゃないってわかってるから」オルガはいって、またテレビのほうをむいた。あたしは玄関《げんかん》にむかった。「十一時までにはもどるんだよ。でなきゃ、お父さんにいうからね」

レイアが乗ってきたのは青いオンボロのトラックで、バンパーに〝beat it《失せろ》〟ならぬ〝BEET IT《ビーツ》〟っていう野菜のビーツのイラストつきのステッカーがはってあった。エアコンはぶっこわれてて、破れたシートはダクトテープでとめてあるし、通気口から意味不明なにおいがしてる。この車、カンペキにレイアそのものだ。本物で、リサイクルで、フツーじゃない。じゃあ、あたしはどんな車かな。たぶん、チーフが十年前に買ってきてそれ以来うちの前にとまったまま出番を待ってるパトカー。だけど最近は、停滞《ていたい》してるのにもうんざり。

ルカに会いたい。筋肉痛もおさまってきた。あの痛みをとりもどしたい。

スポケーン最大の住宅地スポケーンバレーは州の東にあって、その先はアイダホ州だ。レイアがトラックをとめたのは大きな家の前で、通りにはほかにも大きな家がずらりとならび、広い芝生《しばふ》とSUVだらけ。

あたしたちが行く家は、玄関前《げんかん》にあざやかな赤紫色《あかむらさきいろ》の花が咲《さ》いて黄緑色の芝生《しばふ》がきちんと刈《か》りこまれていた。家の前に立ってたら、なかでパーティをやってるなんてわからない。かすかに音楽がきこえてくるだけだ。

あたしの頭のなかは、オルガにいわれたことでいっぱい。

あんたはぜったいに変わらない。いっつもおんなじ。ひ弱。

キィ――――ッて声をあげたくなる。

「こういう住宅地ってゾッとする」レイアがいう。

「どうして?」ベイビーガールがたずねる。

「マニキュアした爪《つめ》の下ってなにがかくれてるか知ってる?」レイアがあざやかな花のほうを指さした。

「えっ、なに?」

「土」

ふたりが、意味ありげな視線をかわす。「わたし、ちょっとくらい土まみれになってもかまわないよ」ベイビーガールがいう。

「わたしも。オーガニックならね」レイアがウインクする。

ベイビーガールがいった。「わたし、黒歴史を片づけてる最中なんだ。まだぜんぶ片づいてないけど。待っててくれる？」

レイアがベイビーガールの毛のない頭をなでる。「待ってるよ」

スポケーンバレーに愛が育ちつつあるらしい。赤紫《あかむらさき》の花といっしょに。

「で、みんなパーティでなにするの？」あたしはたずねた。

レイアがこっちを見る。「どういう意味？」

「パーティでみんながしてることをしたいから。で、なに？」

「ぶらぶら。音楽きいて。踊《おど》って」レイアはベイビーガールのほうを見てニヤッとする。「あとイチャイチャ」

室内は音楽がやかましくて、ひとだらけ。レイアがあたしをローラーガールたちに紹介《しょうかい》してくれた。ヘレン・キラーやらアニー・モールやら、たくさんの名前が右の耳から左の耳へと流れては消えていく。みんな、マッチョでタトゥーとピアスしてていろんな髪色《かみいろ》で、オーラが渋《じゅう》滞《たい》してたけど、それはそれですごくいい感じ。

あと、いたるところでイチャついてる。バスルーム。ベッドルーム。ソファ。オーラがぐるぐるうずまいてる。タンジェリンオレンジがナス紫《むらさき》と混ざり、ミッドナイトブルーと混ざる。いくつものからだでできた虹《にじ》。

みんなのおしゃべりが頭に入ってこない。肌《はだ》がチクチクして気が散るから。なんだか、ぬげないボディスーツを着てるみたい。ほかのひとの皮膚《ひふ》を借りてみたくなる。

ベイビーガールがいろんな人格を試《ため》してる理由がわかる。今夜は自分自身をわきにおいといて、あたらしいだれかになるのがいい感じ。

「ね、からだを交換《こうかん》しない？」あたしはレイアにいった。「あたしの、ぶっこわれちゃったみたい。なんも感じない」あたしは頭をコンコンした。

レイアが笑う。

「フロイドがいってた。『みんなぶっこわれている。慣れなさい。それに常にスペアタイヤがひかえている』」ベイビーガールがいう。

「ここにいるひとたち、ぶっこわれてるようには見えない。なんかみんな……超《ちょう》ヤバい」あたしはレイアの腕《うで》にしがみついた。今夜は両手が専用の脳みそをもってるみたい。あたしの了解《りょうかい》もなしに勝手に動いてる。「腕立《うでた》てもできる気しない」

「練習あるのみ」レイアがいった。

「ルカにローラースケートもらったの。あたしのこと、自分で思ってるより強いって」

「それか、レンが自分で気づいてないなにかに気づいたのかもね」レイアがあたしの腕《うで》に触《ふ》れたとき、筋肉痛の場所がズキッとしてあたしは顔をしかめた。

「え、だって毎日鏡見てるのに気がつかないなんてこと、ある？」

「わたしも十八年間、おなじことふしぎに思ってる」ベイビーガールがいった。

「それはね、アメリカの実業界に操作されて、アイツらが自分たちの製品を買わせるために見せたいと思ってるものしか見えなくなってるから。だけど、デオドラントに含《ふく》まれる発がん性物質のにおいがわかるうちは、人生は正しい方向に進んでるからだいじょうぶ」

「わたし、何年もデオドラントつけてない」ベイビーガールがいう。

「そんなのつけないほうがいい」レイアがいう。

「レイアってゆるがない主張があるよね」あたしはいった。

「わたしはただ、デタラメがきらいなだけ」

「あたし、たぶん、姉の部屋の壁《かべ》にデタラメ描《か》いちゃった」

「だったら上からぬりつぶせばいい」レイアがあっさりいう。

「でも、地下室に絵の具かくしちゃって、こわくて地下にとりに行けない」腕《うで》をハキッとさせようとしたら、フニャッとなった。「ほらね、あたし、ひ弱だから」

そのとき、ヘレン・キラーが会話に割りこんできた。「おしゃべり、やめ！　ダンスしよう！」ヘレン・キレーがレイアとベイビーガールとあたしをリビングのほうに引っぱっていく。音楽がガンガン鳴ってて、みんな踊《おど》ってる。ソファにのったりテーブルからとびおりたり。花瓶《かびん》が落ちてわれても、音楽はつづく。

レイアがからだでリズムをとりながら腕《うで》をゆらす。髪《かみ》をふりみだして、めちゃくちゃ笑いころげてる。ベイビーガールをぐいっと引きよせてぎゅっと抱《だ》きしめた。ふたりの顔には、オッケー、ハメはずしちゃおう、って書いてある。

ベイビーガールもリズムをとらえて、両手をレイアにまきつける。

「ほらほら、レンも！」アニー・モールが耳元でさけぶ。

「あたし、ものをこわしたくないから」

「そんなの気にすんなって！　なんもこわれなかったらパーティじゃないし！」

アニー・モールがオオカミみたいにほえる。ほかのローラーガールたちもマネしてほえる。やかましくてパワフル。部屋じゅうがカンペキにワイルド。

そして、ワイルドは伝染《でんせん》してきた。

まずはつま先から、それが脚《あし》をつたってお腹《なか》に、それから腕《うで》までくると、もうおさえられなくなって、気づいたときにはあたしもほえてた。そしてからだがリズムに合わせて動きだし、いままでしたことない感じで踊《おど》りだした。髪《かみ》がくちびるにはりついて、頭をぶんぶんふって、部屋がかすんでぐるぐるまわりはじめる。だけど、今夜はこれがいい。

いつの間にかとなりにレイアがいて、ほぼ耳元でどなってる。「レン、ダンス！　なんも感じなくなるまでダンス！」

うん、わかる。心配ごとなんか感じなくなるまでダンス。感じるのは筋肉の痛みと肌《はだ》にはりつく汗《あせ》だけになるまで。どうしてリジーが世界をカオスのままにしておきたかったのかがわかってきた。

カオスのなかでは集中するなんてムリ。考え直すこともできない。分析《ぶんせき》もできない。まともにものが見えなくなる。できるのは、ただ存在して、世界を勝手にまわりでぐるぐるさせておくこと。

やっとわかった。

レイアがゲラゲラ笑い、ベイビーガールがにっこりして、あたしはジャンプして足が痛くなって、胸がドキドキしすぎて口から飛びだしそうになる。心臓が内側から、かごのなかの鳥みたいに自由になりたくてノックをしている。

トントン。だれかいる？　いるなら外に出してくれない？

顔をあげると、ベイビーガールとレイアがキスしてた。時間をたっぷりかけて相手を見つけてるところだ。世界いちゴチャついてる部屋のなかにあって、すごくうつくしい。

「頭、わたしに剃《そ》らせてくれる？」レイアが音楽に負けないようにさけぶ。

ベイビーガールが答える。「手をすべらせないようにしてよ」

レイアがベイビーガールの手をこれ以上ないほどやさしくとる。リジーがベイビーガールを抱《だ》きしめたみたいなやさしさで、たいせつそうに。そして、ふたりは二階に消えた。

魔法《まほう》みたいにステキ。あたしもルカにあんなふうに触《ふ》れてもらいたい。気づいたら目に涙《なみだ》がたまってたから、外に出て星のブランケットの下に寝《ね》ころがった。夜は森の床《ゆか》みたいなにおい。マツの木と土みたいなにおい。あたしは巨大《きょだい》ヒトデみたいに地面にずぶずぶ沈《しず》んで、地面に抱《だ》かれている。

ひとりでそうやってごろんとしてた。体感的にはかなり長いあいだ。そうしてる一秒一秒が、ルカといっしょじゃない時間。その事実が胸にずしんとのしかかってきて、息をするのがつらい。カオスが落ち着いてくると、現実がいやおうなしにもどってくる。

あたしはスマホをポケットからとりだして、ワイルダーにメールした。

あたし：ハイになってる
ワイルダー：うらやましいな
あたし：自分の脚《あし》って気がしない
あたし：舌も
ワイルダー：めちゃくちゃいいな
あたし：問題は、まだ自分の心がわかること
ワイルダー：そりゃ残念

草の上にあおむけになって、心臓が鼓動《こどう》するままにしておく。ワイルドでカオスでこわれて

て完全。だって、問題はそこだから。こわれてるものが動きつづけてること。

遠くでパーティはつづいてるし生活はゴチャゴチャのままつづいてる。時間はどんどんすぎていく。一秒、一秒。ひと息、ひと息。スポケーンの通りのどこかで愛がさまよってる。待ってる。あたしには待つのがどんな気持ちかわかる。愛には待つ必要なんてない。

夜のどこかで太陽が、お日さまイエローにかがやいている。

リジーのいうとおりだ。モネは線で区切るのをきらったのに、あたしは線をたくさん描《か》きすぎた。

あたし：革命を起こしたいかも
ワイルダー：どうやって？
あたし：窓をあけるときが来たんだよ

25 行き先のないバス停

レイアとベイビーガールにハッピーホームズ介護《かいご》センターで降ろしてもらった。ルカはすぐに見つかった。メールするだけでよかった。問題はそこ。かんたんなことをするのがいちばんむずかしいことがある。ここで待ち合わせようといったのはルカだ。

もう遅《おそ》い時間で、門限はとっくにすぎてる。しばらく車をぐるぐる走らせてもらいながらコーヒーをちびちびのんで、窓をあけはなして冷たい風にふかれてたら、やっとカフェインがきいてきて頭がはっきりしてきた。

暗がりのなかに光が見えてきた。ルカが介護《かいご》センターの前にあるバス停のベンチにすわってる。省略記号がじっとすることを強《し》いられて、待ってる。時間かかってごめん、って気持ちになった。

「名前、そろそろ考えたほうがいいよ」レイアが、あたしが車を降りるときにいった。片手でハンドルを握《にぎ》ってる。もう片方の手はベイビーガールとつないでる。

「名前？」

「ローラーダービーの名前」

ベイビーガールがいう。「名前をつけたらもう引きかえせなくなる。慎重《しんちょう》に選ばなきゃね。いったんはったラベルはきれいにはがすのがむずかしいから」

「あと、ラベルがうそをつくこともあるし。加工肉にはご用心」

レイアがベイビーガールを、愛と尊敬のまなざしで見つめる。「あんたってマジで天才。知ってた？」

「高校のときに気づいてたらよかったんだけど。もっといい成績とれたかも」

「ティーンエイジャーってのはたいてい、人工甘味料《かんみりょう》とか人工着色料とかのとりすぎで興奮状態にあるから、脳が機能停止してるのもムリないね」

「レイアの話きいてるの好き」ベイビーガールがいう。「わたし、ダウンタウンのメリーゴーランドの鍵《かぎ》、もってるんだ。しのびこんでいっしょに乗らない？」

「ベイビーガールといっしょならなんだってする」

レイアのトラックが走り去っていくとき、窓のところに愛がいるのが見えた。愛がバイバイと手をふる。

あたしはルカのとなりにすわった。脚《あし》がくっつくほど近くじゃないけど、ギリギリぬくもりを感じるくらい。一刻もはやく、ルカのお日さまイエローの光にひたりたい。これだけ待ちこがれてると、もどってきたときにぎゅっと抱《だ》きしめてはなしたくなくなる。いまは、はにかんだフリしてるときじゃない。どんなフリでも、してるときじゃない。

いまは、生きるとき。

しばらく、夏の風が夜をかけぬけて葉っぱをふるわせたり駐車場《ちゅうしゃじょう》のゴミくずをあそばせたりしてる音しかしなかった。

「バス、いつ来るの？」あたしはたずねた。

「だれも知らないんだ」

「えっと、じゃ……どこに行くつもり？」

「まだ決めてない。アラスカとかいいかなって」

「ずいぶん遠くだね。ルカがアラスカ行っちゃったらさみしくなる」

ルカがあたしを見つめる。「そう？」

「そう」あたしは脚《あし》をルカにピタッとくっつけた。

「わかった。じゃ、アラスカには行かない。バンクーバーとか？」

「それだって遠い」今度は肩《かた》をくっつける。

「シアトル」

「それでもまだダメ」手をルカの脚《あし》の上におく。

ルカがあたしの手を見おろす。「ったく。きみに触《ふ》れられると、時間と場所の感覚がなくなるんだ」

「だったらここにいればいい」ルカの手をとって、あたしはゆっくりと指をからませた。

「このバス停にバスがとまらないのはいいことだな」ルカがいう。

「しばらくかかりそうだね。だったらそのあいだに話して」

ルカは、なにがあったか話してくれた。おばあちゃんのこと、生まれたときからずっとおばあちゃんといっしょに暮らしてたこと。おばあちゃんは人生のほとんどを畑仕事で苦労してきたこと。ひび割れた手のひらはおばあちゃんそのものだってこと。きびしいけど、おばあちゃんのことが大好きだってこと。

そして去年、おばあちゃんがいろんなことをどんどん忘れはじめたこと。

「まだ桃《もも》の瓶詰《びんづ》めのやり方は忘れてないけど、弟の名前が思い出せない」

「ルカのことは？」

「オレの名前はいつも思い出す」

「ルカのことは忘れようったって忘れられないもんね」わたしはにっこりした。

「ああ、オレのマシュマロが恋《こい》しい」

それからルカは、デートした夜のことを話してくれた。おばあちゃんをひとり残して家を出た。お父さんは仕事で遅《おそ》くて、お母さんはブッククラブの集まりに出かけてた。

「だけどオレって、がまんができないから。ほしいと思ったらすぐに手に入れたかった」

「なにがほしかったの？」

「きみ」

　で、ルカはおばあちゃんを残して家を出た。まあだいじょうぶだろうと思って。だけどお父さんが仕事から帰ると、おばあちゃんがいなかった。お父さんはパニクって、それでルカに電話してきた。

「オレがめんどうみなきゃいけなかったんだ。自分のことしか考えてなかった。だいじょうぶだろうと思ってた」

　けっきょくおばあちゃんはダウンタウンで見つかった。畑があったコルファックスに行くバスをさがしてた。どうしても家に帰りたがって。

「十五年前にばあちゃんがうちでいっしょに暮らすようになったとき、畑は売ったのに。ばあちゃんの家だったのは何年も前だ。オレらが、ばあちゃんの居場所なのに。つーか……数日前までは居場所だった」ルカはそういった。おばあちゃんが行方《ゆくえ》不明になってから、家族だけでめんどうをみるのはムリだと判断して、介護《かいご》センターにうつした。

「ばあちゃんがここにいるのは、オレのせいだ。オレがいけなかったんだ」

「ルカ……ルカのせいじゃないよ」

「はぁ？　じゃ、だれのせいだよ？」ルカが皮肉っぽくいう。「オレがばあちゃんをひとりにしなかったら、行方《ゆくえ》不明にはならなかった。オレがいれば、出てくのをとめられた」

「だけど、おばあちゃんの記憶《きおく》がうすれていくのをとめることはできない。ここにいたほうが安全だよ」

「記憶《きおく》がどんどんなくなっていくんだったらね」ルカはちょっとだまってから、また口をひらいた。「音が耳からはなれないんだ。ばあちゃんが家にいるときの音に慣れちゃってたからさ。足を引きずって歩く音。あれがもうきこえない。長いこと家に人がいて、急にいなくなると、なんか……」

「空っぽ」わかる、その感じ。

ルカがきれいな茶色い目をこちらにむける。

「ばあちゃんをおいていけない」

「それでバイトも教習所も来ないの？」

「あのさ、オレ、ビンゴがめちゃくちゃ得意なんだ。プロになろうかと思ってる。しかもサイコーなのは、ビンゴのイベントがどんどんなくなってることだ」

ルカはふざけようとしてるけど、どうしたって現実逃避《げんじつとうひ》しきれない。

「レン、オレは自由になる資格がない。ばあちゃんがここに閉じこめられてるうちはね」

「それは残念」

「アラスカのことは忘れてくれ」

「じゃ、どこに行けばいいか、まだわかんないんだね」

「どうせぜんぶ、現実逃避《げんじつとうひ》なんだ。このバス停は、ばあちゃんみたいな人たちが記憶《きおく》が復活して逃《に》げだしたくなったときにすわって待つ場所が必要だからつくられたんだよ。みんな、どこかに行けるって思うだけで気分がよくなるから。だけどバスは来ない」

「バスが来なかったらどうなるの？」

「しばらくするとみんな、そもそもなんでここにすわってたのか忘れちまう」

あたしは親指でルカの手のひらをなぞった。

「さ、レンの番だよ。レンの話をして」ルカがいう。

「話すことなんかない」

「それはウソだ」

「わかったよ。ある。でも、どこから話せばいい？」

「物語のはじまりといったら決まってるだろ。昔むかしあるところに……」

あたしはルカの肩《かた》に頭をのせた。帰ってきた、って感じがする。

「昔むかしあるところに……」まずは、自分の人生をひとつひとつ切りはなして、話をちょっとずつほどいていく。出ていったママのこと。悲しすぎてお日さまのもとで暮らせなくなった父親のこと。うちのなかにある森のこと。リジーと、リジーが送ってくるポストカード。生きやすくするためのちょっとしたウソ。リジーが出ていったこと。空っぽ。

自分がすっかり冷えきって凍《こお》りついてしまったことも話した。リジーが出ていったあと何日も部屋にすわって窓の外を見つめて、リジーがもどってくるのを待ってた。食べなかったし、眠《ねむ》らなかった。動けなかった。チーフがなにをいっても、お日さまが消えてしまって、あたしはどんどんしおれた。

とうとうチーフに赤《あか》ん坊《ぼう》みたいに抱《かか》えあげられて医者に連れていかれたことも話した。医者にどこか痛いのか、どこかヘンな感じがするのかってたずねられて、あたしは答えた。「心臓」って。

で、検査されたら心拍《しんぱく》は正常。医者ってのは想像力に欠ける。その医者がみたのはからだをつくってる器官だけで、あたしの目や髪《かみ》や肌《はだ》をつくってる物語がボロボロになってるのには気づいちゃいない。

「どこも問題なし。心臓は問題ありません」医者はいった。

「鳥がいるんです。たまにパタパタ羽ばたいてるのを感じます」

医者は、この子だいじょうぶかって顔であたしを見つめた。「えーっと、鳥をのみこんじゃったってことかな?」

羽ばたきがとまる。あれ、どこにいっちゃったんだろう。

「鳥が羽ばたくのをやめるとどうなりますか?」あたしはたずねた。

「地面に落ちるんじゃないかな、おそらく」

目はどんより、手足はぐんにゃりの状態で、あたしは窓の外を見つめた。雨がガラスにあたって流れおちてる。

「じゃ、電線にしっかりつかまってなきゃ」

医者の話をしたあと、あたしはルカに、リジーのために絵を描《か》いた話をした。リジーが出てってから、筆を手にとる気になれなくなったことも。しっかりとらえてつかまえておきたいものなんて、人生にひとつも見つからなくなった。いまのいままで。

ルカに自分の話をしているうちに、過去のかけらがぽろぽろと足元にはがれおちて、すっかりからだが軽くなった。

このバス停、ほんとに魔法《まほう》がかかってるのかも。

あたしたちの手と手はまだつながってる。ルカの肌《はだ》があたしより少しだけ色がこくなかったら、どっちがどっちの指かわかんない。あたしたちふたりは、境目がなくなってる。

「リジーはだまって出ていったの？　メモとかは？　なんもなし？」

「目がさめたらいなかった。それ以来、ポストカードだけ」

ルカが背筋をしゃんとする。「そんなのおかしいだろ。なんかあったんじゃないか」

「リジーを知ってたらそうでもない。リジーは……つなぎとめておくのがムリだから。ママとおんなじ。チーフだってわかってる。なんか……チーフはリジーがある時期が来たら出ていっちゃうって思ってたんじゃないかな。どんなにとめてもムリだって。十八歳《さい》になったらもう時間の問題だって。たぶんリジーが出ていったとき、心のどこかでほっとしてたんだと思う」

ルカが真顔であたしを見る。「レン、ハッピーホームズがこのバス停をつくったのは、入居者がどうしても出ていきたくなったときのためだ。だけど、出ていくにはかならず理由がある。オレらには意味不明でも、本人たちには筋がとおってるんだ」

理由は、あたしじゃないかな。リジーの部屋が空っぽだって気づいたとき、あたしは呪《のろ》いのせいにした。どこかで、そうなっても仕方ないって思ってた。あたしはリジーの愛をもっともっとと求めつづけた。リジーにもらえるものを残らずほしがった。リジーはそんなのから解放されたかったんじゃないかって。

だけどあたしは、リジーの部屋に森をつくった。そうすればリジーが夜でも安全にぶらつけるし、なくした愛をさがせるから。遠くを見なくてすむから。あたしが廊下《ろうか》をはさんだところにいるから。リジーは、あたしにどれだけ愛されてるか、知ってた。それでもまだ足りないって思ってたのはあたしのほう。リジーにはまだすきまがあるのにあたしじゃ埋《う》められないんじゃないかって。ベイビーガールも埋《う》められない。木々も、月も、花も埋《う》められない。

「だけど、理由って?」あたしはたずねた。

ルカがあったかい手をあたしのほっぺたにおいていう。「レン、リジーはお母さんを見つけたのかも」

26
すきまを埋《う》めるキス

ルカがすかさずスマホをとりだす。あたしの心臓は、鼓動《こどう》をコントロールできない。さっきまであんなにハイだったのに、あの感じははるか遠くだ。

「名前は?」ルカがたずねる。

「だれの?」耳に綿がつまってるみたいな感じ。

「お母さんだよ。ググってみる」

ルカの指が動いて、世界がぐるぐるまわる。あたしはまだ、ルカがいまいったことが理解できない。リジーがママを見つけた? それで出ていった? なんであたしにいってくれなかったの? いっしょに連れてってくれなかったの?

「やめて、お願い。ググってほしくない」

「どうしてさ? それでパズルが完成するかもしれない」

リジーとあたしだって、考えなかったわけじゃない。ママをネットで検索《けんさく》してみようって考えは、ずっと頭のどこかにあった。その考えが頭のなかで着々と存在が大きくなってきて、ほとんど毎日のようにあたしをイラつかせた。

だって。

あたしをおいて出ていったのはママだから。あたしがひとをよせつけないって感じたのはママだから。検索《けんさく》バーにママの名前を入れたら、あっという間にぜんぶ……現実になっちゃう。

そうなったらあたしはママに会って、あっという間に愛してしまうかも。そしてもう一度、心がズタズタになる。それってサイテーだ。愛は、こっちが望んでないのに勝手に生まれる。息を吸って、吐《は》くみたいに。無意識の反射神経みたいに。愛が血管を流れだしたら、もうあっちもこっちも愛でいっぱいになる。あたしはママの愛をほしがる。ママに与《あた》えるつもりがなくても。あたしはいつも、かわいたまんま。だけど、塩水をのまされるくらいならかわいてるほうがいい。

リジーもあたしも、ママを検索《けんさく》すればそこでおわらないってわかってた。しがみついて、爪《つめ》を立てて、だけど残るのは血がにじんでボロボロになった爪《つめ》だけ。ママはやっぱりここにはいなくて、痛がってるのはリジーとあたしのほう。

リジーが暗い地下室におりていってさらに傷ついてもどってきたあの一回だけで、もうじゅうぶん。

あたしはルカの手からスマホを奪《うば》って、ベンチの上においた。

「ママはあたしがいらなかったんだよ、ルカ。なんであたしがママをほしがらなきゃいけないの？」

ルカは両手であたしのほっぺたをつつんだ。「お母さんのことじゃない。リジーだよ。レン、これがオレたちに必要な答えかもしれないんだ」

時間がとまる。風まで一瞬《いっしゅん》とまった。

「オレたち？」

「まさか、オレがこれだけ話をきいといて、きみひとりでどうにかしろってほっとくわけがないだろ」ルカがあたしのほっぺたをそっとさする。涙《なみだ》でほっぺたがぬれた。「きみをひとりにはしない。きみはオレのマシュマロなんだよ、レン」

ルカのくちびるがちょっとだけ、あたしのくちびるに近づく。

「だれからもほしがられたことない」あたしはささやいた。

「ほしいどころじゃない。レン、オレはレンがほしくてどうにかなりそうだ。もうじゅうぶん、がまんした。もうムリ。キスするから」

「ほんとにしたいの？　あたしの足の指、あいかわらずだよ」

「そりゃよかった」

ルカのくちびるが、あたしのくちびるに触《ふ》れる。ルカがあたしを引きよせる。あたしはルカをぎゅっとして、魔法《まほう》にかかったみたいになる。はじめてのキス。あたしを味わいたがる人がいるなんて思ってなかった。あたしを、あたしの骨を、からだを、あたしそのものを、両手で抱《だ》きしめたいと思う人がいるなんて。

一瞬一瞬《いっしゅんいっしゅん》が――ルカのくちびるが少しひらいて、あたしのくちびるを受け入れて、ルカの両手があたしの髪《かみ》にからみついて――あたしのからだに熱い波を送る。肌《はだ》の奥《おく》に、器官よりもずっと奥《おく》に、胸の真ん中に。埋《う》まることがないと思っていたすきまに。

あたしはずっと、バラバラのまま生きてた。時間も記憶《きおく》も少しずつ奪《うば》われていき、自分は満たされる価値がないと考えるようになっていた。

だけどいまは……。

ルカが一瞬《いっしゅん》、身を引いて、あたしの名前をあたしのくちびるにむかってささやく。ルカの口から発せられると、あたしの名前が歌みたいにひびく。なつかしい歌みたいに。

ああ、このバス停からバスが出なくてよかった。バスが来て、あたしをこの瞬間《しゅんかん》から連れだす心配はない。ここに、あたしたちはずっといられる。からまりあって、現実とフリが交差して愛がいすわってる場所で、つぎに来るものを待ってれば、過去の心配ごとはとけていく。

くちびるをはなしたけど、鼻先がまだくっついてる。ルカが親指であたしのほっぺたをなでる。

「レン、名前は?」ルカがまたたずねる。あったかい息がルカのくちびるからあたしのほうに流れてきて、ルカの強い言葉を運んでくる。

だけど、まだ。この瞬間《しゅんかん》をまだ逃《のが》したくない。やっと自分を見つけたばかりだ。

もしリジーがほんとにママを見つけたなら、なんであたしをおいてったの？　なんでだまって、真夜中に出ていったの？　まだなにか、あたしの知らないことがある。かくれてるものがある。そしてあたしは、いまはまだ立ちむかえる気がしない。お日さまをやっとまた見つけたばっかりだから。

「もう一度キスして」

そしてルカは、もう一度キスをした。


ジヴェルニー近郊《きんこう》のセーヌ川の朝（1897）

ソングバードへ
知ってた？　モネは型にはまったつまらない芸術にあきあきして、セーヌ川に身投げして人生をおわらせようとしたことがあるんだよ。だけど、死にきれなかった。その直後、自分の描《か》きたい絵を描《か》きはじめた。
まあ、一回ムチャなことをしてよかったのかもね。生きて、ムチャな絵を描《か》けたんだから。
愛をこめて
リジー

レン・プラムリー
20080　21st アベニュー
スポケーン　ワシントン州　99203

27 小さな一歩

あたしは部屋にいて、ワイルダーも自分の部屋にいて、ふたりともひらいた窓の前に立ってる。夜のひんやりした空気が流れこんできて、あたしのくちびるにはまだ、ルカのくちびるの感触《かんしょく》がある。

ワイルダーとあたしは、見つめあってる。まるではじめて、ほんものの姿を見たみたいに。

「とうとうやったね」あたしはワイルダーに直接いう。もうスマホなしでしゃべれる。

ワイルダーはおそるおそる息をすーっと吸って、両手を胸の前で組んだ。破裂《はれつ》しちゃうんじゃないか、みたいに。だけど、破裂《はれつ》はしない。ワイルダーが息を吐《は》いたとき、あたしも吐《は》いた。

「うん、やった」ふんわりとやさしい声。

だけど、顔にはまだためらいが見える。「どうかした？」

「トイレ行ったあと手を洗う人って七十パーセントしかいないらしい」

「きったないね」

「うん。そしてバクテリアは二十分ごとに二倍になる。計算したんだ。やめといたほうがいい。ものすごい数だ」ワイルダーは外の世界を疑わしそうに見た。「バクテリアは、地球上のほとんどの生命体の数を上まわってる」

「だけど、バクテリアがいなかったら、地球には植物が育つための土がなくなる」

「たしかに」ワイルダーがあたしを見つめる。「たいせつなのは小さな一歩だ」

「小さな一歩」あたしはくりかえした。

ワイルダーが窓から身を半分乗りだす。

「この下にも命がある」ワイルダーは地面を指さした。「だけど、草には殺虫剤《さっちゅうざい》がかかってる。または虫がきみの口のなかにはってきて、腸のなかで卵をうむかもしれない。気づいたらサナダムシが寄生してる」ワイルダーが悲しそうな顔をしてみせる。「レン、ぼくがまた病気になったら？　新鮮《しんせん》な空気を吸ってしまったからには、また室内の生活にもどったときに恋《こい》しくなるかも」

あたしは窓枠《まどわく》の上にのった。「小さな一歩」

ワイルダーもおそるおそる窓枠《まどわく》の上にのる。あたしたちはむかいあう。ふたりとも、ギリギリのところにいて、いまにも落っこちそう。

「片手だけで一万から一千万のバクテリアがいる。しめった手だとその一万倍」

「一回のキスで最大八千万のバクテリアだね」

「キスなんて致命的《ちめいてき》だ。そんな危険はおかせない」

「それだけの価値はあるよ」

ワイルダーがまた地面をチラッと見る。「この下にも命がある」

「いるのはサナダムシばっかりじゃないよ、ワイルダー」

「レン、気をつけたほうがいい」

28 ピカピカの新品

外出禁止になった。オルガがチーフに門限破りを告げ口したから。こんなときばっかりなんなの。

『ホイール・オブ・フォーチュン』がついてる。カップルウィークだ。

チーフはドラゴンみたいに家のなかをうろついてる。

今朝のチーフは、うまく言葉が出てこなくなってる。しゃべるよりも考えてばっかり。

「チーフは野菜だとニンジンだね」あたしはいった。

レイアはブロッコリーだ。ひとつの茎《くき》からたくさんのアイデアが出てくる。

ベイビーガールはトマト。自分がフルーツか野菜か決められない。

クロエはハラペーニョ。外から見たら無害そうだけど、かじったとたんにやられる。

で、ルカはサヤインゲン。ひょろっと長くておいしい。

「もっとひんぱんにサヤインゲンを食べるべきだね」あたしはうっとりしたまま口に出していった。「買いものリストに加えておく。あたし、サヤインゲン愛してるから」あ、いまあたし、なにいった？「っていうか、サヤインゲン大好き。愛してるワケないよね。愛を語るにはまだはやすぎる」

まだちょっとハイなのかも。

「野菜の話はもういい。きのうの夜、どこにいたんだ」チーフがビールを手にしていう。

「友だちといっしょにいた」パーティで。ハイになってた。で、男の子とキスした。何回も。

「チーフがどうしてニンジンなのか知りたい？」

「いいや」チーフがビールをすする。

「やせっぽちで、かたくて、バリバリで、暗いところに生息してるから」

「野菜の話をしてるんじゃない」

「したほうがいいよ。食生活、かえなきゃ。このままだとよくないよ」

「いいや、このままだとよくないのはおまえだ。きのうの夜はなにをしてた？」

「いったよね。友だちと出かけてた」

「だれと？」チーフはゆずらない。

チーフに、ルカやレイアのことは話したくない。調べられたくない。

「ワイルダー」

「だれだ、ワイルダーって？」

ビックリするくらいぽんぽんとウソが出てくる。チーフに、「となりの家に動きがある」ってのがワイルダーのことだとわかるはずがない。

「図書館で会った子」

「で、そのワイルダーとなにをしてた？」

「犯罪者みたいに尋問《じんもん》しないでくれる？　違法《いほう》なことなんかしてないし。で、あたしは野菜だとなに？」

「そのワイルダーに会わせろ」

「ムリ」即答《そくとう》する。

「どうしてだ？」

「病気なの」

「どういう意味だ？」

「サナダムシ」

「は？」

「腸にサナダムシがいるの。かなりクソな状況《じょうきょう》みたい」ニッコリしようとする。「わかる？　クソなの」

「レン、ちゃかすのはやめろ」

「わかったよ、チーフ。ごめん。時間の感覚がなくなってた。もう二度としない。だけど、こういうのを望んでたんじゃないの？　あたしに現実世界にもどれっていってたよね？　門限破ったのはわるかったけど友だちつくったことで怒《おこ》られる筋合いはないよ」

最近チーフは、やたら警察官ぶってる。口ひげがずっと下むきになってる。夜が骨にしみついてるみたいに、日の光が窓からさしこんできても、眠《ねむ》ってるチーフはしかめっ面《つら》。

心に重くのしかかってることがあるみたい。リジーがいなくなったことだけじゃない。あたしたちはソファにならんですわってる。チーフはビール、あたしはシリアル。パット・セイジャックとヴァンナ・ホワイトが、ワードパズルを出してくる。

「ベッツィおばさんと話をした」チーフがとうとう口をひらく。「どうやら地元の高校が最近、美術の授業に力を入れてるらしい。州でいちばんんだ」

「ユタ州にとってはいいことだね」どうやらチーフは、ユタ州の話は何週間も前におわったって理解してないらしい。ユタは空気が乾燥《かんそう》しすぎてる。砂漠《さばく》なんて信用できない。かたよってるにもほどがある。ワシントン州みたいに雨なのか晴れなのか決められない感じが好き。あたしは話題をかえた。

「なんでデートしないの？」

チーフがビールをふきだしそうになる。「レン、なにをいいだす？」

「デート、したことないよね」

「デートくらいさんざんした」

「ここ十八年間はしてないでしょ。それってカラカラ状態だよ」

「デートなどする時間はない」チーフは急にひび割れてカサカサに見える。ずいぶん前に生気がぬけちゃったみたいに。それってどんなにダメなことか、あたしはわかってきた。

そしてあたしは、くちびるに手をやるのをやめられない。ずっと、いままで生きてきて今日はいちばん気分がいいって考えてる。

「時間、つくるべきなんじゃないの。デートすればよくなるかもよ」

「なにがよくなるんだ?」

チーフの心のなかにある空っぽな場所。夜中に息を苦しくさせる、といのつまり。愛が、必要な水を心にかけてくれるかも。

「水不足」

「なにをいってるのか、さっぱりわからんな」

「ほとんどの人は水が足りないんだよ」

「水分なら足りてる」チーフはすわったままもぞもぞ動いて、ビールをごくりとのんだ。

「水分ってビールでしょ」

チーフはうめいて、缶《かん》をおいた。「親みたいな口をきくのはやめろ、レン」

「だけど、あたしがチーフを気にかけなかったら、だれが気にしてくれるの?」

「自分のことは自分で気にかける」

「それってさみしいね。わかるよ、あたしもそうだったから」

チーフは、口には出さないけど顔で思いっ切りいってた。引っこんでろ、って。だけどあたしは生まれてからずっと、引っこんでた。

「一度もあの話、したことないよね」あたしはいった。

「なんのだ?」チーフはそうきいたけど、ほんとはわかってる。あたしはチーフをじーっと見た。「話すようなことはひとつもない。出ていった。それだけだ。過去をふりかえる必要はない。あっちだってそうだろう」

だけどチーフは前に進めてない。ずっとおなじところから動けない。物理的にボイシから引《ひ》っ越《こ》したからって、心はいっしょについてこなかった。

「エンドウマメかな?」

「はっ?」

「チーフがニンジンなら、ママはエンドウマメ? 丸くてやわらかくてちょっと甘《あま》い? エンドウマメとニンジンみたいな感じだった?」

チーフは立ちあがって顔をしかめた。

「好きなだけひとを決めつければいい。だがな、レン、そんなかんたんなことじゃないんだ。人生ってのはもっと複雑だ」チーフはさっさと階段をあがっていく。やっぱりニンジン。地面につきささったまま、暗いところにいる。最後にチーフはいった。「友だちの病気のことは気の毒だな。だが一週間、外出禁止だ」

月曜日、ルカは教習所でとなりに来ると、ピーナツバターとジャムのサンドイッチをバックパックからとりだした。ルカといるとたまに、息をするのを忘れそうになる。それでも生きてられる気がする。

「門限破って外出禁止になった」あたしはいった。

「ひでーな」ルカがサンドイッチを半分、あたしの机におく。

「後悔《こうかい》してないけど」あたしは足をルカのほうにのばした。軽く足と足が触《ふ》れる。「教習所にもどってこられてよかった。おばあちゃんはどう？」

「かわんない。足の親指は？」

「かわんない」

ルカが眉《まゆ》をくいくいっと動かしてみせる。「オレらもう、オレの忍耐力《にんたいりょく》がカンペキ限界だってことを確認ずみだから、つきあってんのかどうかみたいなビミョーな段階はすっ飛ばすってことでいいかな？」

胃が喉《のど》から飛びだしそう。「うん」あたしは答えた。「で、そういうのすっ飛ばすんだったら、つぎはいつキスすればいいんだろうとかいうのはやめて、キスしちゃえばいいんじゃない？」

「よし、決まり」

だけどルカのくちびるが触《ふ》れそうになったとき、教官のミスター不満顔がコホンと咳払《せきばら》いをした。あたしたちはギクッとしていすにすわりなおした。

ピーナツバターとジャムのサンドは、キスにくらべたらぼんやりした味。

講義がはじまると、ルカがバックパックから紙を出して書いた。

いいにおいがする。

あたしは書いた。

ピーナツバターだよ。

ルカがまた書く。

ほっぺたについてる。

ぬぐおうとしたら、ルカが手を出してきた。ルカはあたしのほっぺたをそっとこすって、そのまま指をどかさなかった。あったかい。

ルカがまた書く。

ウソだよ。さわりたかっただけ。

ビックリしちゃうのは、ほんとの気持ちを認めるだけで人生はかわる。

あたしはまた書いた。

指にピーナツバターついてるかも。

ルカがあたしの手をとって、手のひらを上にむけさせる。指先でちょっとずつ、あたしの手のひらをたしかめる。もう片方の手でもおなじことをする。軽く触《ふ》れられると、頭がぐるぐるしてくる。

ルカが書く。

ほかには？

あたしは書いた。

くちびる。

ルカがニコッとすると、あたしの胃がジェットコースターに乗ってるみたいになって、からだじゅうが期待でぎゅっとなる。ルカの親指があたしの下くちびるに近づいてきて、あたしは表と裏がひっくり返る。

ルカがまた書く。

いっぱいこぼすね。

あたしは考える。長いこと気づかれずにいるとそうなるんだよ。よせつけないものがとうとうひとに触《ふ》れられると、そうなるの。どこにもかしこにも、ルカがほしい。

帰るとき、ルカがいった。「また明日」それがどういう意味か、あたしにはわかる。明日、オレのぜんぶできみに会う。オレできみをいっぱいにする。

ルカにどっぷりつかってたみたいな気がする。

生まれたて。ピカピカの新品。

「また明日、ルカ」


つぎの日、ワイルダーが自分の家の裏庭に出てきた。コンクリートの上に立って、草は踏《ふ》まないようにしてる。

「外出禁止なんでしょ？」ワイルダーがいう。

「なんか、数週間前までずっと、外出禁止されてた気がする」

「オルガは？　レン、これ以上問題起こさないほうがいいんじゃないの？」

「オルガは『ザ・リアル・ハウスワイブス・オブ・アトランタ』観《み》てる」あたしは雑草を引きぬいた。「外に出るだけならいいの。出かけちゃダメってだけ」

「屋根は？」

あたしはガレージのほうをチラッと見た。「どうかな。きくの忘れちゃった」

ワイルダーはじっと突《つ》っ立って、つま先で芝生《しばふ》のはしっこを蹴《け》っている。

「やめといたほうがいいんじゃないかな」

「やってみなきゃわかんないよ」

「じっとしてれば安全だ。波風は立てないほうがいい。現にきみ、外出禁止になってるし。門限は破るべきじゃなかったんだ」

「破っただけのことはあった」

「本気？　一週間外出禁止なのに？」ワイルダーがつらそうな顔をする。すりぬけていくものをつかまえようとしてるみたいに。「レン、きみはかわった」

「それのどこがいけないの？」

「ぼくはただ……心配なんだ」

「サナダムシのこと、ちょっと調べてみたよ。そしたら、治すのはそんなにむずかしくないみたい。お腹《なか》のなかにいるのに気づいてない人もいるみたい。勝手に治るんだって」

「なんの話？」

「ワイルダー、草はこわがらなくてもだいじょうぶだよ」

「レン、ぼくたちはおなじだと思ってた」

「おなじだよ」

「もうちがってきた気がする」

「ワイルダー、草を踏《ふ》んでみなよ」

「ぼくが心配してるのは草じゃない、レン。きみだよ」

29 苦しむ価値のある記憶《きおく》

みんなで集まってる。レイア、ベイビーガール、ルカ、あたし。レイアとルカはバイトの休憩中《きゅうけいちゅう》。ルカは、キスした晩から一度もバイトをサボってない。

昼間は暑くて、八月の太陽が照りつけてる。カナダの山火事のせいで少しだけ空気がけむってる。夏のあいだの数日間、空気の質がわるくなることがあるから、チーフは外に出るなっていう。だけどじきに九月が八月のドアをたたいて、雲やら雨やら十月の風の前兆やらを連れてくる。

今日は歩道から湯気が出るほど暑いなか、レイアとあたしは〈ロザリオズ〉の裏の駐車場《ちゅうしゃじょう》でローラースケートをしてる。ルカはスケボーに乗って、また店内にもどる前に限界までエネルギーを発散しようとしてるみたいにはしゃいでる。ベイビーガールはレイアを見てるだけで満足そうだ。

「トレーニングメニューをはじめないとね。あとはしょうもないもの食べないこと」

「もうやめたよ」あたしは買いもののリストを見せた。もうチーフのいいなりになって、人工甘《かん》味料《みりょう》とか黄色5号とかを入れてない。チーフのからだが心配だから。

「腕立《うでた》て伏《ふ》せ、腹筋、ランジ、上腕《じょうわん》三頭筋トレーニング、スクワット。一日十から二十セット」

「いくらでもコーチしてやるよ」ルカがスケボーでスーッと近づいてくる。「もちろん、スクワットを正しくできてるかどうかの確認のことだけど」ルカがウインクして、あたしは胃がひっくり返りそうになる。

レイアが、あたしが練習しなきゃいけないつま先のブレーキをやってみせる。あと、クロスオーバーも。

練習がおわるころには、あたしは六回転んで、ひじのかすり傷から血が出て、汗《あせ》びっしょりだった。脚《あし》がガクガクだけど、筋肉痛は気持ちいい。

「ストロベリージャムなんてどう？」レイアが提案する。あたしたちは、ベイビーガールのとなりにすわった。

「でもあたし、髪《かみ》赤くないし」背中を汗《あせ》がつたう。

「ミス・フォーチュンとか」ベイビーガールがいう。

レイアがにっこりする。「それ、いいね」

「なんかお金持ちの家の子みたい」あたしはいった。

「ロード・オブ・ザ・リンクは？」レイアがいう。

「オタクみたい」あたしはいった。

ルカが、水上みたいになめらかにすべってくる。ストップしてボードをはねあげた。「ホット・ブロッドは？　オレの意見。なんたってレンは超魅力的《ホット・ブロード》だから」

「はいはい、アンタってわかりやすいね」レイアがあきれた顔をする。「レン、名前なんて考えすぎちゃダメだよ。そのうちおりてくるから。いまはトレーニングをつづけて」レイアがスマホで時間を見る。「休憩終了《きゅうけいしゅうりょう》。殺虫剤《さっちゅうざい》とプラスチックだらけの世界にもどらなくちゃ」

「わたしも回転木馬に行く時間」ベイビーガールも立ちあがってのびをする。

「一頭、とっといて。あとで乗りにいくから」レイアがウインクする。

ベイビーガールとレイアが行っちゃうと、ルカがとなりにすわってきた。

「まだ脚《あし》がいうことききかない気がする」あたしはいいながらローラースケートをぬいだ。

ルカがあたしのひじから流れる血をふく。「バンドエイドいるな」そういって立ちあがると、店内に入っていって、救急箱をもってもどってきた。消毒液で傷口をふいて、ふーっと息をふきかけてかわかす。「それほどひどい傷じゃない」

ルカはあたしのひじに、そっとバンドエイドをはってくれた。

「仕上げに」そういってかがみこんできて、バンドエイドの上からチュッとキスをする。「よくなった？」

「たぶん」ふわふわする。もう痛くない。

「小さいころ、母さんがやってくれたんだ。オレらが泣きやむように。キスで痛いの痛いの飛んでけーって」

「うちのママはやってくれなかったと思う。少なくともおぼえてない」

「まったく記憶《きおく》ないの？」

「ない」

「たぶんそのほうがいいんだよ」

ルカがいうには、おばあちゃんは日によってぜんぶおぼえてることもあるそうだ。ひとの名前も思い出せない日もある。なにがわかって、なにがわからないのか、まったく読めない。幻覚《げんかく》を見る日もある。認知症《にんちしょう》の患者《かんじゃ》さんにはよくあるらしい。夜になると、ベッドに虫がいるとか、壁《かべ》に幽霊《ゆうれい》がくっついてるとか、暗いところで待ちかまえてる人がいるとかいいだす。たまに、ハッピーホームズの看護師さんがものを盗《ぬす》んでると思いこむ。

「先週は、オレが小さいころの話をしてたけど、父さんがいうにはぜんぶほんとのことらしい」ルカはバンドエイドを指でなぞった。「かと思うとつぎの日に会いに行くと、じいちゃんと話をしてたとこだとかいう。十五年前に死んでるのに。ちゃんとわかってるかと思うと、いきなりわけがわかんなくなる。なにを信じていいかわかんなくなる」

「そっか……」

「ここまでくると、そういうのはどうでもいいって思うことにした。ばあちゃんは自分の人生のことを思い出せないけど、なにを失ったのかもわかってない。つらいのは、おぼえてるオレらのほうだ。だから、お母さんのこと、知らないほうがいいんだよ」

だけど……知らないのが重荷になることもある。どっちがつらい？

ルカがあたしをじっと見つめるから、ほっぺたが熱くなってくる。胸がぎゅっとする。

「ひとつ、たしかなことがある。レン、きみのことだけは忘れたくない」ルカがあたしのあごの下に手をおく。親指であたしのくちびるをなぞる。「きみは、苦しむ価値のある記憶《きおく》だ」

ルカがあたしにキスをする。この瞬間《しゅんかん》の記憶《きおく》を心のなかに深く刻みこむように。だれも消せないように。くっきりと跡《あと》をつけて、いつまでもつづく印象を残す。時間さえも消せないしるし。

いまは、この瞬間《しゅんかん》は、記憶《きおく》みたいにとらえどころのないものをしっかりつかんでおくのも可能だって思える。しっかりとおさえつけて、永遠に歴史に刻む。決して失われない、ずっと信じられるもの。

「ルカもだよ。ルカも、苦しむ価値のある記憶《きおく》だよ」

30 ビフォー・アフター

「ビフォー・アフター」ビールを手にしてチーフがいう。ソファで『ホイール・オブ・フォーチュン』のビフォー・アフターのコーナーを観《み》てるところだ。今日のパット・セイジャックはひときわオレンジ色が濃《こ》い。ピクルスみたいなグリーンのオーラとぶつかりあって、画面が見にくい。あたしはレイアに課せられたエクササイズをしてる。チーフが、数をかぞえながらスクワットをしてるあたしを見つめてる。いままで存在すら知らなかった太ももの筋肉がぶるぶるしてる。

「野菜を山ほど買ってきたかと思ったら、今度は筋トレか？　いったいなんだっていうんだ、レン？」

「チーフの命を救ってるんだよ」

「レン、いったはずだ。オレはおまえに助けてもらう必要はない。ピンピンしてる」

「胸の筋肉、きたえたくない？」あたしはたずねた。

「なんの関係がある？」

「牛にエストロゲンを投与《とうよ》してるって知ってた？」

「いったいなんの話だ？」

つぎは腕立《うでた》て伏《ふ》せ。「正しい質問は、どうして気づくのにそんなに時間がかかったんだ、だよ」

チーフはイラついてパット・セイジャックに視線を集中させた。

「ビフォー・アフターだ」チーフがそういって、あたらしいビールをとりにいく。

今度は下半身をきたえるランジ。「ママの結婚《けっこん》前の姓《せい》は？」

「はぁ？」チーフの声が、キッチンからひびいてくる。

「ママの前の名字。知らないから」

ちょっと間があいて、チーフがもどってきた。ビールの缶《かん》をプシュッとあける。「名字はラインだ。なんでそんなこときくんだ？」

「なんだろうって思っただけ」あたしは曲げる脚《あし》をかえた。「結婚《けっこん》したとき、ママは名字をかえたの？」

「今朝はやけに質問が多いな」

「べつに」

「いいや。名字はかえてない」いうだけで傷つくみたいな顔でチーフは答えた。

「ママってフェミニストだったの？　だからなの？」

「それがなんだっていうんだ？」

「知りたいだけ」

「レン、好奇心《こうきしん》はねこを殺す、っていうことわざ知ってるか」

「ねこは鳥を食べるから。あたし、好奇心《こうきしん》の味方。あたしたち、おんなじチーム」

チーフはビールをひと口のんでから、横目でチラッとこちらを見た。「そういうことじゃない。いままで好奇心《こうきしん》なんかなかっただろうが」

「ものごとはかわるんだよ」前は、森の絵を描《か》けばそれでいいと思ってた。だけど、ほんもののマツの葉の香りのほうがずっといいってわかった。たとえマツの葉をさわってベトベトが手についても。

「たしかに」チーフがあたしを疑わしそうな目で見る。

「ひと目ぼれ？」

チーフがソファに深くしずみこむ。「ひと目の欲望だ」そういって、ビールを口元にもってくる。

「どこがちがうの？」

「欲望は自己中だ。気をつけなきゃいけない。レン、欲望は危険だ」

「どういう意味？」

「だれかをどうしてもほしいと望むと、現実が見えなくなる。いいから信じろ」

視線はテレビにむけられてても、チーフが『ホイール・オブ・フォーチュン』を観《み》てないのはわかる。心のなかで過去をリプレイしてる。

「ママのこと、愛してた？」

「ああ。だが、愛ってのはかなりの重労働だ」

「労働したの？」あたしはさらに力をこめてたずねた。

「毎日せっせと」

「だったら、どうしてだまって行かせたの？」

あたしの質問で、チーフは過去のリプレイからもどってきた。「そんな単純じゃない」

「だけど愛してたんだよね。いっしょにいたかったんでしょ。どうして引きとめなかったの？どうして追いかけなかったの？　連れもどせばよかったのに」

あたしは愛を知ったばかりだけど、あたしならルカを追いかける。足から血が出て爪《つめ》がはがれても。

チーフが立ちあがる。顔つきがかわった。「そんな単純じゃないといっただろう、レン」

「だったらわかるように説明してよ」

「わかるはずがない」

ほら出た。チーフはあたしとリジーに、ママとのことを話すのを拒否《きょひ》してた。子どもだからわかるはずがないといって。まるであたしたちを痛みから守ってるみたいに。だけど、リジーが出ていった瞬間《しゅんかん》から痛みはこの家に入りこんできた。

チーフは愛を、痛みでふちどらなきゃ語れないいんだと思う。

「いいから話してみて。知りたいの」

「知りたくないだろうが!」チーフがどなる。あたしはビクッとした。「レン、どうして警察が必要か、知ってるか?」

返事はしない。

「犯罪に近づかなくてすむようにだ。あと片づけてもらえるように。オレに仕事は任せておけばいい。おまえの母親のゴタゴタはオレがなんとかする。そうすればおまえに負担が行くことはない。あいつが出ていく前からそうしてきたし、これからもそうする」

チーフはベッドにむかった。いつもの六本をのまないうちに。

挑戦者《ちょうせんしゃ》のサマンサがボーナスラウンドに進んだ。でも正解にたどりつく前に時間切れになって、新車を手に入れることはできなかった。

31 光が消えるとき

教習所の最終日。エンジンの音がするなか、教官のミスター不満顔がゴーカートの仕組みを説明する。コースは実際の道路のシミュレーションになってて、信号とか曲がり角とかがあり、高速道路やら歩道やらを示す標識もある。

「遊びじゃないからな」教官はいって、チラッとルカのほうを見た。ルカは興奮してとびはねそうな勢い。お日さまイエローのオーラがとくべつに明るい。「規則に従うように。全員でシミュレーションに合格したら、あとは少し楽しむ時間もある」

「やったね。楽しみだな」ルカがあたしにいう。

「楽しみって？」ルカの小指がスルッとあたしの小指にからんでくる。

一瞬《いっしゅん》、チーフがブチギレたことを話そうかと思った。のみかけのビールがテーブルにおきっぱなしで、テーブルに結露《けつろ》で輪っかのしみができてた。チーフはなにかを守ってるのか、それとも排除《はいじょ》してるのか。どうして？　ママはもういない。何年も前からいない。

「だいじょうぶ？」ルカの声に心配が感じられる。

「ゴーカート、緊張《きんちょう》する」あたしはウソをついた。

「なにを緊張《きんちょう》することがある？」

「チーフがいつも、車は凶器《きょうき》だっていってる。銃《じゅう》よりもたくさんの人を殺してるって」

ルカがぐっとかがみこんでくる。ルカのくちびるがあたしの耳たぶをくすぐる。「心配いらないよ。なにかあったらいつでもオレがマウストゥマウスで人工呼吸してやるから」

そうとうな意思の力でルカをふりはらったとき、教官のミスター不満顔がこっちを見てコホンと咳払《せきばら》いした。

あたしたちは、となりどうしでとまってるゴーカートに乗った。あたしはルカに、適切な安全対策を説明した。

「ミラーをチェック」

「ミラー、ないけど」

「盲点《もうてん》があることを忘れないで」

「ベイビーガールだったらいうだろうな。『人生は大きなひとつの盲点《もうてん》だ』って」ルカはエンジンをふかしてにっこりした。「オレらはみんな、見たいものしか見ない」

あたしはヘルメットをつけた。

シミュレーションがはじまる。ルカはロケットスタート。ルカのエンジンの音がきこえて、チーフの声が頭のなかでひびいた。銃《じゅう》には安全装置がある。車にはシートベルト。どちらもたいせつだ。

チーフの苦しそうな声とつらそうな顔が頭のなかに浮《う》かんでくる。どうしてチーフはあんなに過去にこだわってるの？　愛ってそういうもの？

シミュレーションがおわるころには、ハンドルをガッチリ握《にぎ》りすぎて手がじんじんしてた。だけど、猛烈《もうれつ》な日ざしとカラカラの熱気のなかでふく風が気持ちいい。

あたしたちは、スターティングエリアにゴーカートをとめた。ヘルメットをはずして、顔の汗《あせ》をかわかす。

「こっからがほんとうのお楽しみだ」ルカがいって、またエンジンをふかす。

「いまのはなんだったの？」あたしはおでこの汗《あせ》をぬぐった。

「前戯《ぜんぎ》」ルカがウインクする。「つかまえられるならつかまえてみな！」ルカは走りだした。

あたしは胸がズキッとした。ルカがはなれていけばいくほど、胸の痛みが強くなる。アクセルを踏《ふ》むと、ゴーカートが走りだした。

両手でハンドルを握《にぎ》りしめる。ルカがありえないスピードでカーブを曲がる。おなじことをしようとすると、あたしのゴーカートは大きく斜《なな》めにかたむいて二輪が浮《う》く。だけど危険もかえりみないで、あたしはハンドルをさらにぐっと握《にぎ》ってアクセルを踏《ふ》んだ。

だけどカーブを曲がるたび、不安定になってくる。ルカはどんどん先に行って、追いつけそうもない。スピードをゆるめてってさけびたいけど、声も届かない。おいていかれそうな気分になる。

チーフの言葉が頭のなかでこだまする。だれかをどうしてもほしいと望むと、現実が見えなくなる。

あたしはルカが見えなくなってる？　ルカはあたしを、あたしがルカをほしいのとおなじようにほしがってる？　それとも、ヒサンな結果になるの？　愛がうまくいくなんて証拠《しょうこ》はどこにもない。そんなの見たことない。秋が来れば、ルカはあたしのいない学校へもどる。生活がかわっていそがしくなる。あたしを忘れるだろう。残されたあたしは、ルカを追い求める。またいっしょにいたいと願いつづける。手が届かないとわかってても。

そして、それは起きた。

ワイルダーがコースのはしっこに立って、こちらを見ている。

「だからいったんだよ、レン。どうせダメになるって」

だけどふりかえると、ワイルダーはいなかった。消えてた。

日ざしに視界がかすむ。ルカはすっかり先を行ってて、ぜったいに追いつけない。汗《あせ》がおでこを流れおちる。ふこうとして手を出して、あっと思った。

うしろからゴーカートが追突《ついとつ》してきた。頭が前にブンッとゆれる。シートベルトが胸に食いこんで、あたしをうしろに引きもどした。おでこがハンドルにたたきつけられて、目の前に星が出てきた。

ヘルメットをするの、忘れてた。

不注意だった。

なにもかもがスローモーションになる。

光が消えた。世界が真っ暗。そして暗闇《くらやみ》のなかで、影《かげ》がささやきだした。


ソングバード、月を見て。リジーがいう。子どもの声だ。リジーは階段から落ちたときの脚《あし》の傷をさすってる。空には満月が浮《う》かんでて、夜をぜんぶ占領《せんりょう》してるみたい。こんな夜はね、ママを感じるの。ママがどこかでわたしたちを呼んでる。きこえない？

ママの存在を、風みたいにはっきりと感じる。押《お》したり引いたりしてるけど、つかまえようとすると、手のなかにはなにもない。

そんな気がするだけだよ、リジー。ほんものじゃないよ。

ソングバード、わかってるでしょう。人生ってのは、ひとつの大きな物語なの。

だったらなにを信じればいいの？

リジーは答えない。

そしてどこか遠くで、女のひとの泣き声がきこえた。

32 信頼《しんらい》できる筋

むち打ちと脳しんとう。それが医者の診断《しんだん》。衝突《しょうとつ》が衝突《しょうとつ》を呼んで、ゴーカートは玉突《たまつ》きになった。だけど、あたしだけがヘルメットをしてなかった。ほかのみんなは無傷。チーフはかけつけてきたとき、起きたばっかりみたいでぼろぼろに見えた。教習所を訴《うった》えるっていうから、あたしの責任だからって何度もいった。ヘルメットをつけ忘れてた自分がわるいんだからって。むちゃな運転したからって。

「何度いえばわかるんだ?」チーフは必死で冷静さを保とうとしてた。「車は凶器《きょうき》だから、覚悟《かくご》してあつかえ」

病院に着いたころには、チーフは落ち着きをとりもどしてた。

いまはあたしが医者と話をしてるあいだ、廊下《ろうか》で書類を書きながらコーヒーのんでる。二か月前とおなじ医者だ。リジーが出ていって、あたしがこわれたとき。

頭の痛みが消えない。骨の奥《おく》まで冷えてるみたいで、ぜんぜんあったかくならない。頭のなかでものすごくたくさんのことが渦巻《うずま》いてる。

ワイルダー。ルカ。リジー。なにを信じればいいのかわからない。なにが現実なの？　ママがどこかでわたしたちを呼んでる。きこえない？　リジーの声が頭のなかでこだましてる。

「きみのことはおぼえている」医者がいって、あたしの目のなかに光を当てる。

「あたしもおぼえてます」

「心臓がおかしくて、鳥を食べた可能性あり、だったな」医者はあたしの頭とおでこのやわらかい場所をさわってから、処方箋《しょほうせん》をとりだして書いた。

「水はたくさんのんでる？」

「はい」

「運動はしてる？」

「はい」

医者が処方箋《しょほうせん》をよこす。「軽い脳しんとうと、少しだけむち打ちの症状《しょうじょう》がある。この処方箋《しょほうせん》を出して、頭痛と筋肉痛にはイブプロフェン、あとはゆっくり休むように。一週間はからだに負担をかけないこと」

「一週間？　でも、ローラーダービーのトレーニングがあるんです」

「一週間くらい、なんてことない」医者がまたあたしをじっと見る。「元気そうだな、レン。前よりずっと健康そうだ」

「ありがとう」医者が出ていこうとしたとき、あたしは引きとめてたずねた。「友だちのおばあちゃんが認知症《にんちしょう》なんです」

「それはお気の毒に」

「いいときもあれば、いろいろ忘れちゃうときもあって」

医者があたしのベッドのはしっこにすわる。「心というものはふしぎな器官だ。それに、つかみどころがない」

なんでこんな話をこの医者にしてるんだろう。頭のなかでたくさんのパズルのピースがうごめいてる。

「脳は……奇妙《きみょう》なものだ。ときに主観的になる」

「どういう意味？」

「いつ思い出していつ忘れるか、選ぶ。そしてたまに、信じたいことをそのまま信じる」

よくわかる。だけど、それじゃ役に立たない。

「だったら心も信用できない？」

医者がだまって考える。「むずかしい問いは自分の胸にきくのがいちばんだな。それがいちばん信頼《しんらい》できる筋だ」

チーフが入ってきた。「だいじょうぶでしょうか？」

「軽い脳しんとうを起こしています。だが、問題ないでしょう」

「安心しました」

「レン、おだいじに」医者はあたしの肩《かた》にそっと触《ふ》れて、出ていった。

チーフが手を貸してくれて、あたしはベッドから立った。チーフはあたしの腰《こし》を腕《うで》でしっかり支えた。

「だいじょうぶだよ、チーフ。歩けるから」

「どれだけ心配したと思ってるんだ。いいから少しは安心させてくれ」

わかった。チーフはあたしを両腕《りょううで》であっさり抱《だ》きあげた。チーフはひと晩に何回こんなことをしてるんだろう。何人のこまった人を運んできたんだろう。弱くてひとりじゃ生きられないって思ってる人を。ドラッグ依存症《いそんしょう》。家庭内暴力。自殺。チーフはそういうのをさんざん見てきた。たくさんの人を運んできた。

いったい何度、チーフはひとが抱《かか》えきれなくなった重荷を引きうけてきたんだろう。

チーフがあたしをこうやって運ぶのはこれがはじめてじゃない。

あたしはチーフに抱《かか》えられて車に乗った。

「チーフ、たいへん?」

「なにがだ?」

「しょっちゅうひとを運んでるんだよね」

「たいへんなのは、抵抗《ていこう》されたときだけだ。運ばれるのをいやがる人もいるから」

「リジーがそうだったよね」あたしはさらっといって、あくびをした。表に出ると、日ざしのせいで目の裏の痛みが強くなる。

「その話はいまはよそう」チーフがいう。

チーフが車のドアをあけて、あたしを乗せた。

「もういいや、ほっとこうって思ったことある?」

「おまえに関しては、レン、一度もない」

33 呼びにきた鳥

あたしの部屋は真っ白。白い壁《かべ》。白いベッドカバー。木の床《ゆか》は夏になるとふくらんできしむ。冬はよく、雪崩《なだれ》にあったつもりになる。白い雪に埋《うず》もれてうずくまってるみたいに。リジーの部屋はあたしのキャンバス。自分の部屋に絵を描《か》こうなんて思ったこともない。意味ないから。あたしは無色だから。自分の姿をいつ鏡で見ても、オーラが見えないから。自分の部屋の壁《かべ》に虹《にじ》を描《か》いても、あたしはかがやかない。

リジーに必要なものをあげることのほうがたいせつだ。リジーのまわりにカラフルな景色があって、好きにぶらぶらできること。冬になってあんまり真っ白な部屋にいるのが苦しくなると、あたしは廊下《ろうか》に出てリジーの部屋に行く。どんどん大きくなっていく夏の森のなかにしばらく立って、あったまるのを待つ。

「気づいたことがあるんだ、ソングバード」リジーが前にいった。雪が積もって道路がびちゃびちゃで、木々が葉っぱを落としても、リジーの部屋は永遠の夏。「ソングバードは森のなかのたった一羽の鳥ね。さみしい？　遊び相手の鳥がほしい？」

「ううん」あたしは即答《そくとう》した。リジーに注目されたくて競争する相手はいらない。

「気がかわったら教えて」

あたしは教えるといった。そんなことぜったいにないって思ってたけど。

「リジー、この森、世界のどこかに実在すると思う？」

「もちろん実在するよ、ソングバード」リジーがいう。

「どこに？」

「ここに」

「だったら、ずっと出ていかなくていいんだね？」

「それはレン次第《しだい》」

リジーの森は、一本目の木を描《か》いたときからずっとかわってない。背が高くもならない。花がしおれることもない。チョウチョは冬になっても南へ飛んでいかない。だって、この森に冬はぜったいに来ないから。永遠の夏の風景。

だけどいまは、そんなのは気晴らしにすぎないって知ってる。ただのまぼろしで、目の錯覚《さっかく》だって。閉じこめられた動かない世界にどんどん描《か》きたしていきさえすれば、リジーはこれがにせものだって気づかないんじゃないかって思ってた。どんなに寒い日でも、あったかくすごせるって。

だけど、あたしがだましてたのはリジーだけじゃなかった。自分もだましてた。そしていま、その世界はボロボロくずれてる。くずれて、ほんとうの姿をさらけだしてる。いまだって、ワイルダーといっしょにうちの裏庭にすわってるけど、草がくすぐったい感じが気持ちい い。リジーの部屋のカーペットは、いまじゃチクチクする。

「ワイルダー、あんなとこに来ちゃダメだったのに」

「きみを守りたかっただけなんだ。心配なんだ。家に帰ってこないし。ぼくなんか頼《たよ》りにしてないんだね。ぼくたち、前みたいになったほうがいいんじゃないかな。そのほうが……安全だよ」

あたしは草を手でもてあそんで、とんがった葉先をさわった。

「もどれないよ」

「あの子が本気できみを好きだと思ってる？　いやなことがあったらすぐ逃《に》げるよ。わかってるだろ。ちがうっていいきれる？」

夜の闇《やみ》が近づいてきて、ワイルダーの一部がとけはじめてるように見える。

「そのとおりだね。これからどうなるかなんてわかんない。なにを信じればいいかもわかんない」

「こわくないの？」

「ゾッとする」

「ほらね？　そういうことだよ。レン、傷つく必要はない。もうおわりにすればいい」

「それはムリだと思う」

「どうして？　前みたいにすればいい。ぼくたちふたりだけで。ぼくのことは信じて」

あたしは目を閉じて、胸の声をきこうとした。

「もどりたくないの、ワイルダー」

ワイルダーがだまりこくる。

「永遠につづくものはない」あたしはやっと口をひらいた。「こういうのも。夏も。鳥だっていつかは冬支度《ふゆじたく》のために飛んでいく。だけど待ってれば……」

遠くのほうで、歌がきこえる。暗闇《くらやみ》のなかにとけていく。

そしてあたしは夜にむかってささやいた。「鳥たちはもどってくる」


チーフは二日間、仕事を休んであたしを見張ってた。ルカは何度もメールしてきたけど、あたしは返信しなかった。頭が痛すぎて考えられない。

三日目には、チーフが太陽の光にやられてるのがわかった。こんな変化は想定外だから。この夏チーフは思いもよらないことが起きるたびにソワソワ、イライラしてきた。二か月前はそれほどでもなかった顔のしわが深くなりはじめてきた。

夜はチーフをすっぽりとおおう。チーフは希望どおりに暗闇《くらやみ》のなかにかくれられる。決してぜんぶを見られない。だけど昼の光はすべてをさらけだす。

チーフは不安を抱《かか》えたまま仕事にもどった。オルガがソファの定位置にもどってきた。

ベッドにごろんとなってるとき、オルガが部屋のドアをノックした。返事をする間もなく、オルガは食べものをのせたトレイをもって入ってきた。なんか親みたいで、思いもよらなかった。

「栄養をとったほうがいい」オルガは手作りのチキンヌードルスープをのせたトレイをおいた。「ちゃんとした食事はからだを治してくれる」

「料理するの？」

「する」

オルガのことは十四年前から知ってるけど、一度だってあたしたちに料理をしてくれたのを思い出せない。「え、なんでいままで知らなかったんだろ」

「きかなかったから、いわなかっただけ」

スープをひと口のんで、オルガがいってないことってほかになにがあるんだろうと考える。あたしが正しい質問をしなかったせいで。

オルガはあたしの真っ白い部屋を見まわして、ぶるっとからだをふるわせた。「ここは寒いね」

「いっつも寒い。夏も寒い」

「だったらなおさらスープだね」

またひと口。

「すごくおいしい。ありがとう」

「もう休みな」オルガがドアのほうに歩いていく。

「オルガ？」オルガがふりかえって目が合う。「ちゃんとした食事がからだを治すなら、心を治してくれるのは？」

「ああ、それならね、最初はちょっとこわれてるって思っても、そのうちきれいさっぱり忘れてなんともなくなっちゃうよ」

「それって経験上？」

「心が傷つくのは避《さ》けられないからね」オルガが意味ありげな目でこっちを見る。

「オルガもリジーがいなくてさみしい？」

オルガが正直な笑《え》みを浮《う》かべる。「知ってるよね、あたしがドラマ好きだって。この家は最近、静かすぎる。あのうるさいのにもどってきてほしいよ」

そういって、オルガは出ていった。

その夜おそく、あたしはリジーの部屋に行って壁《かべ》を見つめた。目に入ってくるものはぜんぶ、あたしが描《か》いたしょうもない森。ホンモノとは似ても似つかないチョウチョ。たれてかわいた絵の具が床《ゆか》でかぴかぴになってる。

この森は、ほんもののかわりになんかならない。
ポケットでスマホがぶるぶるする。

ルカ：部屋の外、見て

あたしはいそいで自分の部屋にもどって、窓の外を見た。ルカが家の前に立ってる。純粋《じゅんすい》な幸せが、罪悪感にふちどられて押《お》しよせてきた。ルカを避《さ》けてた。なんてことしたんだろう。だけどルカはいま、ここにいる。

ルカ：やあ
あたし：やあ
ルカ：返信くれてない
あたし：うん
ルカ：オレくさかった？
あたし：ううん
ルカ：キスがヘタ？
あたし：ちがう

ルカ：わかった
ルカ：ノーズピアスのせいだ
あたし：ルカのノーズピアス好き
ルカ：だったらなんで？

ぜんぶあたしの妄想《もうそう》だったら？　ルカに求められてるって勝手に思いこんでるだけだったら？　チーフのいうとおり、欲望で現実が見えなくなってるだけ？　物語のおわりがどうなるのかなんて、わからない。それがこわい。ルカにすべてをさらけだして無防備になってるような気がする。そんな状態になるなんて、どうかしてるとしか思えない。だけど、問題はそこなのかも。でも、そんなことを伝える勇気はない。ルカがまたメールしてくる。

ルカ：了解《りょうかい》

ルカが帰ろうとする。

「行かないで！」

本心は、毎分毎秒、ルカに会いたかった。会えないほうが、無防備よりイヤだ。

ルカがニコッとして、くちびるにしーっと指を当てる。スマホをもって、またメールしてきた。

ルカ‥なかに入れてくれるってこと?

あたしはできるだけすばやく、足音をしのばせて階段をおりた。ルカは裏口から入ってきた。オルガはリビングのソファでいびきをかいてる。もしかして、寝《ね》たフリしてるだけかもしれないけど。オルガは最初からずっと起きてたのかも。あたしが興味ないと思いこんでただけで。

起きてるとしても、ルカを二階に連れいくのをじゃましなかった。

「頭はどう?」部屋に入ってドアをしめると、ルカはすぐきいてきた。近づいてくるけど、あたしは後ずさりする。ルカの目に明らかに傷ついた表情が浮《う》かんだ。「どうしたんだよ、レン? オレ、なんかした?」

「ううん」あたしは即答《そくとう》した。

「だったらなんで?」

ワイルダーの部屋の窓がこっちにむかってさけんでる気がする。明かりはついてないけど、ワイルダーの言葉が頭のなかにこだましてる。だけど……医者は、脳は主観的だといった。信用できないって。だけど、その声にさからうのがむずかしいときもある。

あたしは目を閉じて、鼓動《こどう》を感じた。

「ルカのこと愛してるみたい」

ルカがほっと息を吐《は》く音がする。「そっか、わかった、それが問題だったのか」

「わかるの？」あたしは目をあけた。

「うん」ルカがにっこりしてる。「だけど心配はいらない。オレらにとって、それは問題じゃない」

ルカがあたしの顔を両手でつつむ。ルカの近さが、ずっとほしくてたまらなかった熱波のよう。「なぜなら、オレも愛してるから、レン・プラムリー」

「そうなの？」

「うん」ルカは、わかりきった事実みたいにいう。空は青い。草は緑。一たす一は二。ルカはあたしを愛してる。ほんとうだってわかる。

「もう避《さ》けるのやめてくれる？」

「ごめん」

「いいさ。オレだっていろんなことから逃《に》げてたから。だけど、もう逃《に》げない。レンに対してもそういうことはしない。信じてくれる？」

自分の心のなかにある答えがわかる。信じてる。「うん」

ルカがいると、ぜんぶがいい感じになる。頭も、心も。白い壁《かべ》がまぶしく光ってとけだしたように見える。この部屋が、はじめてあったかくうるおってるように感じる。

ルカがベッドの上にすわる。あたしもすわって、近くにいるじんじんした感じでつつまれる。もっとあったかく。もっととけて。

「で……オレ、女の子の部屋に来るの、はじめてなんだ。なんかすごく……白い。ふつうどうなのか、知らないけど。うちにあるルールは、『ドアをこわしたり壁《かべ》をぶち破ったりするな』だけ。ほら、オレってルールを守るのが得意だろ。オレの部屋、もう五年もドアがない」ルカがまたあたしの部屋を見わたす。「こわくてなんもさわれない」

あたしはルカにスッと近づいた。「こわがらないで」

ルカが笑う。「それって、この部屋を汚《よご》せってこと？」

それ。あたしの部屋が必要としてるのはそれ。そうすれば、なにかが育つ。命の種を植える場所が必要。ほんとに生きてるもの。壁《かべ》に描《か》かれて、あたしが決めたところで成長をとめる木じゃなくて、窓から枝がせりだして、この家よりもっと遠くまでのびていく木。

悩《なや》むのも心配するのも、もうやめ。不安から生まれるのはさらなる不安だけ。

「ここにいて。すぐもどってくる」あたしはいった。

ルカの近くをしぶしぶはなれて、地下室におりていった。リジーが出ていったあと、絵の道具をぜんぶ地下室にしまった。イーゼルも絵筆も、山ほどある絵の具も、ぜんぶ階段の下に積んであって、何か月もほっぽらかし。一度も見てもいない。

ルカはおなじ姿勢で待ってた。あたしが道具を抱《かか》えてるのを見るといっしょに床《ゆか》にならべてくれた。

「で、どうするの？」ルカがたずねる。

あたしはタンジェリンオレンジの絵の具チューブをあけた。リジーのチョウチョを描《か》くのにつかってた色。指先にちゅーっとしぼりだして、そのままロウソクのロウみたいに床《ゆか》にたらす。ルカもあたしも、オレンジ色が木の床《ゆか》に落ちるのを見つめてた。真っ白な部屋にはじめてついた色。だけど、まだ足りない。

「色をつける」あたしはいった。

タンジェリンオレンジ色にそまった指を、ルカのあったかいほっぺたにすべらせて、色の筋をつける。ルカがニヤニヤ笑いを浮《う》かべる。あたしは思った。色は命を生む。

つぎは、るり色。リジーの凍《こお》りついた森のたそがれの空の色。ルカの反対側のほっぺたにるり色の筋をつける。

「はじめるよ」あたしはいった。

最初はグリーンのシンプルな線。ルカの手が白い壁《かべ》の上を床《ゆか》のほうへとやさしく動いていき、床板《ゆかいた》に絵の具がたれる。なにもなかったところに、ある人の跡《あと》が残る。愛の跡《あと》。あたしの部屋は、そこから広がっていく。

音もなく、色があたしたちのまわりじゅうに広がっていく。壁《かべ》だけじゃなくて、床《ゆか》も、ベッドも。立ち入り禁止の区域はなし。決まったパターンもなし。あるのは、ものおじしない、いまこのときだけ。

ルカとあたしは、最初はゆっくりと、だまったまま色をつけていった。だれにも気づかれないように。だけど壁《かべ》が色でいっぱいになると、もう夢中になってどんどん欲が出てきた。もう、とめられない。

あたしはくるくるまわりながら自由に絵筆を壁《かべ》やら床《ゆか》やら空中やらに走らせる。どこに絵の具がつくかなんておかまいなしに。髪《かみ》からも、指からも、鼻の頭からも、絵の具がポタポタ落ちる。すべてをふりおとして、なんにも気にしないで、キィーッてさけびたくなって、だけどこの瞬間《しゅんかん》をおびやかしたくなくて。いつまでもこうしていたい。ルカに見守られながら、あたしは真っ白だった部屋じゅうに色をまきちらした。

そして、ルカの番。

心の痛みをぜんぶ。おばあちゃんを少しずつ、じわりじわりと失っていく苦しみ。恐怖《きょうふ》。辛《つら》いことがあったときに逃《に》げたくなる気持ち。イヤなところをすっ飛ばしてラクに生きたくなる弱さ。そんなのがぜんぶ、ルカのなかからあふれだした。

必死に生きても実りなんてないように思える人生で、真っ白なキャンバスに色をつけていくことは、失われたもののすべてに対する怒《いか》りをぶつける場所。

ルカは荒々《あらあら》しくて、うつくしい。いまなら手をのばせば、ルカの魂《たましい》を手にすることもできそう。

壁《かべ》から絵の具がポタポタ落ちて、白い部分がほとんどなくなると、あたしは天井《てんじょう》に目をむけた。ハッキリと感じる……冷たい水が落ちてきてほっぺたにあたった。なだれを起こした雪が、とうとうとけはじめた。

あたしはベッドにのぼって、絵筆を手にしてジャンプして、お日さまイエローを天井《てんじょう》にまき散らした。あたしの絵筆はナイフだ。

ルカもベッドに飛びあがった。色をつけていくたびに、天井《てんじょう》の雪がかんぺきにとけて、あるのは空だけ。はじめて、積もった雪のなかから外にはいだしてきたみたいな気分。

すっかり興奮してたせいで、しばらくしてやっと頭がガンガンしてることに気づいた。

思わずベッドにうずくまる。痛みがどんどんひどくなってくる。

ルカはすぐに気づいた。「だいじょうぶ?」

「からだに負担をかけないこと、っていわれてたの忘れてた」

「横になって」ルカがあたしの頭の下にクッションを入れる。「しばらく目を閉じてたほうがいい」

部屋のなかが活気づいてる。ルカの指があたしのおでこの上をすべって、髪《かみ》をやさしくなでる。

「少しよくなった?」

痛みがやわらいできた。ルカの魔法《まほう》。あたしはゆっくりとうなずいた。ルカがとなりにすわる。

「ルカ」あたしはささやいた。ルカのあったかい茶色い目を見つめる。地球の色。「いっしょにいたい。手遅《ておく》れにならないうちに」

そして、ルカにキスした。もう待てない。ルカはいまあたしのとなりにいるけど、明日はいないかもしれない。だって、幸福は長つづきしないし、記憶《きおく》はうすれるし、季節はかわるし、決して死なない森なんてそもそも最初から生きてないから。

ルカにキスしてたら、壁《かべ》がとけてきて、熱が冷たい部屋をあっためて、やがてずっと絵のなかにいた鳥が飛んでいった。

あたしはルカのからだの上にごろんとのっかった。ルカをぜんぶ感じたくて。

「レン」ルカがささやく。くちびるが触《ふ》れあったまま。「頭は？」

「だいじょうぶ。ぜんぜんだいじょうぶ」

ルカがあたしの髪《かみ》を耳のうしろにたくしこむ。「ほんとに？　痛い思いをさせたくない」

あたしはキスで答えた。ひとつのキスがとけてもっとたくさんのキスになり、くちびるだけじゃなく、あたしの両手も、からだごと、ルカを求める。

これが、あたしがほしいもの。もうこわがらない。

あっという間に床《ゆか》にあたしたちの服が散らばって、絵の具だらけになる。だけどルカとあたしはもう夢中で、おたがいをおおいつくしてる。ルカのくちびるがあたしの首を、耳を、鎖骨《さこつ》を移動していく。あたしのむきだしの胸は、ルカといっしょに呼吸している。肌《はだ》と肌《はだ》。人生と人生。

ルカとあたしがいっしょにあたらしいものをつくっていると、草木があたしの部屋のなかで芽吹《めぶ》き、床《ゆか》で色あざやかな花がひらき、空中にチョウチョが舞《ま》いだした。お日さまが肌《はだ》も空もあたためる。森はどんどん、どんどん育ち、どんどん明るくなって、どんどん色とりどりになり、いままで経験したこともないほどあたたかくなる。あたしたちのからだにからまったツタがあたしたちをさらに密着させる。くちびるも、腰《こし》も、両手両足も。すべてが動いている。すべてが呼吸している。すべてが生きている。

そして生まれてはじめて、鳥が窓から入ってくるのがきこえた。自由に飛びながらやさしくて親しげな歌をうたって、その歌が風にはこばれてくる。きこえる。心のなかで、だけど。そしてわかった。とうとうあたしは帰ってきた。

日傘《ひがさ》の女――モネ夫人と息子《むすこ》（1875）

ソングバードへ
前にモネは天才だっていってたよね。いま、やっとわかった。たまに、近すぎて見えなくなることってあるでしょ。アップで見ると、気づくのはひとつひとつの筆さばきだけ。だけど、少しはなれてみると、全体像が明らかになる。どんなふうに画家が入念に色をつけて物語をつくっていったのかがわかる。
そろそろ一歩はなれて絵の全体を見てもいいころだね。

愛をこめて
リジー

レン・プラムリー
20080　21st アベニュー
スポケーン　ワシントン州　99203

34 ほこりだらけの過去

ささやきは、さけびよりイヤ。低い声で発せられた言葉が宙ぶらりんになる。

リジーは、ささやきを残していった。ほとんどきこえない声が、夜のなかに消えた。表面にある痛みが外に出たがってる。激しく振動《しんどう》してる。さけんでいる。気づいてほしくて泣いてる子どもみたいに。胸の痛みよりも最初は痛く感じる紙で切った傷みたいに。

だけど、古い痛みは、深く沈《しず》んで、骨のなかにいすわって、静かになる。かくれてしまう。過去みたいに。

リジーは出ていったとき、なにかをかくしていた。いまならわかる。リジーは風に運ばれてそっと出ていった。あたしを起こさないように。秘密を安全に運びだしたかったから。だけど、あとには混乱が残って、あたしの人生は空中に投げだされて、あたらしい形で着地するのを待ってる。

リジーは、あたしがいつかは逆立ちできるようになると思ってた。ただ、こんな形だとはあたしは思ってなかったけど。

チーフはあたしの部屋を見ても、どならなかった。ささやきのほうがイヤ。

「いったいなにがあったんだ？」

「脳しんとう起こした」そう答えたけど、チーフには効き目なし。「また絵を描《か》きはじめろっていってたよね。だから描《か》いた」

「キャンバスに、って意味だ。部屋にじゃない。めちゃくちゃじゃないか」

「よくなったと思うけど。なんでボイシから引《ひ》っ越《こ》してきたの？」あたしはたずねた。

「はぁ？」

「なんでボイシを出たの？」

「スポケーンで仕事についた。話をすりかえるな」

「ボイシでも仕事あったよね」

「スポケーンの警察署のほうがシングルファーザーにとって条件がよかった」チーフは、絵の具が飛びちった壁《かべ》から目をはなさない。「どうやってもとどおりにすればいいんだ」

「もとどおりにする必要なんかない」

「こんな部屋じゃ暮らせないだろう」

「どうして？」

「ぐちゃぐちゃだ」

「あたしの人生、ぐちゃぐちゃだけど、それでやってる。それのなにがいけないの？」

チーフは認めない。「もとどおりにしなきゃならん。きちんとした状態にする」

「あたしを助けようなんてしないで」そういったら、チーフが口をつぐんだ。「あたし、被害《ひがい》者《しゃ》じゃない。自分でやったんだし」

チーフは真顔でいった。「被害者《ひがいしゃ》じゃないなら、加害者ってことだ」

「つかまえればいいじゃん」あたしは両腕《りょううで》をさしだした。しばられて動けないのがどんな感じか、わかってる。手錠《てじょう》は、この夏の前のあたしの人生の象徴《しょうちょう》にすぎない。ルカにキスするのに両手の自由は必要ないし。

チーフはうんざりした顔でふんっといった。ビールをのんで眠《ねむ》って、ひとがクイズに答えるのを観《み》るという日課をじゃまされた。お決まりの朝。でも、あやまるつもりはない。

「ボイシが恋《こい》しくない？」

チーフがうめく。「ボイシの話をするのはやめろ」

「どうして？」

「過去のことだからだ」

「でも、過去がいまに影響《えいきょう》してるよね。話をして、真実を明らかにすれば……」

「やめろ！」チーフが、もうがまんできなくなってわめく。さけびのあとは、ささやき。「その話はしたくない」チーフがあんまり低い声でつぶやくから、あたしの気のせいかと思ったくらい。「加害者としてあつかわれたいなら、それでいい。外出禁止だ。またかだな。今回はスマホもパソコンも没収《ぼっしゅう》だ。家を一歩も出るな。一週間。鉄格子がなくても拘置《こうち》はできるんだ、レン」

チーフはあたしのスマホとパソコンをもって出ていった。だけど、過去は残ってる。チーフにしてみたらごちゃごちゃでも、あたしにしてみたら傑作《けっさく》。あたししか描《か》けない絵。そしていま、もっと描《か》きたくてうずうずする。

ルカの一部がまだベッドの上に残ってる。床《ゆか》にもしみこんでる。だけど、ルカはもういない。朝はやく出ていった。朝日が出てきてすぐ。あたしたちは床《ゆか》にすわって、今日はじめての光が壁《かべ》にはねかえるのをながめていた。

「すごい、きれいだ」ルカがいった。

だけどあたしの心はひとつの問いで焦《こ》げつきそう。「あたしを見て、なにが見える?」

「キレイだ」

あたしはふざけてルカを押《お》しのける。

「えっ? 本気だ。きみはキレイだ」

ルカは、あたしが知らないあたしの強さに気づいてくれた。もしかしてルカなら、あたしのオーラが見えるかも。たぶんずっと、あたしは自分のオーラを見たくなくて見えなかった。ありのままの自分でいるより、どこかおかしいって思ってるほうがラクだから。

「ね、まじめにきいてるの。なんか見える?」

「じっとしてて」ルカがいう。あたしはじっとした。床《ゆか》に寝《ね》ころがって、ルカがあたしのからだスレスレのところで両手をかざすから、あたしは触《ふ》れられてなくてもルカのぬくもりを感じた。腕《うで》と脚《あし》がぞくぞくっとする。こんなふうに感じたのははじめて。キスよりも直《じか》に触《ふ》れるよりも、期待のほうがずっと強い。

ルカがあたしのくちびるに、からかうようにくちびるをよせる。「気づいた」

「なに?」

ふたりして宙ぶらりんになってるみたいな気がする。

「愛」ルカがいう。「愛を感じる」

「あたしも感じる」

そしてルカは、あたしにキスした。必要なエネルギーをあたしがもってるみたいに。それからルカは、そーっと出ていった。あたしは息ができないほど幸せだった。お日さまとおなじ色のオーラをまきちらしながら、ルカはスケートボードで走り去っていった。

あたしは鏡で自分の姿を見つめた。絵の具でほとんど見えない。黒い髪《かみ》がもつれてからまってる。肌《はだ》も服も絵の具だらけ。だけど、近づいてじっくり見たら、見えた。

肌《はだ》がすけてるみたいに、汗《あせ》とか日焼けとかみたいに、クローバーグリーンのオーラが、うっすらと光ってる。生き生きと、ハツラツと。

ルカのいうとおり。愛の跡《あと》が、夜をとおしてあたしの上に出てきてた。

もうチーフのささやきさえ、あたしの気持ちをダメにしない。好きなだけ、もとどおりにしろっていえばいい。勝手に壁《かべ》をペンキでぬりつぶしてもいい。絵の具のついたシーツや服を捨ててもいい。それでも、そこになにがあるか、あたしにはわかる。ルカといっしょに壁《かべ》に色をつけた夜に生まれたもの。

一生だって閉じこめておけばいい。だけど、だれにも盗《ぬす》めないものがある。くちびるに手を触《ふ》れると、ルカのくちびるの感触《かんしょく》がわかる。ベッドに寝《ね》ころがって、天井《てんじょう》を見つめた。カンペキ。

あるべき姿につくりあげたものを破壊《はかい》しなきゃいけないときってある。それって、チーフがボイシでの生活に対してしたこと？　チーフは未来へと進むために過去を破壊《はかい》したの？　だけど、どうしてアイダホ州を出たの？　なんで友だちも、仕事も、つくりあげた生活も捨てたの？　チーフはママを愛してた。ママよりもほしいものなんてなかった、っていってた。去ったのはママのほうだって。だけど、ママがあたしたちを見つけられるようにしておきたかったら、そのままとどまってたはず。

なにから逃《に》げたの？

あたしの執行猶予《しっこうゆうよ》の場所が、牢獄《ろうごく》みたいに見えてくる。リジーはずっとそう感じてたの？　それが、リジーがポストカードで伝えたいこと？　リジーは自由になろうと決めたの？　あたしに追いかけてこいってこと？

だけど、どこにいるの？　行き先もいわずに出ていったのに、どうやって見つければいいの？

夜になって、やってきたオルガを、チーフはクビにした。オルガはドアのところに突《つ》っ立って、カバンを腕《うで》にぶらさげたままポカンとしてた。あたしはチーフのうしろに立って、なんてことをしちゃったんだろうと思ってた。あたしのせいで、オルガを失業させちゃった。スープまでこしらえてくれたのに。

「信用して家のなかのことを任せてたのに残念だ」チーフがいう。

「十四年間、この家に来てたんです。一回も休んだことはありません。時間におくれたこともない。いわれたとおりにしてきました」オルガがさらりという。

「残念だがしょうがない。これがいちばんなんだ」チーフがいう。

オルガはこっちに近づいてきて、指をチーフの顔にむかって出した。「何年間も子どもたちのめんどうをみてきました。いろいろわかってます。知ってることもたくさんあります。あなたは自分のしてることがいちばん正しいと思ってるでしょうけど、それは親のかんちがいってもんです」

チーフはぶっきらぼうにきいた。「どういう意味だ？」

「自分にとってのいちばん？」それからオルガはあたしを指さす。「それともこの子にとって？」オルガがチーフにこんなふうに逆らうのをはじめて見た。あやまりたい。ぜんぶあたしのせいだっていいたい。だけど、言葉が出てこない。

チーフがそっけなくオルガに小切手をわたす。「二週間ぶんだ。元気で」

オルガは玄関《げんかん》から出ていくときにいった。「ああなるのが自然だったんです。あの子がいつまでもおとなしくここにいるはずがなかった。どんなに強制してもね」

「いままで食べたなかでいちばんおいしいスープだった」あたしは、玄関《げんかん》前の踏段《ふみだん》をおりるオルガに声をかけた。オルガは最後にふりかえってあたしを見た。ああ、オルガはきのうの夜、ルカがあたしの部屋に来たとき眠《ねむ》ってなかった。あたしのために、オルガは犠牲《ぎせい》になってくれたんだ。

きっと、リジーにもおなじことをしたんだろう。

その夜おそく、家がしーんとすると、オルガの沈黙《ちんもく》ってかなりうるさかったんだと気づいた。あの音が、もう恋《こい》しい。


チーフはその週ずっと、仕事を休んであたしを見張った。仕事にもどるときはどうするつもりかってたずねると、返事をさけて、なんとかするとだけいった。

あたしはシーツを洗ってできるだけ部屋をきれいにした。だけど、色は残ってる。壁《かべ》にも家具にもしっかり定着してるし、爪《つめ》にも入りこんでる。チーフはあたしを閉じこめることはできても、色はついてしまってる。あたしのなかにも。

あたしたちはだまったまま『ホイール・オブ・フォーチュン』を観《み》る。ソファにすわって、あたらしい現実を抱《かか》えながら観《み》てる。何年間もあたしは、ひとのパズルしか見てなかった。ほんとは自分の人生とか、この家とか、チーフとか、リジーとか、そっちをなんとかしなくちゃいけなかったのに。あたしたちこそ、だれも解きたがらないパズルみたいなもの。だけど、それをリジーは解いた。いまならわかる。

チーフもあたしも、かくしごとをしてる。チーフがあたしをじっと見る目も、家のなかを静かに歩きまわる足音も、なんてことない質問もさりげない会話も……ぜんぶ、かくれんぼ。まだ、どっちがオニなのか、わかんないけど。

だからあたしたちは、ささやきのなかにかくれてる。

チーフは夜、眠《ねむ》れないらしい。廊下《ろうか》を歩いたり、キッチンで水をのんだり、テレビを観《み》たりしてる音がする。なにかがチーフの目をさましつづけてる。とぎれとぎれにしか眠《ねむ》れなくて、ここで二時間、そこで三時間みたいに、ちゃんと休めないままいつもなにかが気になってる。あたしも出ていっちゃうんじゃないか、心配してるみたいに。それとも、なにかがもどってくるんじゃないか、みたいに。

だけど、もうもどってきてる。あたしにはわかる。

あたしはチーフが午後の昼寝《ひるね》をしてるあいだに暗い地下室におりていった。

フリをしようにもできないエリアってのがあるの。リジーの言葉が心のなかにこだまする。リジーに会わなくちゃ。

地下室の暗いすみっこに箱が積みかさなってた。クモの巣を払《はら》いのけて、防寒具とかクリスマスの装飾《そうしょく》とか古いＤＶＤとかに埋《うず》もれてる箱をあさる。中身がなにか書いてない箱が、いちばん奥《おく》にあった。

やっと写真を見つけたとき、あたしはほこりだらけで髪《かみ》の毛にクモの巣がからまり、指がべとべとだった。だけど、だれだって断崖《だんがい》のギリギリまで来るには犠牲《ぎせい》を払《はら》う。両手両ひざをついてはいながらやってきて、ゆっくりと下をのぞきこむ。

そんなふうにして、あたしは箱をあけた。ゆっくり。

なにを期待してたのかはわからない。地下室に閉じこめられた愛がどんなふうに見えるか、かも。心のどこかで、きちんと整理されてるアルバムみたいなものを求めてたのかも。愛ってそんなふうにあつかわれるべきだって。だけど、愛ってそんなもんじゃない。汚《よご》れてたりごちゃごちゃしてたり想定外だったり。ときには手に負えなくなって、地下室の奥《おく》にほっぽらかされたりもする。必要になったらいつでもここにあるからね、みたいに。

ルカもあたしも、ちゃんとわかってる。だれも思い出が消えちゃうとは思ってないから、雑にあつかって、たいせつにしまっとかなきゃいけないのにぽいっとそこらへんにほうっておく。

すぐには見つからなかった。心臓をばくばくさせながら、自分とリジーとチーフの写真を順番に見ていく。スポケーンに来たばかりのころのあたしたち。クリスマスに制服姿のチーフ、幼稚園《ようちえん》初日のリジー、リジーの授業参観のチーフ、クロエとブランコに乗ってるあたし。独立記念日にクロエの家の庭でバーベキュー。もちよりテーブルにツナのキャセロールがのってるのを見て、思わずクスッと笑う。

ちょっとのあいだ、目的を忘れて見入った。古い写真って、そういうもの。

箱の奥《おく》に手をつっこむと、ほこりが舞《ま》ってくしゃみがとまらなくなった。リジーとあたしは、ママを見つけるのはそうかんたんなことじゃないとわかってた。傷だらけになって服が破れる覚悟《かくご》が必要。

ごちゃごちゃのなかから引っぱりだした一枚の写真に、ママはいた。あたしとおなじ髪色《かみいろ》——暗い色でほとんど黒——で、あたしとおなじ緑色の目。っていうか、なにもかもがあたし。ずっと、ママと似てるのはリジーだと思いこんでた。茶色いサラサラの髪《かみ》に、しめった土みたいな目で、お日さまみたいな色の肌《はだ》。ママは自分にそっくりなリジーを愛してるんだって。リジーにはお日さまを与《あた》えて、あたしにはなんにもくれなかったんだって。だって、花とはちがって子どもは水をあげなくても育つから。

だけど、あたしはママの生き写し。

上から足音がする。あわてて箱を閉じて、もとの位置にもどした。そのとき、セーターが目に入った。襟元《えりもと》に花の刺繍《ししゅう》があるグリーンのセーター。

リジーが、庭を着てるみたいでしょといってたセーターだ。

「花が首にからみついてるみたいな感じ。ステキじゃない？」リジーは、今年の春に古着屋でこのセーターを見つけたとき、そういってた。「この穴、どうやってあいたんだと思う？」そういいながら、ひざのところが破れてるジーンズを指さす。リジーにはサイズが大きすぎるジーンズ。

どうやってあいたかなんて、わかるわけない。

「スカイダイビング？」リジーがいう。

「そんなこわいことしないでしょ」

「プロレス？」

「ジーンズはいてレスリングなんてしない。つまずいて転んだんじゃないの？」

「ソングバード、ちがうんだって。みんな、ほんとの話から逃《に》げてるんだよ」

あたしはリジーのセーターを手にとった。リジーがここに来てたんだ。出ていくちょっと前に。

「レン？」チーフの声が階段の上からきこえる。写真はポケットにつっこんだけど、セーターはそのままにして、階段をかけあがる。チーフに、ほこりだらけの過去をあさってたことがバレないうちに。

35 ムーンズオーバーマイハミー

チーフはまた昼寝《ひるね》をしてる。家の前でローラースケートの練習をしてたら、ベイビーガールが来た。

すぐにピンときた。なんか、おかしい。

「レイアとなんかあった？」あたしはたずねた。

ベイビーガールが首を横にふる。しめったブランケットみたいに、疲《つか》れがベイビーガールにべっとりはりついてる。「レイアは今日仕事。ルカも。ルカはかわったね。わかるよ」それをきいて、あたしはにんまりした。「ついに自分から逃《に》げるのをやめたんだね」

「逃《に》げるのにあきてきたみたい」

ベイビーガールはふーっと息を吐《は》いた。わかるにもホドがある、みたいに。

「回転木馬のなにが問題か、わかる？」ベイビーガールがたずねる。

「えっ？」

「いざというときにどこにも行けない」

「たしかに」

「いままで、ぜんぜん気にならなかった。だけどあと一回でもあの曲をきいたら、ギャーッてさけんじゃいそう。べつのバイトさがさなきゃ」

「そっか」

「あとわたし、チャイティラテが好き。そればっかのんでる。すっかりお気に入り」

「それはよかった」

ベイビーガールは剃《そ》りたての頭に手をすべらせた。「あと、髪《かみ》がないのも気に入ってる」

「その頭、似合うよ」

ベイビーガールはうなずいた。「きらいなのは、スキニーデニムと、コーデュロイのパンツがこすりあわさる音と、『類は友を呼ぶ』ってことわざ。失礼だから。あと、心理学を専攻《せんこう》したいかも。人格をいろいろ試《ため》したから、人間についてたくさん知ってる気がするし」

「すごい進歩だね、ベイビーガール」

「ありがと。だけど、来た理由はそこじゃない」

ベイビーガールはつぎの言葉が出てこなくて苦労してる。喉《のど》のところに言葉がつまってる。

この表情、チーフがしてるのを何度も見たことある。

「ルカから部屋のこと、きいた」ベイビーガールがいう。

「チーフがキレちゃって。ちょっとやりすぎたかも」

「思い切って船から飛びおりるしか選択肢《せんたくし》がないときもあるよね」

「チーフはそうは思ってないから」

「それは、チーフが船長だからだよ。レンを救うのが任務だから」

「あたし、救ってもらう必要ないし」

「だまっておぼれるのを見てろって？」

「だけど、船が沈没《ちんぼつ》しようとしてたら？　生き残るには飛びおりるしかなかったら？」

「えっとさ、考え方、逆かもよ。チーフがレンに、救ってもらう必要があるんじゃないの。船長は船を守らなくちゃいけないから。レンのほうが、チーフを説得してルールをムシしていっしょに飛びおりようっていうべきなんじゃないのかな」

そんなふうに考えたこと、なかった。

「ベイビーガール、心理学を専攻《せんこう》すべき。きっとむいてる」あたしはいった。

「ありがと」

ベイビーガールの話したいことが、だんだん表面に出てきた。

「で、なに？」あたしはたずねた。

ベイビーガールがとうとう口をひらく。「助けてほしいんだ」そういって、ふーっと長く息を吐《は》く。「父さんが……父さんが、死にそうで」

「えっ？」

「どうやらね、この前の面会に来なかったのは、ステージ4の肺がんで入院してるからだったらしい。母さんは会わないって。ひとりで死ぬのがお似合いだっていってる。病院に連れてってくれない」

「どこの病院？」

「カー・ダレーン」

車で四十分くらいだ。

「レイアは？　レイアなら車もってるよね」

「たのめない」

「ふたり、なんかあったの？」

「ううん。だけど、レイアは知らないから」ベイビーガールは地面を見た。「わたしの過去のこと。それにわたし、いいたくない」

「どうして？」

「何度自分のせいじゃないっていいきかせても、頭の片すみで、おまえがわるいって声がする。それにもし話したら、わたしを見る目がかわるんじゃないかってこわい」

わかる。

「ベイビーガールのせいじゃない」あたしはそっといった。

「いまはそういう問題じゃなくて。たぶん母さんのいうとおり。父さんは、ひとりで死ぬのがお似合い。だけど、死ぬ人がだれかは関係なくて。最後にひと目会わなかったら、この先自分を保てる自信がない。あんなヒドいヤツなのに。だれでも、ひとりくらいクズが必要なんだよ。わたしの場合、それがアイツ。おわかれをいわなくちゃ」

きっともうすぐチーフが起きてきて、家のなかをパトロールする。

「ほんとに死んじゃうの?」

「レン、だれだって死ぬんだよ。だけど、アイツの場合はその時期がせまってる」

「うちのパトカー、貸してほしいってこと?」

「わたし、運転できない。もともとむいてないし、忘れちゃってる」

「じゃ、あたしに運転して連れてってほしいってことだね」

ベイビーガールの表情には罪悪感が混ざってた。あと、期待。「前に、なんかあったらいってって……」

免許《めんきょ》とりたて。しかも、この前脳しんとう起こしたし。

「やるよ」

「ほんと?」

「死ぬのって一回だけだし。車を盗《ぬす》む価値ありだよね」

病院は、消毒薬みたいなにおいがした。ベイビーガールがお父さんの病室にいるあいだ、あたしは廊下《ろうか》のいすで待ってた。ついていこうかっていったら、ひとがいないほうが正直になれるっていわれた。ひとりでやらなくちゃ、って。

あたしは何度も自分にいいきかせた。車は盗《ぬす》んでない。だってあたしのものだし、すぐに返すつもりだし。

一分、一分と時間がすぎていく。そして一時間がたった。死にそうな人とのおわかれって、どれくらいで気がすむもんなんだろう。その場を去ったら二度と会えないってことだ。最後のおわかれは、急いじゃいけない。

後悔《こうかい》はしてない。ベイビーガールにはあたしが必要だった。そしてこの夏まで、そんなふうに感じたことは一度もない。

三時間がたったころ、ベイビーガールは出てきた。涙《なみだ》のあとはないけど、ちょっと青白い。

「〈デニーズ〉に行こう」ベイビーガールがいう。

で、あたしはベイビーガールをデニーズに連れてきた。

ベトついたブースに入って、ベトついたメニューをウェイトレスから受けとる。ウェイトレスが水の入ったコップをふたつ、おいていく。ここに来るまで、あたしたちはしゃべらなかった。パトカーのエアコンがこわれてたから、窓をあけて風の音をきいてた。

「ムーンズオーバーマイハミー？」あたしはたずねた。

ベイビーガールは上の空だ。「父さんが注文するからしてただけ。だけど内心いっつも、オエーってなってた。父さんのためにムリして食べてた。っていうか、お腹《なか》すいてないし」ベイビーガールが深呼吸する。

だよね。死っていうのは、人を消耗《しょうもう》させる。

ウェイトレスがもどってくる。「ご注文お決まりですか？」

「なんにもいらない」ベイビーガールがいう。

「だったらどうして来たんです？」

「メニュー見るため。いまなら選択肢《せんたくし》があるから」ベイビーガールがウェイトレスにいう。

ウェイトレスがこまった顔であたしのほうを見る。

「お金もってないんです」あたしは申し訳なさそうな顔をした。

「タダの水でごゆっくり」ウェイトレスは去っていった。

「で……食べたくなりそう？　ムーンズオーバーマイハミーだけど？」

「ノーって答えたいけど、憎《にく》しみって愛とおなじくらい喪失感《そうしつかん》があるものだから。どっちも、なくなると回復不可能な跡《あと》が残る」ベイビーガールはメニューを熟読してる。「どうしたって味を忘れられないんだよね。意味、わかる？」

「えっと……二度とデニーズでは食べられないってこと?」

ベイビーガールがいすの背にもたれる。「レン、わたし、そんなふうに生きていきたくない。避《さ》けつづけるなんて……たぶんずっと、そうやって生きてきたんだよね」

沈黙《ちんもく》がつづく。テーブルの上に子ども用のクレヨンがおいてある。あたしはウェイトレスにたのんで紙をもらって、マルバツゲームの線を描《か》いた。

「マルとバツ、どっち?」ベイビーガールにたずねる。

「バツ、かな」

一回戦は引き分け。あらたに線を引いたけど、おなじ結果になった。もう一回、もう一回とつづけても、いつも引き分け。

「ふたりとも、大人になりすぎたのかも」ベイビーガールがいう。「どっちも勝てないね」

「勝ち負けの問題じゃないから。ただの気晴らし」

「えっと、だったら……」ベイビーガールがまた線を引く。紙が気晴らしだらけになった。

「講義やらテストやらをさんざん受けて、親しか車にのせないのってヘンじゃない?」ベイビーガールがいいながら真ん中のスペースにバツを書く。

「チーフはいっつも、車は凶器《きょうき》だって言ってる」あたしはマルを加えた。

ベイビーガールが上段の右にバツを書く。「親ってそういうもんだから」

返事が思いつかない。そのとおり。

また引き分け。

ウェイトレスがもどってきた。「注文するの、しないの？　もうすぐシフトおわりなの」

「いちばん人気のメニューってどれ？」ベイビーガールがたずねる。

「ムーンズオーバーマイハミー」

ベイビーガールがあたしを見た。「やっぱね」

「一日じゅう、ここにすわってられないでしょ」

「ううん、すわってられる」ベイビーガールがいう。「二十四時間営業でしょ。その気になればここに住める」

「デニーズなんかに住みたい？　こんなクソみたいな場所に？」

ベイビーガールがニヤッとする。「そっか、だからうちのクソオヤジはわたしをここに連れてきたのか。しっくりくるんだね」

そして、ベイビーガールはめちゃくちゃに笑いだした。内臓の火山が爆発《ばくはつ》したみたいにゲラゲラ笑いがとまらない。涙《なみだ》をぽろぽろ流しながら頭をのけぞらせて笑ってる。こんなベイビーガール、はじめて見た。笑いがベイビーガールを粉々にして、きれいなかけらになる。

ウェイトレスは、ひとりの女の子が自分の目の前で生まれかわるのを見ているとは気づいてない。死とクソのあいだで、ベイビーガールは瓦礫《がれき》から再生した。

笑いがおさまってくると、ベイビーガールのほおを伝う涙《なみだ》があたらしいかがやきをはなち、瞳《ひとみ》は見たことがないような光をちらつかせていた。ベイビーガールがウェイトレスにいう。

「これで帰れる。水、ごちそうさま」

あたしたちはパトカーにもどると、窓をあけて、デニーズを出た。ベイビーガールはおだやかな表情を浮《う》かべてた。

「大学の近くにアパート借りるか寮《りょう》に住むかのどっちかにしよう。たぶん来週あたり、レンとレイアとわたしで、買いものに行けたらいいな。どう？」

「うん」

「それから、レイアに話す。父さんのこと。知っとくべきだから」

「うん、いいと思う」

数分後、ベイビーガールがいった。「レン、ありがとう」

なんて答えればいいかわからない。

「許すっていったんだ」ベイビーガールがいう。

「えっ、そうなんだ？」

ベイビーガールがゆっくりうなずく。「アイツのためじゃない。自分のため」ベイビーガールはシートから浮《う》かんでるみたい。見たことないほど身軽そうで、着ていたものが一枚ずつはがされて、皮膚《ひふ》一枚しか残ってないみたい。なんにもかくしてない。「許さなかったら、ずっと支配される。アイツがわたしの物語になっちゃう。死んだあともずっと。そんなの、イヤだから。だけどいまは……生まれてはじめて自由な気分」

「リジーがいつもいってた。自由は名詞であって動詞じゃないって。自由する、はムリで、自由をもつ必要があるって」

ベイビーガールは目を閉じてお日さまをからだのなかにとり入れた。かがやきがベイビーガールをつつんで、うす紫色《むらさきいろ》のうつくしいきらめきをはなってる。

「オーキッド」

「えっ？」

「ベイビーガールのオーラの色、オーキッドだね」

ベイビーガールがほほ笑《え》んで、あたしもにっこりした。風が車をふきぬけるように、時間がすぎていく。

「リジーもここにいればいいのに」ベイビーガールの口調がかわる。日ざしが影《かげ》にさえぎられて、車内の温度が下がる。「レン？」

「ん？」

「父さんから毎月お金もらってたって話したよね？」

「うん」

「なんかね……汚《よご》れたお金の気がして、つかったことないんだ。ずっととっといたの」

「やっとつかう気になった？」

ベイビーガールと道路を同時に見るのはムリ。

「リジーにあげた」

アクセルから足がはなれる。「えっ？」

「お金をあげてリジーが出ていくのを手伝った」

サイレンがひびいてきて会話に割りこんでくる。バックミラーに、青と赤の光がぐるぐるまわってるのがうつってる。深いところから引きだされてきたものがある。

記憶《きおく》。

ソングバード、うたって。リジーが小さい声でせがむ。夜になるといろんな話をしたがるヴィジョンから気をそらして。

だいじょうぶだよ、リジー。太陽はどこかに行っちゃったりしないんだから。

レンが何度もいってくれないと忘れちゃうの。

リジーはあたしの手を自分の冷たい手でつかんだ。あたしはうたいだした。

ユー・アー・マイ・サンシャイン……。

「レン」ベイビーガールの声が耳元でひびいて、頭のなかのリジーの姿が風のなかにとけて消えた。あたしはゆっくりとブレーキを踏《ふ》んで、道路わきにパトカーをとめた。そのまま待つ。

ベイビーガールとあたしはシートでかたまってた。

警察官が近づいてくる。

ベイビーガールがささやいた。「ウソついててごめん」
クロエのお父さんが窓からのぞきこんできた。「降りなさい、レン。逮捕《たいほ》する」

36 二度とフリはしない

クロエのお父さんがベイビーガールを家の前で降ろすとき、あたしはたずねた。「名前はどうするの？　ベイビーガール以外の名前、考えてもいいんじゃないかな」

「もしかして怒《おこ》ってる？　ごめんね、レン」

「ちがう。自分のことに集中して」

「リジーなんてどうかな」

だけど、それ以上話してる時間はなかった。

帰ると、チーフは首の血管が浮《う》きあがるほどキレてた。あたしはクロエのお父さんのあとからとぼとぼなかに入った。

あたしの人生って、いわゆる鳥かごなんじゃないかって気がしてきた。チーフの手でつくられた鳥かご。

「ありがとう、フィル」チーフはなんとか冷静にいった。

「どういたしまして。じゃ、試合で」クロエのお父さんがいう。

ふたりきりになると、冷静さなんてふっとんでいった。

「門限を破ったかと思ったら、部屋をめちゃくちゃにして、今度はこれか。いったいどういうつもりだ？」

「ベイビーガールがあたしの助けを必要としてたから」

「なんのためだ？」

「ムーンズオーバーマイハミー」

「デニーズに行くために父親を裏切ったのか？　どうかしちゃったのか？」

「だといいけど。いまのところマトモだけど、自分の見てるものがほんとかどうかは自信ない」

「何度いえばわかるんだ？　車は凶器《きょうき》だ。銃《じゅう》よりもたくさんの人を殺してるんだぞ」

「沈没《ちんぼつ》する船に残っても死ぬよ」

「なんの話だ？」

「ときには法律を破る価値があるんだよ」

「ない」チーフがキッパリいう。「みんながそんな考えになったら、秩序《ちつじょ》が乱れ放題だ」

「少しくらいの混乱、なにがわるいの？」

チーフがふんっという。「法律はひとを守るためにあるんだ、レン。従わなきゃいけない」

「ルールなんてどうでもいいよ、チーフ。ね、沈没《ちんぼつ》する船からいっしょに飛びおりよう」

だけど、そんな話し合いは意味ない。結論なんか出ない。チーフもあたしもマルバツゲームをしてるけど、どっちもずる賢《がしこ》くて負けないから、どんどんあたらしいゲームをつくりだす。壁《かべ》を高くして、動きを封《ふう》じこめてる。

「自分の部屋に行け」チーフがいう。

「わかった。だけど、永遠に閉じこめとくなんてできないからね」

そのうち勝者が決まるか、どっちかがゲームからおりる。

ワイルダーがもどってきた。今度は部屋のなかにふいに出てきた。外は暗くて、時間なんて存在してないみたい。

「どんどんコントロールできなくなってくる」ワイルダーがいう。

「わかってる。自分でも感じる」

「まだいまならやめられる」

「どうかな」

「レンにはムリだ。ひ弱だから」

「ちがう」あたしはキッパリいった。

「いいや、ひ弱だ」ワイルダーもキッパリいう。「レンはこわれてる。これからもずっと、こわれたままだ」

「だからって、ひ弱ってことにはならない」思ったより弱々しい声。

ワイルダーがあたしの部屋を行ったり来たりする。重たくて押《お》しつけがましい足どり。「見てみろよこの部屋、こんなにめちゃくちゃにして。どんどんひどくなる一方だ」

「めちゃくちゃじゃない」

「めちゃくちゃだ」

あたしは手をぎゅっと握《にぎ》りしめた。「きれいだと思ってる」

「レン、頭がまともに働いてないんだよ。信用できたもんじゃない。この部屋に来ればだれだって、めちゃくちゃだって思うはずだ。自分をごまかすな」

「ルカはそうは思ってない」

「その話ならもうしたはずだ。ルカはそのうちいなくなる」

「ルカはあたしを愛してる。あたしもルカを愛してる」

「チーフもきみのママを愛してた。なのにどうなった?」ワイルダーがいう。「きみを助けたいんだ。正直にいう。レン、きみはかわってる。前からずっとだ。生まれつきかわってるんだ。どこにも属してないし、これからだってずっとそうだ」

「あなたのいうことなんかききたくない」あたしは耳をふさいだ。

「そんなかんたんにきこえなくならないよ」

「消えて」

「自分で消せよ」

ワイルダーは窓辺に立ってる。はじめてワイルダーを見たときあたしが立ってた場所。ワイルダーの部屋がよく見える。夜の闇《やみ》がワイルダーのからだに影《かげ》を落としてる。だけどあたしは、もう前とはちがう。あたしはかわった。

「ほらね、できないんだろ。ぼくを追い払《はら》うような強さは、きみにはないんだよ」ワイルダーがいう。

怒《いか》りとイライラでからだがかたくなる。

「レン、やめろ」ワイルダーがいう。

「しなきゃいけない」

「いや、まだ時間はある。いまならまだ、もとにもどれる。前のほうがよかっただろ。きみとぼくだけの世界だ。おぼえてるだろう？　安全だった。またあんなふうになれる。まだ間に合う」

「もう遅《おそ》い」

「ほんとうにぼくたちはおわりになっちゃうんだよ。そんな心の準備、できてるのか？」

答えられない。

「混乱してるんだよ。なにがほんとかもわかってない。どうかしちゃってるのかもしれない。

ひとにバレたらどうなると思う？　みんな、いなくなる。だれもきみを求めないだろう。本気でかわったとでも思ってるのか？　きみはかわってない。前とまったくおなじだ」

「やめて！」あたしは目を閉じてさけんだ。涙《なみだ》がほおを伝うのがわかる。「もうあなたの話なんかきかない。やらなくちゃ。それで失敗してもかまわない」

「ぼくにそんなことができるのか？　ぼくたちに？」ワイルダーがささやく。

「消えて。いますぐ」

「レン、きみは強くない。きみにはぼくが必要だ」

心臓がばくばくしてる。あたしは勇気をふりしぼって、涙《なみだ》でにじんだ目でワイルダーを見た。

「あたしたちは、おなじじゃない。あなたはオーラがない。これからもずっと」

「やめろ」ワイルダーがいう。

これが愛のいちばんつらい真実。みにくくて、こわれてて、ごちゃごちゃ。いちばんさみしい部分。

だけどあたしは、自分のすべてで真実に耳をかたむける。

ほかのひとを愛するのはかんたん。むずかしいのは、自分自身を愛すること。

「あたし、強いから」

窓から風がふいてきた。

そして、ワイルダーは消えた。

鏡にうつった自分を見つめる。クローバーグリーンのオーラがきらめいてるのを、少しはなれて見る。これがリジーのいってたことだ。全体像をはっきりと見る必要があるって。

目の前に、ベイビーガールがいってたみたいに、こっちを見つめ返してる自分がいる。涙《なみだ》がほっぺたをつーっと流れた。

だけどごちゃごちゃの部屋のなかでこっちを見つめてるのは、あたしがずっと見たかったもの。

愛。

37 スリーストライク

ソフトボールの試合もこれでシーズン最後。今日は家族も全員出場できる。チーフのツナキャセロールはもちよりテーブルの日当たりのいい場所で、オニオンディップやらフライドチキンやらスイカやら手つかずのスティック野菜やらとならんで汗《あせ》をかいてる。料理にハエがたかってるけど、ブロッコリーには虫もよりつかない。去年も、その前の年もそうだった。なにもかわってないように見えるけど、ほんとはなにもかも前とはちがう。

あたしは試合に出ることに決めた。あたしが短パンとタンクトップ姿で階段をおりてくると、チーフはびっくりぎょうてんしてた。

これまでずっと、リジーとあたしは試合に参加しないでタンポポをつんでた。ブーケや花《はな》冠《かんむり》をつくるほうが、ホームランを打つよりいいと思ってた。リジーはあたしの腕《うで》をもって、タンポポをなすりつけて黄色く染めた。「どう、ソングバード？　これでお日さまといっしょにいられるよ」

あたしはリジーにされるがままになって、顔やら腕《うで》やら脚《あし》やらにタンポポをなすりつけられた。あたしはからだじゅう黄色くなって、くしゃみを連発した。クロエのお母さんがこちらを見て、ほかのおばさんたちにむかってあたしたちの「奇行《きこう》」の話をしてた。シングルファーザーの娘《むすめ》はやっぱり母親がいないのが行動に出るとかいって。

家に帰るとすぐ、チーフにシャワーを浴びろといわれた。黄色い水が流れて消えて、キャンバスがまた空白になった。つぎの夏にまた、リジーがあたしの肌《はだ》に真実をぬりたくるまで。

いま、あたしはタンポポを腕《うで》になすりつけて、黄色い筋をつけてから、まぶしい太陽を見た。あっちにもこっちにも光の筋がチカチカしてる。あたし、生きてる。まぶしさに目を細めたけど、もう目をぱっちりひらかなくちゃ。

どんなアーティストもどこかの時点で手をとめる。最後の筆さばきで、絵が完成する。もうもどれない。前に進むたったひとつの方法は、真っ白なキャンバスにあたらしい物語を描《えが》くこと。

「レン！」チーフの声でビクッとした。ベンチに手招きしてる。あたしたちの攻撃《こうげき》の番だ。

夏のはじまりにはなかった筋肉がついてきて、ラクラク走れる。ローラースケートをはくとまだ不安定だし、ローラーダービーに出たらたぶんケガするけど、それでいい。痛みは進歩の一部だ。

クロエも、あたしがかわったのに気づいて、走ってすれちがうときに疑わしそうな目でこっちを見た。夜勤チーム対日勤チームで、あたしたちは敵チームでプレイしてる。みんながソフトボールしてるあいだはだれがスポケーンの安全を守ってるのかとたずねたら、チーフは答えた。「新人」

逮捕《たいほ》されるなら今日だったな。

クロエが試合の前に近づいてきた。ブロンドを三つ編みにしてうしろに長くたらしてる。

「車、盗《ぬす》んだそうね。だいじょうぶ？」非難がましい口調でいう。

「たぶん。それに車は盗《ぬす》んでないし。あたしの車だから」チーフはあのパトカーをいまは警察署にとめてる。あたしに返してくれるかどうかは決めてないみたい。

「ベイビーガールとふたりでなにしてんの？」

「関係ないよね」チーフにもほんとのことはいってない。クロエに話すつもりはない。

「本気でいわないつもり？」

クロエのどうしても情報通でいたがるところ、ほんとに意味不明。ベイビーガールのお父さんのことなんて、クロエに知る権利はない。ベイビーガールが死とクソのあいだに自由を見つけたことも。

ベイビーガールがお父さんのことをいってた言葉がよみがえってくる。だれでも、ひとりくらいクズが必要なんだよ。そっか、あたしにとって、それがクロエなんだ。

「なんで笑ってるの？」クロエがつめよってくる。服やら顔やらにそわそわと手を走らせながら。

「べつに」

クロエはイライラしてくちびるをとがらせてる。クロエの口が、クズ、クズ、クズって形に見えてくる。思わずクスクス笑っちゃう。

「やめなさいよ！」クロエはもうカンカンだ。

だけど、おもしろいんだもん。なんだか、あたしたちの関係が入った瓶《びん》を夏じゅうシャカシャカとふって、いま栓《せん》をぬいたらビシャーッて飛び散ったみたい。もうとめられない。もとにもどすなんてムリ。瓶《びん》からあふれだした。

「レン、ひとを笑うなんて失礼よ。お母さんからそう教わらなかった？　あ、そっか。お母さんいないもんね」クロエがずんずん去っていく。

そしてまた、攻守交代《こうしゅ》であたしたちはすれちがった。クロエがあたしをにらみつける。どんなにクズか、わかってない。

雲が通過して、太陽が見えかくれする。やさしい風がふいている。

試合は五回で、三対三の同点。ビックリもしないけど、チーフはこっちのチームのキャプテンで、打順を大声でさけんでる。スポケーン・レクリエーション・ソフトボールのルールブックをはさんだクリップボードをもって、何度もチェックしてる。

この回、あたしの打順は四番目。いまのところ、二回まわってきて二回とも三振《さんしん》。チーフはそりゃそうだろうって顔をしてるけど、あたしがバットを引きずってベンチにもどると、肩《かた》をトントンたたいてはげまそうとした。あと、批評もする。

「つぎは球から目をはなすな」

「ほんの一拍《ぱく》、ふりおくれてるんだ」

「レン、バットを短くもて」

「あんまりストライクゾーンギリギリにかまえるな」

まずはマッギー警官がシングルヒットで出塁《しゅつるい》。

母親が警官で中学生のサバンナ・ウォルシュが、一塁《いちるい》まで走ってるときにアウト。

ミセス・マーロウが三振《さんしん》。

チーフがさけぶ。「おまえの番だ、レン！」

あたしはのろのろとバッターボックスにむかった。チーフがついてきてすぐうしろに立つ。

「いったことを忘れるな。球から目をはなすな。ひざを軽く曲げて、下半身がブレないようにしろ」

ピッチャーが目を細くしてこちらを見つめる。味方がベンチから声援《せいえん》を送ってる。クロエはレフトにエラそうに立って、どうせ自分のとこまで飛んでこないみたいに余裕《よゆう》で腕《うで》を組んでる。でもクロエは、あたしが夏のあいだにどれだけからだをきたえたか、知らないから。

最初の球が飛んできた。バットをふったけど、当たらない。

「それでいい」チーフがうしろでさけんでる。「イメージをつかんだだろう」

あたしは立ち位置を調整した。

「もう少し足をひらけ」チーフがいう。あたしは少し足をひらいた。「バットを短くもて、レン」

バットを握《にぎ》る手を少し上にすべらせる。

「よし、球をよく見ろ」

球が飛んでくる。足を踏《ふ》んばって、しっかりバットを握《にぎ》って、よーく球を見る。空ぶりして、もう少しで転びそうになって、チーフが支えてくれる。クロエの笑い声がこっちまできこえてきて、イラッとする。

「もう一度やってみろ」チーフがいう。あたしはチーフの腕《うで》からぐいっと身を引いた。

「いちいち指図するのやめて。あたしの好きなようにやらせて」

「アドバイスしてやってるだけだ。よかれと思って」

「よくない。助けはいらない」あたしはバットを握《にぎ》りしめた。「自分でなんとかするから」

「この夏ずっと自分でなんとかしてたみたいにか?」

チーフはわかってない。ルールやら法律やら手錠《てじょう》やらにたよりすぎてるから。自分がこわいから、ひとをおさえつけてる。仕事だからだと思ってたけど、リジーはわかってた。チーフは内心、こわくてしょうがないんだ。

だけどいまは、チーフとケンカしてる場合じゃない。そのうちちゃんとぶつからなきゃいけないけど、今日じゃない。腕《うで》についた黄色い筋に目がとまる。真実を描《か》かなくちゃいけない。少しずつ、ひと筆、ひと筆。

球が飛んできた。高く弧《こ》を描《えが》いて、ストライクゾーンからかなりはずれてる。かんぜんにボールだけど、どうしても打ちたい。チーフに、あたしだってできるって証明したい。ルールなんて気にしてないって。なにかをぶったたくほうが、じっと立ってるよりずっと気分爽快《そうかい》。

「ふるな！」チーフがわめく。

あたしはバットをふった。

バットに球が当たって、振動《しんどう》がからだに伝わってくる。

「走れ！」チーフがわめく。

あたしは一塁《るい》目がけてダッシュした。球がレフトのほうに高く飛んでいく。クロエが立って、髪《かみ》の毛をいじくってるあたりだ。一瞬《いっしゅん》、クロエがギョッとしながらも球をキャッチするのが見えた。投げろとさけぶ声がする。だけど、クロエは球をはなさない。あたしたちの目が合う。

クロエは、自分であたしをアウトにするチャンスを手ばなそうとしない。

クロエがこっちに走ってきた。

チーフがさけぶ。「一塁《るい》にもどれ、レン！　一塁《るい》だ！　それ以上走るな！」

だけどもはや、じっとしてるなんて選択肢《せんたくし》はない。じっとしてたら、物語を描《えが》けない。地下室に絵の具をかくしてれば、そこにないことにはならない。もうとめられない。

クロエのお父さんもさけんでる。「球を投げろ、クロエ！　なにやってるんだ？」

だけど、もう試合がどうなろうと関係ない。あたしたちは反対側から二塁《るい》に近づいていく。あたしのほうが先にタッチできるけど、クロエもゆずらない。しかもクロエは夏じゅう、ジェイといっしょにジムに通ってダンベルふったりプロテインのんだりしてた。よく知ってるあの表情。いばりちらして、仲よくしてもらってることに感謝しろっていう顔。いっしょにいてやってるのをありがたく思えって顔。

何週間か前、レイアにいった。あたしなんかひ弱だからひとをはりたおすなんてムリだって。だけど、もうちがう。からだの痛みなんて、心のなかの空っぽの場所の痛みにくらべたらなんてことない。

クロエの真っ赤なオーラで目がくらみそうになる。見えるのは、クロエの自己中な血みたいな赤だけ。

二塁《るい》にすべりこむ。ひざが土にこすれる。クロエもすべりこんできた。衝突《しょうとつ》して、ふたりでもつれたまま転がる。

そのとき、見えた。球がクロエの手からこぼれ落ちた。あたしはベースを手でタッチした。

そして、しっかりと立ちあがった。

泥《どろ》だらけで血まみれだけど、勝った。

「いまの見た？　ぶつかってきたのよ！」クロエがわめく。

「そっちがぶつかってきたんでしょ！」

チーフ、クロエのお母さんとお父さんがかけつけてきた。

「どうかしてる！　わざとよ！　レン、どうしちゃったの？」クロエがわめく。

「あたしが？」

「まあ、ふたりとも落ち着きなさい」クロエのお父さんがいう。チーフがクリップボードにはさんだルールブックをチェックする。

「こういうときのルールがどこかに書いてあるはずだ」チーフがいった。

「そうよ。どうかしてる人といっしょにプレイしてはいけない、ってね。見たでしょ？　ママ、レンはわたしに嫉妬《しっと》してるのよ」

「わたしはね、他人の家のことに口出しはしないことにしているんだけどね」クロエのお母さんが口出ししてくる。「でも、レンがこの夏ずっとようすがヘンだったのはみんな知ってることだし。クロエのいうとおりよね」

「はぁ？」チーフとあたしが同時に声をあげる。

「ねえ、レン、カレシがいてごめんなさいね」クロエが髪《かみ》をバサッとふる。「人生楽しんでてごめんなさいね。だけど、どうせレンはユタに引《ひ》っ越《こ》すんでしょ？　わたし、あたらしいお友だちを見つけなくっちゃ」

「クロエ」クロエのお父さんがだまらせようとする。

クロエのお母さんはだまったままだ。

息が苦しくなる。目がさめたらリジーがいなくなってたときみたい。地球の自転がとまって、風がやんで、空が落ちてきたみたいに。肺が動きをとめて、あたしの軸《じく》がバランスを失った。

あたしはチーフを見つめた。「どういうこと?」

「その話はあとだ」チーフはクリップボードから目をはなさない。おびえてるみたいに。

クロエのお父さんがささやく。あたしにきこえるくらいの声で。「クロエ、だれにもいわない約束だっただろう」

ごめーん、みたいにクロエがいう。「あら、うっかり」

「最初からそのつもりだったんだね」あたしはチーフにいった。

「その話はあとだ」

あたしは閉じこめられた。リジーもそうだったんだ。

リジーがスポケーンを出ていったのは、チーフのせいだ。リジーは鍵《かぎ》がかかったドアからこっそり出ていったんじゃない。チーフがドアをあけたんだ。

信じられない。どうしていままで気づかなかったんだろう。

「リジーがどこにいるか、知ってるんだね」あたしはいった。「ずっと知っててだまってたんだね」

あたしは走りだした。チーフは追いかけてこない。あたしが迷宮から逃《に》げようとしてるだけだとわかってるから。出られない。車もない。スマホもない。お金もない。チーフは警察官だから、いずれ見つかる。スポケーンじゅうを走って逃《に》げても、けっきょくは家に連れもどされて、チーフがドアをしめる。

これが真実。あたしはソングバードで、チーフは鳥かごだ。

38 夢を見つづけるためのキス

ルカとあたしは、ハッピーホームズの外のバス停のひさしの下にいる。雨がガラスをたたいて、地面にも落ちてくる。風が強くなってきて、枯《か》れ葉《は》が数枚、渦《うず》を巻きながら集まってくる。

「もう秋だね」あたしはいった。腕《うで》が寒くてぞくっとする。

ルカの家まで走ってきた。ルカにユタの話をした。ベイビーガールのことと、ベイビーガールがリジーにわたしたお金のことも。チーフのことと、リジーが出ていったのは、チーフがわざとドアをあけたからだってことも。なのにチーフはあたしにだまってた。リジーを追いかけなかった。

ルカは、いっしょに行く場所はひとつしかないな、といった。暗い夜のなかでは、バスが来るのを待つしかない。

「まだ夏だよ。秋のことは考えないでおこう」ルカがいう。

「サイレンの音がした気がする。チーフが追いかけてくる」

「ただの風の音だよ」ルカがあたしを引きよせる。「心配しなくてもいい。もうすぐバスが来るから、そうしたらここから出られる」

「ルカ、あたしたちどこに行くの?」

「ニューヨーク。ブルックリンでロフトを借りて、レンは絵を描《か》けばいい。オレは近くの公園でスケボーできるし」

「レストランで働けばいいね」

「または、カフェだ」

「それで、無料のラテとスコーンで生活する」

「カフェインと炭水化物か。人間ってほかに栄養素必要ないっけ? 休みの日には美術館に行けるな」

「ワインのんで、黒い服ばっか着て、いつもちょっとムスッとしてるの。ほんとはとんでもなくハッピーなのに……」あたしはそこで言葉を切った。「ここが恋《こい》しくならない?」

「ならないね」ルカはそういったけど、ウソだ。あたしにはわかる。

「冬のニューヨークってかなり寒いらしいよ」あたしはいった。

「夏は暑さのせいで街がにおうらしい」

「じゃ、カリフォルニアのほうがいいかも」

「だけど、渋滞《じゅうたい》がひどい」

「あと、LAっていまいち好きじゃない」

「テキサスなんかおもしろいかもよ」ルカがいう。「なんでもかんでも、ここよりデッカいらしい」

「いまのままの大きさでいいけど」

「フロリダなら海がある。あと、ボストンならロブスターが食える」

「シカゴ川は聖パトリックデーに川が緑に染まるらしいよ」

「アパラチア山脈のトレイルを歩くのもいいな。または、ミシシッピ川をハウスボートでクルーズするとか。おもしろそうだ」

だけど、やっぱりダメ。もうフリはできない。

「きっと春に咲《さ》くライラックが恋《こい》しくなる」あたしはいった。

「オレもだ」ルカがあたしをぎゅっとする。あたしはルカの肩《かた》に頭をのっけた。「まだバスが来なくてよかった。まだ決心する時間は残ってる」

ルカが腕《うで》をのばしてあたしのからだにまわす。これから起こることから守るみたいに。だけど、ぜんぶフリ。自分たちに対してついたウソ。どんなにルカに抱《だ》きしめられても、これ以上想像できないっていう気持ちをふり払《はら》えない。もうすぐ、ハッキリしちゃう。あと少しだけ。

ルカの首に鼻をうずめて、ルカの香りを吸いこむ。シーツを洗っても、ルカの記憶《きおく》がしっかりこびりついてる。いまならルカの肌《はだ》のなかにとけて消えちゃえる。

もう逃《に》げない。強くなったから。

「人生ってただの作り話なのかな？　昼も夜も想像した夢がつづいてるだけ？」あたしはきいた。

「もしそうなら、なんでも好きなものになれる」ルカがささやく。

あたしはルカの顔を見た。「いまはルカといっしょにいられればそれでいい」

ルカがキスしてくる。雨の夜の肌寒《はだざむ》さが消えていく。ルカがあたしの髪《かみ》に手をからめる。地面に根がはうみたいに。あたしはルカのTシャツをつかんで、ルカをぐいっと引きよせて、ルカをごくごくのんだ。

キスのなかに人生がある。ルカのくちびるをあたしのくちびるにつけたまま、あたしの名前をささやいた。

だけど、なにかが死んでいく。しおれていく。鳥かごのなかにいたがってるあたしの一部。だれからも求められないことに安心していたあたしの一部。自分でついたウソのなかで生きていたあたしの一部。

あたしは自分のすべてでルカにキスする。くちびるで、舌で、両手で、両腕《りょううで》で、肌《はだ》で、骨で、心で、魂《たましい》で。数秒があっという間に数分になり、あたしを真実でつつむ。

雷《かみなり》が鳴って、あたしはギクッとしてルカからはなれた。

ルカがあたしのおでこにキスする。雨が激しくなってきた。ひさしのガラスから雨が落ちてきて、滝《たき》の下にいるみたい。かくれてるみたい。

「ここにいよう」あたしはいう。

「心配いらない。バスは来ない。オレらは無事だ」

「いまのところはね。これ以上待てないってときまでは」

「または、どうしてここにいるのか忘れちゃうまで」

「ルカのことはぜったい忘れない」

「だったら、どうすればいいかわかるはずだ」ルカがいう。

「ここを出なくちゃ。ってこと?」

ルカがまたあたしを引きよせる。「朝が来るのを待とう。こんな雨じゃ、だれもここから出られない」

「わかった。雨がやむまで待とう」

「どうやって時間をつぶす?」

「歌、うたってあげようか」

ルカがにっこりする。「うたえるの?」

「一曲だけ」

ルカがベンチにごろんとして、あたしのひざに頭をのせる。あたしはルカの髪《かみ》をなでる。指がルカの髪《かみ》の感触《かんしょく》をおぼえてる。

「お日さまの歌」

「知ってるかも。オッケー、ソングバード。うたって」

あたしはうたった。

そしてうたいおわると、ルカがもう一回、もう一回と何度もせがんで、そのうち雨がやんで朝の日ざしが地平線から顔を出した。

「歌が効いたんだよ」ルカがいう。声がかれてる。「太陽がもどってきた。そろそろ時間かな」

「うん、そうだね。感じる」

「きみへの信頼《しんらい》を貸してあげようか？」

「ううん。もう自分の強さがわかったから」

ルカがあたしのおでこにキスする。「その強さ、ずっと前からあったんだよ」

「スマホ、貸してくれる？」

ルカがポケットからスマホをとりだす。心臓がバクバクしてる。もしもの話で心がくもる。だけど、もうもどるつもりはない。空想の時間はおわり。

ヴィヴィアン・ラインを検索《けんさく》。真実はずっとあった。スポケーン図書館の本のなかにはさんであった小さな秘密みたいに、ずっと。それが真実のおかしなところ。見えないからって、ないことにはならない。

ルカはあたしの表情を見て気づいたらしい。「思ってたとおり？」

「うん」

「ボイシ？」

ありえない気がする。「うん」

「だったら見つけられる」

「うん」

リジーといっしょにあれだけいろいろ想像したのに、一度も思いつかなかった。

「どうした？」ルカがあたしの脚《あし》に手をおく。「レン、教えて。まだなんかあるの？」

「ルカ……」朝日がのぼってきて、バス停を黄色く染める。「まだたくさんある」

39 百万個の愛のかけら

あたしはキッチンに立ってる。きのうの夜の雨のせいでまだ服がしめってる。ひざは、ソフトボールの試合のすり傷の血がかわいてひび割れてる。クロエとケンカしたのがついきのうのことなんて、理解できない気分。今日はもうあたらしい人生を生きてる。クロエなんてほんのちっぽけに感じる。このあたらしさにくらべたら、なんてことない。

家のなかを、はじめて見るみたいに歩いてる。

二階に行くと、リジーがハンモックに横になって、壁《かべ》に描《か》かれた森にかこまれてた。

このリジーはあたしの想像から生まれたにせもの。ただの記憶《きおく》。リジーが着てるのは、古着屋さんで買ったひざに穴のあいたベルボトムのジーンズで、脚《あし》を折ったときの傷跡《きずあと》をさわってる。服の下にまだ傷があるかどうかたしかめてるみたいに。この傷跡《きずあと》は、カンペキのかたまりみたいなリジーのたったひとつの欠陥《けっかん》。だけどどういうわけか、この傷があるせいでリジーはさらにうつくしい。

リジーの茶色い瞳《ひとみ》は茶色い髪《かみ》とおなじ色。ママとおなじだと思いこんでた色。リジーはきゃしゃだけど、ふつりあいな存在感があって、お日さまイエローのオーラが光りかがやいてる。あたしの空想のなかでも。オーラはあったかくて、ルカのオーラとおなじく、あたしをつつんでくれて、あたしに必要な勇気を見つけてくれる。

あたしがよく知ってるいつものリジーだけど、なんだかはじめて見た気がする。

リジーはひざにねこをのせてた。

ずっと待ってたのよ、ソングバード。こっちにいらっしゃい。腕《うで》いっぱいに愛をあげる。リジーはねこに顔をうずめてささやいた。愛のかけらをしっかりつかんでれば、いつかまた完全になれる。約束する。

あたしはだまって、リジーのとなりにすわった。

「ずっと会いたかった」あたしはいった。

わたしも会いたかったわ。ポストカード、受けとってくれた？

あたしはうなずいて、木々や花やチョウチョをながめた。「やっとわかった。リジーは物語をこわしたくなかったんだね」

いっしょうけんめいフリをしていれば、人生を好きにできるの。ここはいつも夏でしょ。だれだって、冬が来てがっかりしなくていい。ソングバード、ここに住んでいるほうがずっといいよ。

「そうかな？」

だけどリジーも答えようとしない。

「リジー、眠《ねむ》りたがらなかったよね」あたしはいった。

リジーがひざにのせたねこをなでる。目がさえちゃって。知ってるでしょう。

「リジー、車がきらいだったよね」

人間のからだがあんなにはやく移動するのはふつうじゃない。ぜったい歩くべき。そんなに急いでどうするの？

「チーフはいつも、車は凶器《きょうき》だっていってる。ひとを殺す可能性があるって。やっとわかったけど」

暗い話はやめましょう。ねえ、もっとたくさん花を描《か》いて。

「リジーは、自分がママにそっくりだってあたしに思わせようとしたよね。ママの写真、見たあとも」

わたしはママとおなじで手に負えない子だから。いたずらばっかしちゃうの。でもソングバード、あなたはすごくいい子。期待を裏切るようなことはしない。ねえ、わたしの森にはもっと虫がいたほうがいいと思わない？　青虫が一匹《ぴき》か二匹《ひき》くらい？

「リジー、やっとわかった。リジーはずっと演じてたんだね。じっさいに存在しないものばっかり見てた。毎日、現実から目をそむけてた。ほんとじゃないっていいきかせて。あたしたちにはちがう人生があるみたいに」

あの歌をまたうたって、ソングバード。ねえ、どんなだったたっけ？

「リジーが世界を実際とはちがうふうに見てたのは、そうするしかなかったから。そうしないと、思い出しちゃうから」

リジーが愛おしそうにねこにむかってうたう。ユー・アー・マイ・サンシャイン……。

「リジー、ムリだよ。もうそんなことしてもダメ」

ちょっと、ソングバードったら、絵を描《か》かないなら、逆立ちしてみて。効き目があるから。物語を逆さまに見てみるの。気分がよくなるわよ。

「ううん。リジー、もう逆立ちはいい」

リジーがハンモックから起きあがる。長い茶色い髪《かみ》を背中にたらして、リジーはくるくるまわる。何度も、何度も。ねえ、ゲームをしましょう。今日はママ、どこにいるかしら？　フォルクスの製材所で働いてるけど、実はヴァンパイアハンターなの。それともアラスカでタラバガニの漁をして、船の上で眠《ねむ》って、酔《よ》いどめの薬をのんでる。または、ブラジルのサンバダンサーで、ガブリエルっていう名前の人と恋《こい》をしてるの。ガブリエルにはヴィクターっていう犬がいて、その子は人間の服を着るのが好きなのよ。

「リジー、やめて！」あたしはリジーにしがみついた。「そんなことしてもムダだから。もううまくいかない。おわったの」

そんなこといわないで、ソングバード。

「ムリなんだよ。もうもどれない」

リジーの目には涙《なみだ》がたまってる。だけど、悲しみってすごく……悲しい。

「だけど、これが現実なんだよ、リジー。ウソをついたまま生きていけない」

リジーのほっぺたは涙《なみだ》でぬれてる。涙《なみだ》がつーっと流れて、服に落ちた。ひどすぎる、大人になればなるほど想像力が死んでいくなんて。こんなふうにおわらせたくない。あなたを悲しみから救いたいの。ここで、ふたりで永遠の夏を生きたいの。

「だけど、リジーは自分を救えなかった。現実を見るのをやめられなかった」

リジーが首を横にふる。

「だから出ていったんでしょ」あたしはいった。ねこが歩きまわりながら、あったかい毛むじゃらのからだをあたしたちの脚《あし》にこすりつける。「リジーは百万個の愛のかけらを集められたかもしれないけど、それでも起こったことはかえられなかった。あたしたちに起こったこと。ママをかえられなかった。愛だって思い出を守れない」それからあたしは、必要なのは前に進むことだといった。「リジー、愛してるよ。だけど、もうあたしを守らなくていいから。自分でできるから」

リジーが心のなかで粉々になった。風が部屋のなかをふきぬけていき、あたしの空想のかけらを連れていって、絵に描《か》いた木やらチョウチョやらのなかにまぎれさせる。

廊下《ろうか》から音がした。チーフが髪《かみ》がぬれたままで疲《つか》れた顔で、リジーの部屋にいるあたしを見てる。シャワー浴びたてのにおいがただよってくる。

なにもかも前とはちがう。とくにチーフ。

チーフの顔には疲《つか》れがにじんでて、目の下にくまがくっきり浮《う》かび、必要以上にふけて見える。ほんとならまだ若いのに。強いのに。

チーフのほんとの姿が見える。朝はパズルを解いて、あたしが答えを知ってる父親を期待してると思ってる。犯罪を解決して、ひとを助けてるって。チーフはいつも正義で、決して犯罪者じゃない。

こんなふうに怒《いか》りを感じたのははじめて。カッカして燃えたぎってる。

あたしはチーフの横をとおりすぎて、まっすぐ自分の部屋にむかった。

「レン、やめなさい。おまえが思ってるようなことじゃない。おまえは、ぜんぶ知ってるわけじゃないんだ」

言葉が出ない。涙《なみだ》で目の奥《おく》がツンとする。つないでると思ってた手は、引きとめてるだけだった。

チーフは自分をおさえようとしてる。「おまえが受け入れられると思った部分だけを話した。おまえの母親は去った。もどってこない。ヘタな希望をもたせたくなかった。ちがう話をしたほうがいいと思った。あのときは最善の選択《せんたく》をしたと思ってる。親ってのはそういうもんだ。正しくてもまちがってても。おまえにとって、母親がどこかにいると思うことのほうがたいせつだった。だけど、彼女《かのじょ》じゃない。ヴィヴィアンじゃないんだ。ヴィヴィアンは、おまえを失望させてしまう。そんなことをさせるわけにはいかない」

「チーフはママをあたしたちから遠ざけたんだよね」あたしの声はほとんどささやき。このほうが痛みが強くなる。そっと話した言葉のほうが、あとを引く。

「オレたちとはなれたくなかったら、あんなことはしなかったはずだ」チーフが悲しく答える。だけど、チーフはひび割れて、小さなかけらが胸の真ん中からぽろっと落ちた。悲しみがしみだしてくる。ミッドナイトブルーの悲しみが、水のように部屋のなかにあふれる。「オレはただ、おまえたちを守りたかっただけだ」

「チーフ、わかってるはずだよ。手錠《てじょう》をかけたひとは、自由になろうとしてもがくものだって」

「たのむ。たのむから出ていかないでくれ」チーフは必死だったけど、このままじゃいられない。今度こそ、あたしが出ていく番。

ルカとベイビーガールとレイアが外でレイアのトラックで待ってる。きのうの夜の雨のあと、すっかり涼《すず》しくなった。

黄色い葉っぱが通りを舞《ま》うなか、あたしはトラックに乗った。

チーフは窓から外を見たりしない。あたしたちを乗せたトラックが走りだす。目の前で船が沈没《ちんぼつ》していくみたいだ。船長もいっしょに沈《しず》んでいく。ほんとはチーフを助けるべきだったの

かもしれない。だけど、あたしたちはみんな、選択《せんたく》をする。チーフが選んだのは、ずっと前に
おぼれること。

40 手のひらと手のひら

ルカのスマホで読んだ記事は、十四年近く前のものだった。危険運転致死傷罪《ちししょうざい》と児童虐待《ぎゃくたい》により有罪になった女性についての記事で、飲酒運転をして衝突《しょうとつ》事故を起こし、相手の車に乗っていた夫婦を死亡させた。女性の四歳《さい》と二歳《さい》の子どもは、車の後部座席に乗っていた。ひとりは重傷を負って脚《あし》をひどく折ったけれど、もうひとりは無傷だった。

ヴィヴィアン・ラインは懲役《ちょうえき》十二年となり、アイダホ州にあるポカテッロ女子刑務所《けいむしょ》に入った。

そして二年前に釈放《しゃくほう》された。

もうもどれない。レイアはハイウェイをボイシにむかってトラックを走らせる。鳥の群れが空高く舞《ま》いあがっていく。まるで、あたしたちを家に帰る旅へと導くみたいに。

小麦畑が目の前に広がる。スポケーンの南にあるパルースと呼ばれるおだやかな丘陵《きゅうりょう》地帯がうつくしく日の光にかがやいている。灰色の街はもうどこにもない。このあたりは静かだ。高い建物がないと、人生がシンプルに感じる。見わたすかぎり、畑だけ。

「ゴチャマゼ」レイアが腕《うで》を窓の外に出していう。

「いいね」ベイビーガールが助手席からレイアに笑いかける。

「ちがう。しっくりこない」あたしはいった。

「スケート靴《ぐつ》をはいたベルとか？」ルカがいう。ルカは散らかった後部座席にあたしといっしょにすわってる。

「オエーッ。かわいすぎ」レイアが運転席からいう。

「けど、レンがかわいいのはたしかだし」ルカがあたしにウインクする。

だけど、あたしの心も頭も、ローラーガールの名前を選んでるどころじゃなかった。あたしはコインが入った瓶《びん》をしっかり抱《だ》きしめた。

「それ、どうするつもり？」レイアがきく。

「まだわかんない」あたしは答えた。自由を手にしたらふつうなにするもんなの？　選択《せんたく》をしなくちゃいけない。

「そのうちわかるよ」ルカがいう。

車内に長い沈黙《ちんもく》が流れる。日ざしがフロントガラスから入ってくる。小麦畑が風にゆれてる。

「こわい」あたしはやっと口をひらいた。ルカがあたしの手をとる。

「こわくなかったら逆におかしいだろ」ルカがいう。

「きっとだいじょうぶだよ」レイアがいう。「なにがあっても、痛みなんて時間とともに消えるものだから」

「思い出もね。イヤな思い出だって消える」ルカがいう。

「永遠につづくものなんかないからね」ベイビーガールがいう。意味ありげな顔でレイアを見ると、レイアがベイビーガールの手をとる。ベイビーガールはレイアになにもかも話した。そしてレイアはさらに、ベイビーガールを好きになった。

あたしはルカのほうに頭をもたせかけて、窓の外を流れる世界を見てた。「こはく色の波みたい」

「いつか海に行こう」ルカがあたしの手をとる。「だけど、今日じゃない」


「ホントはキスしたい。ここで。いますぐ」

ルカとあたしはトラックの荷台に寝《ね》ころがっている。レイアとベイビーガールは座席に丸まってくっついて、たぶん眠《ねむ》ってる。空には雲が出ていて、星は見えない。沈《しず》みかけの夕日が雲間から細いかすかな光を投げかけて、地面に色をまきちらしている。やっとボイシに着いたけど、ママに会うのはあとまわし。明日の朝にする。

「キスしていいよ」あたしはいう。

「しない。キスしたら、もっといろんな考えが浮《う》かんでくる。そしたら、そのいろんな考えを実行にうつしたくなるけど、レイアがすぐそこにいる。まちがいなく、一発ではりたおされるね」

笑っちゃいそうになるのをがまんする。

「キスするなら、明るくなるまで待つよ」

「待てるの？」

「今年の夏ですっかり忍耐力《にんたいりょく》がついた」

「へーえ？」あやしいもんだけど。

「すでに修道士といえる。神学校に行こうかってレベル。親はふたりともカトリックだからよろこぶだろうな」

「それ、サイアクだよ」

「なんで？」

「神学校なんか行ったらキスできない」

「ううう。そのキではじまる言葉はいわないでくれ」ルカがくちびるをかむ。

「了解《りょうかい》。じゃ、ハグは？　ハグはいってもいい？」

「ダメに決まってる」

「ボディタッチ、は？」

「ノ――――ッ！」

「むぎゅーっは？　チュッは？」

「もうだまっててくんないかな？　ガマンできる自信なくなってきた」

あたしはごろんと横をむいて、ひじをついて手をまくらにする。

「愛してる、は？　愛してるはいってもいい？」あたしはささやいた。

ルカの濃《こ》い色の髪《かみ》が、空に浮《う》かぶ黒い雲ととけあっている。ルカの視線が、あたしにむけられている。「本気ならいいんじゃね」

少しだけ、からだをよせる。空気も距離感《きょりかん》もルールも関係ない。だっていまは、引いちゃいけないから。近づかなくちゃ。ぐっと。目をあけて。生で。

「愛してる」あたしはいう。

くちびるとくちびるが、触《ふ》れるか触《ふ》れないか。だからルカがしゃべると、言葉があたしの口のなかにこぼれおちてくる。ずっとのみたくてたまらなかった水みたいに。

「愛してる」ルカがささやく。

あたしたちは、じっとしてる。くっついてれば、盾《たて》みたいに守られる。

「いましかない。キスして」

「仰《おお》せのとおりに」

ルカは手であたしのほっぺたを引きよせた。あたしのくちびるを自分のくちびるに触《ふ》れさせる。さらっとしたキス。心が落ち着くのがわかる。生きてる。経験したことのない安心感。愛して、愛してもらう、ただそれだけのささやかな力。完全で、欠けたところがない。まるまるいっこ。疑いが入りこむすきまはない。切れ目もしわもない。

「やっぱやめ。修道士はムリ」ルカがいう。

「よかった。ありがと、神さま」そういってニッコリしてすぐ、ちょっと真顔になる。「これからどうなるかな」

「なんのこと？」

ユタのこと。ママのこと。チーフ、リジー、これからの暮らし。

「たしかなのはひとつだけだな」ルカがいう。「明日もいつか、思い出になる」

あたしはあおむけになって、星を見あげる。

「だね。明日もいつかは思い出」

夜が明けた。目がさめたとき、あたしたちは手と手をいつの間にか握《にぎ》りあっていた。ピタッと手のひらを合わせて。さらっとしたキス。

41 閉じこめるには

あたしのジェスチャーは？
あたしの句読点は？
あたしの野菜は？
あたしの色は？
あたしの……
あたしの……
なに？

あたしはパズルを解きたい。
あたしはソングバード。
そしてこれがあたしの歌。

ついに。


リジーは、あたしがリジーの森の木を描《か》いているのをながめながら、モネのことを話してといった。

「モネは九色しかつかわなかったんだよ」あたしはいった。

「たった九つ？」リジーは壁《かべ》のチョウチョの輪郭《りんかく》をじっくり見ている。「ほかの色は？　ほかの色はどうしちゃったの？　きらいなの？」

「そういうことじゃないんだよ。色は好きなだけつくれるの。ほんの二、三色あれば、宇宙だって描《か》ける」

「見せて、ソングバード」

手のひらに黄色と赤をちょこっとつけて混ぜあわせて、オレンジ色をつくる。

「ほらね？」

「わあ、これでこの子たち、モナーク蝶《ちょう》になれるね」リジーは息をのんだ。「ソングバード、あなたって魔法《まほう》がつかえるのね」リジーはにっこりして、両腕《りょううで》を大きく広げて床《ゆか》にごろんとなった。凍《こお》った森の天使。「ってことはわたしたち、ほぼゼロからなんでもつくりだせるってことか」

「まあね」

「いいこと思いついた。ママに人生を描《か》いてあげよう」

そして、あたしたちは、想像した物語から傑作《けっさく》をつくりだした。


リジーとあたしが思い描《えが》いたママの空想はぜんぶ、最後はおなじだった。

「ノースダコタでラジオのパーソナリティしてるかも」リジーがいった。「それか、バーニングマンとかのイベントのサウンドエンジニア」

「または、水中カメラマンでインスタで百万人以上のフォロワーがいるとか」

「それか、ニューヨークでタップダンスのストリートパフォーマー」

「または、ＣＩＡエージェントしててロシア語をカンペキに話せるとか」

「それか、野戦病院で助産師してるの。爆弾《ばくだん》がまわりじゅうで投下されるけど、決して生まれてくる赤ちゃんを見捨てたりはしない」

だから、あたしたちとはいっしょにいられない。

愛という名のもとに。

あたしたちは、ママの物語をいくつだって思いついたけど、行き着くところはいつもおなじ。あたしたちといっしょに暮らせない理由。

それ以外の結末があるなんて、思いもしなかった。


ヴィヴィアン・ラインが、灰色のアパートのドアをあける。指のあいだからタバコの煙《けむり》が立ちのぼってるのが見える。ヴィヴィアンはあたしを、ふぅんという目でじろじろ見た。やっぱり来たか、みたいに。

「あの子が、あんたが来るだろうっていってた」ヴィヴィアンはタバコをスパッと吸った。あたしたちの想像では一度も、タバコを吸ってたことはない。少なくともこんなヘビースモーカーな感じでは、肌《はだ》が黒ずんでしわっぽくなって息がくさくなる感じでは。「あんたをずっと待ってたよ」

　またスパッと吸って、フーッと吐《は》く。髪《かみ》は黒く染めてるけど、生えぎわがグレーになってる。写真で見たような、生き生きとした目のうつくしい女性の面影《おもかげ》はどこにもない。いかにも早死にしそう。

　フリをするのがムリになるときがあるの。

　ヴィヴィアンはタバコをくわえたまま、ドアから身を乗りだした。

「わざわざ来たのにひと言もしゃべらないわけ？」

　なにをいえばいいの？　何年間も想像してきたママは、この人じゃない。しかも想像では、しゃべったことはない。沈黙《ちんもく》のほうが、魔法《まほう》がかかる。

チーフが愛したママはどこにいるの？

「あんたの姉さんから、わたしてくれって預かってるものがあるよ」ヴィヴィアンはアパートのなかに入っていった。そこでじっとしてろっていうみたいにドアを少しだけしめて。そして、本をもってもどってくると、あたしによこした。

『直感が正しくないとき――キツツキとその森との関係性に関する調査』

「みょうな本だね」ヴィヴィアンがいう。

「あたし、みょうな人間なんで」あたしは本のカバーに手を走らせた。リジー、ずっともってたんだ。何年も秘密がかくされたページをひらいたけど、そこにはさんであったのはポストカードだった。

ベレー帽《ぼう》をかぶった自画像（1886）

ソングバードへ
「だれもがわたしの芸術について議論し、理解したふりをする。まるで理解する必要がある

かのように。必要なのは、たんに愛することだというのに」クロード・モネ

愛をこめて
リジー

レン・プラムリー
20080　21stアベニュー
スポケーン　ワシントン州　99203

リジーが書いたクルッと丸まった文字、あたしが小さいときにくれたポストカードに書いてあった文字だ。いまあたしの目の前に立ってる女の人のフリして書いた文字。リジーのきれいな文字とこの文字と、どっちが好きかは決められない。でも、知る必要なんてない。

「モネ、だよね？」ヴィヴィアンが表面の写真を指さす。またタバコをスパーッ。すっかり短くなってる。

あたしはこくりとうなずいた。

「あのね、あんたのパパに何年も前、あたしは母親にはむいてないっていったんだよ。それ以来、なんにもかわってない。あんたたちふたりがあたしになにを期待してるか知らないけど」

「なんにも」あたしは灰色の壁《かべ》と灰色の煙《けむり》とヴィヴィアンの灰色のオーラをじっくりながめ

た。ひとを閉じこめるには、牢屋《ろうや》じゃなくてもいいんだな。

あたしたちはみんな、外に飛びださなきゃいけないときがある。自由になるときが。

そしてあたしは、ママに会いたくてここに来たんじゃない。

永遠にここを去る前に、あたしはいった。「今度リジーに会ったら、もう帰ってきていいって伝えて」

42 ただいま

スポケーン公立図書館の受付に近づいていく。

「本を返却《へんきゃく》しにきました」

司書に『直感が正しくないとき——キツツキとその森との関係性に関する調査』をわたす。

司書はスキャンしていった。

「もどってくるのをずっと待ってました」

「あたしもです」

司書が、本棚《ほんだな》にもどす予定の本のなかに加えようとする。

「よかったらあたし、棚《たな》にもどしてもいいですか？　場所、知ってるんです」

「ほんとうに？」

「自信あります。二度となくならないようにします」

五階には、学術書やら古い百科事典やらに埋《うず》もれて、いろんな秘密がページとページのあいだにはさまってる。長いこと、あたしはリジーの秘密を見つけようとしてた。だけど見つけたのは、あたしの秘密。

リジーの物語じゃなかった。リジーだって、それを知ってた。

これは、ソングバードの物語。

ここにもどす秘密はあとひとつだけ。そして、いま、秘密が帰ってきた。

で、キツツキは頭痛になったりするの？　ワイルダーがたずねるところを想像する。

「どうでもいいのかも」あたしは声に出してささやいた。「どっちにしても木をつくことにはかわらないし。キツツキってそういうものだから。ほっとこうと思う」

ワイルダーはもう思い出だ。だとしても、ワイルダーがいうのがきこえる気がする。鳥はいつまでも鳥だよ。

細長い紙に、あたしはあたしの秘密を書いた。鼻の頭に星座みたいなそばかすがあって、赤い髪《かみ》をした男の子。暗闇《くらやみ》のなかで明かりをつけて、あたしの人生をひっくり返した男の子。ワイルダーの秘密をページのあいだにはさんで、本を閉じる。これでおしまい。

「鳥はいつまでも鳥だよ」あたしはいって、その場をはなれた。

ひとりで。

43
自由

真夜中で、〈ロザリオズ〉はしまってる。店内の明かりも消えてる。あたしはコインが入ったメイソンジャーを抱《かか》えてる。何千個もあって、いざというときのために貯めてあった。リジーのためだったけど、自分につかう。メイソンジャーのなかの自由。

レイア、ベイビーガール、ルカ、あたしは、電動の木馬をじっと見つめてる。

「後悔《こうかい》してない？　お母さんと会ったこと」レイアがたずねる。

「してない。知らなきゃいけなかったから」

「ドリトスとおんなじだね。二度と食べられないって知ってへこんだかといえば、たしかにそう。だけど、発がん性物質を食べないことのほうがずっとだいじだから」

「なかなか深いな、レイア姫《ひめ》」ルカがいう。

「食品は人生そのものだから。おいしいからって、食べなきゃいけないってわけじゃない。マズくても、ブロッコリーを食べたほうがいい」

「ブロッコリーの真実だね」ベイビーガールがキッパリいう。「においはよくないし、味はもっとよくないけど、心を健康にする」

「心のほうが、頭よりずっと信頼《しんらい》できるからね」あたしはいって、チラッとルカを見た。

「いまからは、オヤツはマシュマロだけにするよ。決まってるマシュマロがあるから。それだけあればいい」ルカがいう。

「で、最初に乗りたいひと？」あたしはジャーをふりながらたずねる。

「たくさんあるね。時間が足りるといいけど」レイアがいう。

「レン、乗りなよ」ベイビーガールがいう。「どうやるのか、みんなに見せて」

あたしは木馬にまたがって、機械にコインを入れて待った。待って、待って、待った。レイアが木馬をチェックする。一回、ゆすってみる。

「自由、こわれてるらしい」ルカがいう。

「このタイミングで？」レイアがいう。

「かまわないよ」ベイビーガールがいった。「ある賢者《けんじゃ》がいったことがあるんだけどね、『自由する、はムリで、自由をもつ必要がある』」

「天才。それいったの、だれ？」レイアが声をあげた。

ベイビーガールがあたしにむかってニヤッとする。「レン」

「で、どうしようか」ルカがいう。

あたしは木馬の横にメイソンジャーをおいた。「直るのを待つしかないみたいだね」

「かなり時間かかるだろうね。この世界には、こわれてるものがたくさんあるから」レイアがいった。

「いいよ。どっかに行くわけじゃないし」あたしはいった。

あたしたちは、歩道の縁石《えんせき》にならんですわった。オーラのちっちゃな虹《にじ》ができる。ターコイズブルー、オーキッドパープル、お日さまイエロー、クローバーグリーン。モネがいたらオーラが見えるはず。九つの色を決めたのは、どの色も自分にとってとくべつだったからかもしれない。

「決めた、ローラーガールの名前」あたしはいった。

「おっ、エラい」レイアがいう。

「ひとりくらい、自分が何者かに気づいたのはいいことだね」ベイビーガールがいう。

「そのうちわかるよ。みんな、いつかはわかる」レイアがいう。

「だけど、今夜じゃないな。こわれた木馬のせいにしよう」ルカがニヤッとする。「で、なんて名前にするの、レン？　きみはだれ？」

あたしはだれ？　答えはあっさり出てきた。

「プラム・クレイジー」

44 おわりかた

人生、なんかいまいち。そんなときは、見方をかえてみるといい。チーフとあたしがやろうとしてることがそれ。前に進む方法。

「ビフォー・アフター」チーフがいう。リビングのソファにすわって、よく眠《ねむ》れるようにカモミールティをのんでる。レイアが、ビールより健康にいいっていいきかせたからだ。

チーフの目のまわりの深いしわが深くなった理由を、あたしは知ってる。どうしてほかの人がぐっすり眠《ねむ》ってる時間に暗闇《くらやみ》のなかでたたかうことを選んだのか、あたしは知ってる。

チーフが話してくれた。生きてることに刺激《しげき》を与《あた》えてくれる女性にどんなふうに出会ったか。心から求めたその人は、チーフでさえ手なずけられない暗闇《くらやみ》にとりつかれていた。

「おまえとリジーの存在が、問題を解決してくれると思っていた。だが、そんなかんたんじゃなかった」チーフはいった。

ボイシ警察に州間高速道路84号線で車の追突《ついとつ》事故が起きたと電話がかかってきたとき、チーフは真っ先に現場にかけつけた。

「車のナンバーをきいて、ぼうぜんとなった。しかも、死亡者がふたり。五分で現場に着いたが、それまでおまえとリジーが死んだと思っていた」

チーフはぶるっとふるえた。目に涙《なみだ》を浮《う》かべて。あたしが感じてた怒《いか》りなんて、チーフが経験したことにくらべたらちっぽけに思えた。死にくらべたら。

「いけないとは思いつつも、亡《な》くなったふたりがおまえたちじゃないと知って……ホッとした」

ヴィヴィアンは酔《よ》っぱらって、痛みどめののみすぎでハイになってた。チーフは自分を責めた。うつとアルコール依存《いぞん》に苦しんでいるのは知っていたから。だけど、愛があれば克服《こくふく》できると思っていた。

「あのふたりが亡《な》くなったのは、オレのせいだ。市民の安全を守るのはオレの仕事だ。なのに自分のことでいっぱいいっぱいで、判断がくもっていた。あの町にはもういられなかった。それにおまえの母親は……刑務所《けいむしょ》に入りたがってるように見えた。オレたちの人生から出ていきたがっていた」

そして、あたしは理解した。チーフがあたしとリジーにいってたのは、ぜんぶウソじゃなかったんだ。出ていったのはママ。ただ、あたしたちが思ってた方法とはちがってたけど。

チーフを見る目がかわった。チーフがチーフたる細かな部分が見えてきた。チーフの物語をつくっている糸が。

「ホース・ランチドレッシング！」チーフがテレビにむかって答えをさけぶ。

「デュード・ランチドレッシングだよ」あたしは答えを訂正《ていせい》する。手にはローラースケートの靴《くつ》。「チーフってほんと、このクイズ苦手だよね」

チーフは気にしてない。クイズを見る目的は正解することじゃない。チーフはただ、あたしといっしょに時間を過ごしたいだけ。

「練習か？」チーフがたずねる。

「うん、高校で友だちと待ち合わせ」

「ルカも来るのか？」チーフが冷やかすようにいう。

あたしは、あきれたっていう顔で目玉をぐるんとさせた。これがあたしのジェスチャーだって気がしてきてる。または……まあ、そういうのはもうどうでもいい。

「関係ないでしょ」あたしは答えた。

ルカは両親を説得して、いまの学校はむいてないけどパブリックスクールに転校すればちゃんと通うと宣言した。両親も許可してくれて、あと二週間くらいでサウスヒルに通うようになる。あたしは、クロエの話をした。クロエがアン・ブーリンで、ジェイがヘンリー八世で、あたしはまだ何者でもない、って。

ルカはいった。「ほかの人にとって何者でもなくても、だれかにとってはだいじな人だ」

ローラーダービーが来週はじまる。緊張《きんちょう》するしこわいけど、ベイビーガールが応援《おうえん》に来てくれるって約束してる。ベイビーガールは回転木馬のバイトをやめた。

「そろそろあたらしい歌をうたわなくちゃね」ベイビーガールはいった。

レイアが〈ロザリオズ〉のバイトを紹介《しょうかい》したから、ふたりは前よりいっしょにいるようになった。

チーフはパトカーをもどしてくれたし、オルガももどってきた。チーフがあやまって、また来てほしいとたのんだ。オルガは最近、夕食をこしらえてくれるようになった。キッチンでヘラを手にしてるオルガの横でチーフがお茶をいれてると、もしかしたらあたしたちはずっと、家族だったのかもって思えてくる。

あたらしいクイズが画面に出てくる。アシスタントのヴァンナ・ホワイトがかくされた文字のほうを手で示す。チーフはソファにゆったりとすわって、窓からは明るい日の光がさしこんでる。

「となりの家に動きがあるっていったの、おぼえてるか？　やっぱり思ったとおりだったぞ」チーフがいう。

あたしはスケート靴《ぐつ》のひもを結んだ。「へえ？」

「とうとう家が売れたそうだ」チーフはお茶をふうふうしてる。「長いこと空き家だったから、もう売れないいんじゃないかって心配してたよ」

「ものごとは変化するからね」

「ああ、そうだな」

クイズの挑戦者《ちょうせんしゃ》がホイールをまわして、Tと推測する。

パット・セイジャックがいう。「Tは三つあります」観客が拍手《はくしゅ》する。

「レン?」チーフがまじめな声でいう。

「なに、チーフ?」

チーフの声がやさしくなる。「楽しんでおいで」


ルカとあたしは、行き先のないバス停にすわってる。

「パリはどうかな?」ルカがいう。「モネの家を見にいける」

「フランス語、しゃべれないもん」

「たしかに。だけど、フランスっぽいことならできる」

ルカにキスされて、あたしはとろけそうになる。

「よし、パリは、やめ」ルカは、くちびるをやっとはなすといった。「ロンドンは?」

「ホームカミングデーに間に合わなかったら? あたし、ダンスパーティ行ったことないんだよ」

「それにうちの親たち、クリスマスパーティの企画《きかく》はりきってるんだ。ぜったい来てもらわなくちゃ」

「それに、シアトル・シーホークスがスーパーボウルで優勝したら？　チーフはさっと、ツナのキャセロールこしらえるよ。あたしたちがいなかったら、食べるのをとめる人がいなくなっちゃう」

「おいしそうだな」

「それに、春が来るし」

「ライラックが咲《さ》く」

「見逃《みのが》せないよ」

「だな。見逃《みのが》せない」

あたしたちはふーっと息を吐《は》いてベンチの背によりかかり、決して来ないバスを待つ。

「ここにいたほうがよさそうだ」ルカがいう。

「いっしょに」

「いっしょに」

リジーの部屋の床《ゆか》にごろんとしてると、クローバーグリーンのオーラが、森のほかの色と混ざりあう。しょっちゅうこうしてここにいたのに、見えなかった。

あたしの物語は、一本の木ではじまる。壁《かべ》に描《か》かれて、そこから育っていく木。思い出って、しょせん自分の頭のなかのつくり話でしょ？　あたしたちは、自分がおぼえていたいふうにしかおぼえない。

そうやってやりすごして前に進んでいくしかないときがある。そうやってなにが現実かを見つける。

だけど、物語はいつかはおわる。

「ねえ、ソングバード」リジーがいう。「そろそろわたしにあたらしい物語を描《えが》いて」

謝辞

ここで、私の人生を可能な限り、創造と想像にあふれるものにしてくださった方たちに感謝を述べさせてください。

ジェイソン・カークは並外れて優れた編集者で、いつも私の作品になにが必要かに気づいてくれます。私の文章に磨きをかけて簡潔にしてくれたことと、いつも肯定的な返事をしてくれることに感謝します。今回のように、鳥にちなんで名付けられた女の子と、そのイマジナリーフレンドに関する本を書きたいというアイデアをぶつけたときも、勇気をもって挑戦するように励ましてくれました。それは私にとって、なによりの贈りものでした。

ココ・ウィリアムズにも大きな感謝を。私が書いたメールの文章をティーンエイジャーの目線でチェックしてくれただけでなく、あなたがいなかったら私の作家としてのキャリアはまったく冴えないものになっていたでしょう。あなたは光です。ずっと輝いていてください。

エージェントにして友人のルネ・ニィエンは、この本の昔の姿からいまの姿に至るまで、ずっと共にいてくれました。レンとワイルダーも感謝していますし、もちろん私も同じ気持ちです。

愛するカイル・クレーンへ。あなたのとても論理的な考え方は私の創造的な障害をとりはらってくれ、私の心を自由に解放させて静寂の時間をくれ、つまりはありとあらゆる瞬間、あなたを愛しています。私はあなたのいちばんのファンです。このまま一緒に世界を旅していきましょう。

私の人生をきらめかせてくれる人たち——ドリュー、ヘーゼル、ママ、パパ、アンナ、エミー、近くのそして遠くの友人と家族——に、私の人生のキャンバスを彩ってくれて、感謝します。

最後になりましたが、読者のみなさんに感謝し、この本を捧げます。これは、あなたのための本です。いつでも、永遠に。あなたは私のお日さまです。

訳者あとがき

みんないつかはあたしをおいていなくなる。

主人公のレンは、そんなさみしさにとりつかれてしまった、インドアな女の子です。大好きでいつも一緒にいた姉のリジーは自由奔放なのに、ミソサザイ（英名でレン）という鳥の名前をつけられたレンは、翼をぎゅっとたたんだ飛べない鳥。存在感もなく、どうしても行き詰まったときはガレージの屋根にのぼって世界をながめるのが精一杯です。

そんなレンの前に、姉と同じくお日さまみたいな男の子が現れます。ノーズピアスをしてスケボーを抱えたルカは、レンにとってはまぶしする存在。近づくのがこわいと感じてしまうのは、光がいきなり去ったときのことをどうしても考えてしまうから。あたたかい光に包まれているときでも、その光が消えてしまうときの寒さを想像してしまうから。

実は、そんなルカをはじめとするこの物語の登場人物たちもみんな、暗さと弱さを隠して必死に生きています。健康オタクのローラーガールのレイアに、アイデンティティを探しつづけているベイビーガール。レンの父親は警察官ですが、好んで夜勤ばかりして人助けをしたがるのには理由があります。みんな、とても弱くて、でも強くて、愛おしい人たちばかりです。

レンの前にはもうひとり、鼻の頭に宇宙みたいなそばかすのある男の子、ワイルダーが現れます。ワイルダーはいったい何者なのか、レンとの関係はどうなるのか、読む人によっていろんな解釈があっていいと思います。

レンは人のオーラが見える（と思っている）し、リジーをはじめとする周りにいる人たちも、ちょっとふしぎな発言をすることがあります。それこそオーラのように、なんだか見える気がする、なんだかわかる気がする、そんな感じで楽しめて、読むときの自分の心の持ちようで印象がかわる作品だと思います。レンもいっているように、大人になるにつれてどうしたって現実が想像力をにぶらせるものです。現実を忘れることはできないし、その必要もないけれど、想像力を鳥のようにはばたかせる時間って大切だと思います。ある登場人物の「楽しんでおいで」というセリフを、物語を読む前の方々に送りたくなりました。

みなさんもいつか、はばたけますように。

最後になりましたが、このキラキラふわふわ切なくてあったかい作品にモネのような魔法をかけてくださったイラストレーターのagoeraさん、装丁家の坂川朱音さん、頼もしい編集者の荻原華林さんに、心から感謝します。

二〇二四年　一月

代田亜香子

レベッカ・クレーン 作

Rebekah Crane／作家。脚本家。高校の英語教師として勤務したのち、YA（青少年）向け小説を書き始める。現在はロッキー山脈の麓（標高約 2300 メートル）に暮らし、ヨガのインストラクターも務めながら、一日の大半をラップトップのモニターに隠れて過ごしている。www.rebekahcrane.com

代田亜香子 訳

Akako Daita／翻訳家。立教大学英米文学科卒業。訳書に『ディス・イズ・マイ・トゥルース　わたしの真実』（ヤスミン・ラーマン著）、『ウィッシュ』（エリン・ファリガンド著）、『希望のひとしずく』（キース・カラブレーゼ著）、「イアリーの魔物」シリーズ（トーマス・テイラー著）、「ひみつの地下図書館」シリーズ（アビー・ロングスタッフ著）、「プリンセス・ダイアリー」シリーズ（メグ・キャボット著）など多数。

翼《つばさ》はなくても

2024 年 2 月 20 日　初版発行

作　者　レベッカ・クレーン
訳　者　代田亜香子

発行者　吉川廣通
発行所　株式会社静山社
〒 102-0073　東京都千代田区九段北 1-15-15
電話 03-5210-7221　https://www.sayzansha.com

印刷・製本　中央精版印刷株式会社

装　画　agoera
装　丁　坂川朱音
組　版　アジュール
編　集　荻原華林

Printed in Japan　ISBN978-4-86389-752-6